十二金錢鏢

（一）借旗押鏢

白羽——著

白羽 近代武俠經典復刻版

代序

《十二金錢鏢》：六十年間的評說

白羽後人 宮以仁／宮捷

「武俠小說永遠是一個引人爭議的話題。」這是台灣文學評論家陳曉林在「民俗文學源流與武俠小說的定位」一文的第一句話。

縱觀八十年（「五四」至今），橫覽海內外，確實都在爭議。在早年的爭議中，在正統文壇上，貶占絕對優勢；書的銷路武俠卻占上風（當然也有靠淫盜取寵於讀者的）。作者自卑，讀者喜愛。白羽適逢此時，自然也不會例外。八十年代初大陸掀起武俠熱，這種情況有所改變；但在九十年代，在文學界對武林盟主金庸的作品，仍有人評頭論足。筆者編纂一下這些評說，這不僅是對白羽的評價，也涉及對武俠小說整體的認識。

一、三四十年代的評介

最早評論白羽武俠小說的，是幾位正統的愛國文人，大都是介紹白羽受魯迅之影響，參與新文學運動，讚揚白羽的文筆，稱其武俠作品著重寫實，不致引誘青年上山學道或陷入淫盜；再為白羽寫武俠說幾句惋惜的話。

天津新聞文化界耆宿吳雲心三十年代在「白羽自傳《話柄》」序中以惋惜的筆調寫道：「假若他（指白羽）那時生活安定，也許不想賣文教學，也許擱下筆，再不會有這些作品出現的。生活逼得他拿起筆來，生活逼得他寫開了武俠小說，結果詩窮而後工，一直逼得他有了現在的成就。

「……我站在老友的地位上，對於他現在的成就並不滿意。他為了生活而寫武俠，而我認為這於他並不合。他的文章常常有一些幽默的氣氛，並且蘊蓄著熱，這在武俠小說裡不好施展的。他對於現實生活看得很真切，寫浪漫氣息的故事未免捨其所長。如今《話柄》出版了，這冊書表現著他的作風本來面目。我們從這冊書，應該認識他不是一個武俠小說的作家！」白羽十分讚賞這篇序。（順便提及：八十年代初，吳雲心為白羽武俠小說作序，仍對白羽寫武俠惋惜。八十年代末，筆者拜謁吳老時，他對武俠小說的評價有所變化，他說：「卑視武俠，是我們二三十年代那批文人的傳統觀念，至今仍發揮作用。」）

郭雲岫（當時署名葉冷）在《白羽及其書》中寫道：「白羽討厭賣文，賣錢的文章毀滅了他對創作的愛好。白羽不窮到極點，不肯寫稿。白羽的短篇創作是很有力的，饒幽默意，而刺激力很大，有時似一枚蘸了麻藥的針，刺得你麻癢癢的痛，而他的文中又隱然含著鮮血，表面上卻蒙著一層冰。可是造化弄人，不教他作他願作的文藝創作，反而逼迫他自撾其面，以傳奇的武俠故事出名，這一點，使他引以為辱，又引以為痛。

「但他的文字究竟夠上水平線的。他的名作《十二金錢鏢》雖是投時諧俗之作，自認為開倒車，但這部書到底與其他武俠故事不同：第一，他借徑於大仲馬，描寫人物很活，所設故事亦極近人情，書中的英雄也都是人，而非『超人』，好比在讀者面前展開了一幅『壯美的圖畫』；但非神話。第二，他借徑於（西班牙）席文蒂思（宮注：今譯賽凡提斯，其名著《唐吉訶德》），作武俠傳奇而奚落俠客行徑，有如陸嗣清的『行俠受窘』，柳葉青的『比武招親』，一塵道人的『捉採花賊』，都是一種深刻的諷嘲。以及他另一部名著《偷拳》，寫出訪師學藝的一個少年楊露蟬，投師訪藝，一遇秘惜絕技的太極陳，再遇收徒騙財的大杆子徐，三遇糾徒作奸的地堂曾，四遇『得遇異人傳授』的大騙手宗勝蓀，幾乎受了連累，這全是有意義的描寫。看了他的書的少年，不致被武俠故事迷惑得『入山學道』了吧。所以他的故事外形盡舊，而作者的態度、思想、文學技術，都是清新的、健全的。至少可說他的武俠三部作（宮注：當時白羽自擬「三部作」，至一九四六年，作者始改稱「錢鏢四部稿」。）是無毒的傳奇，無害的人間英雄畫；而不是誨淫、誨盜、誨人練劍練拳擋槍炮。

「我以為他的書恰可與英國的傳奇作家斯蒂芬蓀相比。他的書能夠沸起讀者的少年血，無形中給你一些生活力和一些勇、一些熱。」（以上二文均刊於《話柄》）

六十年前，文藝評論已重視「寫實」、「教化」之作用（相當於今日文藝理論之「現實主義」、「思想性」）。北京《晨報》編輯、文藝評論家張騰霄在一九四〇年著文從這兩方面評論了白羽作品。張大概也是新文學工作者，他首先批判了神仙故事和鴛鴦蝴蝶派小說，然後說：「白羽著述的優點很多，最大的一點就是切合人生，信意寫出，信意讀來，彷彿真有其人，實有其事的一樣。而筆法的生動、敘述的流暢，還是小事。……白羽自然也是受到近世寫實派的影響。」

墨嬰在一九四〇年著文，從通俗文學與文學創作（注：即現代「純文學」之意）的關係、白羽文筆特徵、思想內容等方面作了評述，文章首先論述了體裁問題，他說：「白羽小說托體章回，從體裁上看是通俗小說；這在作者，也有創作的自覺。他在自序上很謙虛的說：『武俠之作終落下乘，章回舊體實羞創作。』但是，文學的評價究不能拘於形式，他的每一部武俠故事，在人物描寫上是這麼生動，情節穿插上是這麼合理，而故事進展上又這麼自然；雖披著傳奇故事的外表，可是書中人物的內心個個都有著現代的人性。這確已衝破了通俗小說的水平線，而侵入文學創作的領域了（宮注：墨嬰仍卑視通俗文學）。白羽作品因襲著章回小說的體裁，而內在文心蘊著創作的『新』與『熱』。」

墨嬰評介白羽作品的文筆和內容時寫道：「白羽寫的是劍客拳師，可是善寫人情世態。白羽創造出來的少年壯士，大都倔強，以致到處碰壁，也自討苦吃。白羽的人物好抬杠，罵起人來是很峭的。白羽的筆『健』、筆『潔』，他的小說精嚴廉悍，力透紙背，要一句一句的讀。他寫小說多所修改，報刊稿，與初版書、再版書，字句內容各有不同。白羽以作家而兼出版家，細雕細琢，連一個標點、一個問號也要注意；每一書出，必撰『提要』，卷前有『前記』，括敘前情，卷末有『後記』，預告下文。白羽寫武俠，人物盡是些常人，沒有一個超人。既沒有飛劍的異人，也沒有駕鷹的怪叟，更沒有骨瘦如柴、力抗萬鈞的僧道和小孩。俞鏢頭被二十萬鏢銀逼得亂跑、求援；鐵蓮子袒護己女，助女奪婿。白羽小說中的英雄一點割肉餵虎、捨己徇人的俠氣都沒有；可以稱得起既盡情，又盡俗。既盡俗，而又力求脫俗。這便是白羽小說的特殊作風。」

墨嬰具體分析白羽三部作品說：「《十二金錢鏢》描寫喬九煙的被囚、一塵道人的遇毒，非常生動，得一『俏』字訣。尤其是『楊柳情緣』，寫女俠柳葉青的嬌癡，至今豔稱人口。唯在結構上，此書似不如他的《聯鏢記》。」

這位評論家對武俠三部作的總評是：「《金錢鏢》是白羽的成名作，《聯鏢記》（即《大澤龍蛇傳》）便是他的成功作，若論到代表作，則又數著《偷拳》。白羽用『快爽』的筆調寫《金錢鏢》，用『緊促』的筆調寫《聯鏢記》。及至《偷拳》，故意用『生挺』的筆致寫出。」墨嬰最後說：「白羽寫武俠，卻不願少年的讀者迷惑得『入山學道』！」（原載一九三九年版《偷拳》）

關於墨嬰係何許人？徐斯年教授曾函詢筆者，他認為作者是大手筆，對白羽、劉雲若作品評論甚透，必是知情人，斯年和張贛生研究員隨便談論過，徐、張懷疑是白羽本人的化名。筆者卻認為，墨嬰很可能是天津著名文人郭雲岫的化名。郭是白羽的摯友，當時是國民黨在淪陷區天津的地下市委委員，並以白羽的正華出版部在英法租界的代理商名義藏身。他有較高的文學造詣，對武俠小說觀念與白羽相同，都是卑視武俠題材，尤其避嫌誘使少年「入山學道」。當時報載，有數名小學生私奔四川峨嵋求仙，成為正統文人譴責武俠小說的一個「罪證」。這正是白羽時代文學觀念的通病。

天津資深報人董效舒一九四三年以「巴人」筆名，在《新天津畫報》發表「論白羽武俠小說」的六篇書評，評論者講一些讚揚的話後，指出《十二金錢鏢》的兩大弊病：（1）該書從第九章起插入柳兆鴻和他的女兒柳葉青一段故事，占去三卷多的篇幅，而這段故事與全書並沒有什麼關係，有傷結構的嚴謹性；（2）柳兆鴻這個人非常討厭，按俠客的行徑當該劫富濟貧，所對付的是贓官惡霸，現在柳兆鴻卻光和綠林道作起對來，這完全違反了傳統的俠客定律。（原載一九四三年七月十日至十五日《新天津畫報》。宮注：董效老在一九八八年病逝前，又談了許多評白羽小說的新見解，筆者將於後文摘引。）

上述評說多褒少貶，只有「惋惜」，這是因為筆者只能找到這些原始資料。

二、白羽之自評

白羽《話柄》自序的第一句話：「凡是人總要吃飯，而我也是個人。」十幾個字可看出他的寫作目的。

「自序」還說：「一個人所已經做或正在做的事，未必就是他願意做的事，這就是環境。環境與飯碗聯合起來，逼迫我寫了些無聊文字。而這些無聊文字竟能出版，竟有了銷場，這是今日華北文壇的恥辱，我……可不負責。」

白羽《血滌寒光劍》自序評論本人作品說：「或問作者：何書為佳？羽曰：武俠故事，托體既卑，眼高手低，愧無妥作。若比較以求，《話柄》回憶童年，文心尚真。《聯鏢記》人物情節，頗費剪裁，確為經意之筆。次則《金錢鏢》二、三、四卷（原書第六至二十章）《爭雄記》一、二卷（該書第一至十二章），《偷拳》卷下（第十一章以後，楊露蟬三次受騙和陳清平患病），不無一節可取。而讀者眼光與作者不盡相同，或有嫌《聯鏢記》故事太慘者，謂作者慣置『正派英雄』於死地，一塵中毒，獅子林遇狙，不知是何居心。且脅之曰：『若再如此，永不再看閣下大作矣。』一讀者更專函相罵：足下專替劇賊張目，豈小白龍（注：小說人名）

之後代乎？『白龍名白，羽亦名白，羽不敢斷言也。』然羽之寫聯鏢故事，預樹『悲壯』一義，而以緊迫之筆出之；或者筆不從心，徒悲不壯，令讀者掩卷不樂乎？《寒光劍》勉徇眾意，力減『彆扭』，期使觀眾鬆心稱快。而首卷脫稿，文情散懈，俗氣逼人，方慚敗筆，乃不意書未付印，預約者、租版者、承銷者紛至，寧非怪事？《寒光劍》竊材於《俠隱記》（注：大仲馬著，今譯書名《三個火槍手》），陳元照脫胎於達特安……」

白羽關於「俠」之含義，大不同於一般武俠小說的概念。我再引一段白羽之自白：「一般小說把心愛的人物都寫成聖人，把對手卻陷入罪惡淵藪，於是設下批判，此為『正派』，彼為『反派』；我以為這不近人情。於是我把柳姑娘寫成一個嬌豪的女子，目中有己無人。但儘管她性行有若干缺點，她的為人仍還可愛，這才叫做『人』。而不是『超人』。所謂『紂之惡，不若是其甚也』。是以君子惡居下流』。那種『歸惡』與『歸善』的寫法，我以為不當。我願意把小說（雖然是傳奇的小說）中的人物，還他一個真面目，也跟我們平常人一樣，好人也許做壞事，壞人也許做好事。等之，好人也許遭厄運、壞人也許獲善終；你雖不平，卻也沒法，現實人生偏是這樣！」（原載《話柄》）

從白羽的論述中，可以看出他對我國傳統文字和西方文學都不是全盤照搬，而是力圖使二者結合，並取長補短。這些認識，以及從他的小說中，都不難看出白羽受魯迅教誨的痕跡。當然，魯迅絕無心培養一個武俠小說作家，但在魯迅精神雨露下別生一枝異花，倒值得人們研究。

總之，三四十年代的評論，也都帶有「左」的正統文學的色彩，這反映了中國文化觀念的歷史。

三、近二十年的新評

八十年代初，曾任人民日報出版社社長的評論家姜德明發表《魯迅與宮白羽》一文，白羽之名才重現於報端；不久，姜君又在其他文章中提了幾句：對宮白羽的武俠小說應該研究一下。從此開了頭，作家馮育楠撰「文壇悲士宮白羽」數千字，再寫《一個小說家的悲劇》萬餘字，進而撰傳記文學《淚灑金錢鏢》十七萬字。

天津文學界對《淚灑金錢鏢》開了作品研討會，也自然地涉及白羽和他的作品。美學家張贛生在會上說：白羽的「悲」，一是個人經歷之悲，另外還有一「悲」，是白羽本人看不起武俠小說之「悲」。他若不自卑，憑他的文學修養，可以把武俠小說寫出更高水準。作家周驥良認為，《偷拳》也可以算做「純文學」作品。（以上二君發言，筆者只憑與會記憶，無文字依據。亦未再與二君核實。）

在這個會議以前，天津《今晚報》一九八五年三月十二日刊出張贛生《話說武俠小說》短文，首次提出白羽等北派武俠小說四大家的論點。

不久承蒙梁羽生寄贈一套台灣葉洪生批校的《十二金錢鏢》，筆者讀葉君所撰「白羽小傳及分卷說明」和他的眉批，甚欽佩其知識之廣、研究之深，但也發現個別事實失誤。筆者撰一文寄梁羽生，投一稿給中國新聞社。撰文是請梁羽生先生介紹登港報，給葉君補充若干史實；他介紹給武林盟主、《明報》老闆金庸，登在《明報月刊》。投稿是葉君批校本所缺之《十二金錢鏢》卷十六、卷十七，彌補他的「遺珠之歎」（葉君用語），刊於香港《快報》。資訊回饋，葉君來信。筆者贈葉君《話柄》影本，葉君推薦給台灣《中時晚報》連載，並又撰一文，評介白羽。

八十年代評介白羽之文較多，有的評價過高，筆者不敢引用（如作家劉紹棠《敬柳亭說書》序）。這裡筆者只摘抄當代海內外評論家的幾篇文章的部分段句。

張贛生在《河北大學學報》刊出《中國武俠小說的形成與流變》專論，他認為白羽「既有中國古典文學的深厚根底，又熟悉西方現實主義文學，且飽經世態炎涼，這就使他藉武俠小說來抒寫自己對社會人生的看法。他筆下的俠客都是社會地位不高的現實武夫，他不把武俠當作救世主來崇拜，而是通過武俠思想與社會現實的脫節，批判了社會的黑暗；在寫武俠的可親、可敬的同時，也寫了他們在現實面前的可憐、可笑和可歎、可悲。諸如：一塵道人的捉賊受害，鐵蓮子柳老英雄攜女賣藝招婿受辱，武林泰斗十二金錢俞劍平在官府面前低聲下氣，乃至陸嗣清的行俠受窘等等，都是歷來武俠小說所未曾觸及的一面，是白羽把武俠傳奇拉回了現實人生，才開拓了這個新境地」。

贛生接著寫道：「白羽深痛世道不公，又無可奈何，所以常用一種含淚的幽默，正話反說，悲劇喜寫，在嚴肅的字面背後是社會上普遍存在的荒誕現象。讀他的小說，常使人不由得聯想自己的生活經歷。這體現著大大超出武俠小說本身的一種藝術魅力。所以，正是白羽強化了武俠小說的思想深度，開創了現代社會武俠小說這種新類型。白羽的成名作是《十二金錢鏢》，共十七卷；但最能顯示他文學水準的，則是《偷拳》兩卷和《聯鏢記》六卷……

「白羽屬於受『五四』先驅者們直接影響的那一代作家，那一代人不同於以後的人，他們大都有比較深厚的中國傳統文化的根底，儘管他們熱衷於西方文藝理論，但中國傳統文化在他們思想中是根深蒂固的，在他們的筆下常會自然流露出來，使他們的作品仍保持著相當濃厚的中國味。然而，畢竟白羽是接受了新文化運動洗禮的人，所以他的作品的中國味又具有某些現代的特色。或許正由於此，白羽的武俠小說較易為今天的年輕人接受，對港台新派武俠小說的影響也最大，有不少摹仿者。」

台灣武俠小說研究專家葉洪生（梁羽生致以仁函中用語）在一九八八年五月十九日於《中時晚報》以《萬古雲霄一羽毛》為題著文說：「大概目前年輕一輩的讀者對此公（指白羽）多不甚了了。但在半個世紀以前的華北地區，『白羽』之名卻是如日中天，敢說無人不知，無人不曉！道理很簡單，因為他在三十年代武俠小說界的地位，就彷彿當代的金庸一樣，堪稱是泰山北斗，『武林正宗』！他那略帶社會反嘲性的武俠小說文字，曲中筋節，寫盡人情冷暖；對於當時飽經戰亂的苦悶人心而言，實無殊於一帖清涼劑，具有清痰化氣的妙用，令人一看就不忍釋手。」

「如果說，三十年代還珠樓主作品是『出世』武俠小說的至尊；那麼『後起之秀』的白羽，則是『入世』武俠小說家中唯一能與還珠分庭抗禮的巨擘！」（筆者注：這一看法，與張贛生所論不謀而合，只是海峽兩岸用詞習慣不同。贛生曾說：

「還珠是浪漫主義武俠代表，白羽是現實主義武俠代表。）他們的讀者皆恒以千萬數，許多人拜罷還珠贊白羽，殊有左右逢源之樂。……。

「當時正值抗戰軍興，華北淪陷區人心苦悶，渴望天降俠客予以『神奇之救濟』；於焉武俠作家輩出，紛紛『揄揚勇俠，讚美粗豪』；借古人酒杯以澆今人塊壘。其中有一介書生，困頓風塵，百無聊賴。乃以『倒灑金錢』手法，胡亂打出《十二金錢鏢》，發表於天津《庸報》；孰料歪打正著，聲譽鵲起，竟贏得各方一致叫好。這人就是一心一意想成為新文學家而不果的宮竹心，筆名『白羽』，靈感來自杜詩『萬古雲霄一羽毛』，正有自傷自卑，無足輕重之意。」

「誰知區區一片白羽居然在三十年代後期名震江湖，執『武林』之牛耳，影響迄今未衰。這恐怕是一生崇尚新文學，痛恨自己為糊口而寫『無聊文字』的白羽做夢也想不到的吧？……」

「其實，即以文筆而論，白羽收放自如，更有超邁群倫之處……特別是在運用小說聲口上，生動傳神，若聞聲咳；亦莊亦諧，恰如其分，而在處理武打場面上，白羽著墨雖不多，卻深明虛實相生、奇正相間之理，在虛構中有寫實；舉凡出招、亮式、身形、動作皆歷歷如繪，交代得一清二楚。加以節奏明快，免起鶻落，文字簡潔，徐疾有致——如是種種，實為近三十年來港、台兩地一流武俠作家之所宗。」

葉洪生四改專論白羽的文章，在《葉洪生論劍》書用一章的篇幅，除更加系統地確切地對白羽對武俠小說用語（如「首張武林一詞」）及兵刃、招術的使用作了評介。葉君認為白羽的小說武打用語和武術界權威著作萬籟聲《武術匯宗》融合起來。（注：這一成績應首屬於鄭證因，但鄭氏當時是白羽寫作助手。）葉君以「現實人生」的啟示、小說人物與語文藝術、現身說法、《武術匯宗》大張其目、開創「武打綜藝」新風、《偷拳》為末路英雄寫真、反諷社會現狀、「笑中帶淚」等小標題評介了白羽。葉君特別強調白羽坎坷一生與其刻畫小說人物深刻的聯繫。

葉君這篇專論的最後一節，題目是「結論：中國的大仲馬！」在這段文字中，葉君引用魯迅的話「俠義小說之在明清，正接宋人話本正脈，因平民文學之歷七百年而再興也」。他批評「白羽在思想上有其歷史的局限性，沒有真正認清武俠小說的文學價值——實不在於『托體稍卑』（借王國維語），而在於是否能自我完善，突破創作，予人以藝術美感及生命啟示。因為只有『稍卑』才能『通俗』，何礙於章回形式呢？」

葉文最後引用胡適青年時作「讀大仲馬《俠隱記》」感懷詩曰：「從來桀紂多材勇，未必湯武真聖賢；哪得中國生仲馬，一筆翻案三千年！」胡適臨終重溫《俠隱記》，又慨歎：「為什麼我們中國的武俠小說沒有受到大仲馬的影響？」葉君對胡適遺言感歎說：「嗚呼！胡適謬知中國怎麼沒有大仲馬呢？白羽就是中國的大仲馬！」筆者認為，葉君評價過高，但白羽終究是受大仲馬等西方文學名家的影響，可惜胡適未見，也未得他的評價。

蘇州大學徐斯年教授評論白羽武俠小說寫道：「許多武俠小說都著眼於『亞社會』和『亞文化』（注：不同於主體社會、主流文化的意思）的詭奇性和封閉性。白羽則取徑於賽凡提斯和大仲馬，而在本質上，他對中國武俠小說史的最大貢獻在於，他把武俠社會描寫為人類社會的一種特定形態。他注意揭示『武林』這個的社會性而不是它的『非社會性』。……白羽的獨特之處在於他把這些都作為特定社會中的複雜的『人際關係』加以描繪和展示。他筆下的俠客，自有其被世仇或境遇逼得團團轉的，由『人際關係』所註定必然邏輯。他筆下的『黑道』人物，也有自己豐富的內心世界和不得不向『白道』狠下毒手的合乎人情的動機。」（引自《俠的蹤跡》）徐斯年對白羽作品的評價與張、葉二君基本相同，但他從另一理論深度評論。

《天津文史》一九九四年總十六期編輯了「宮白羽研究專欄」，搜集了十六位文化名人撰寫的十七篇評介白羽的文章（近七萬字），本處不再重複。

近代評論白羽寫青年奮鬥的碰壁反不如六十年前，其實這一特徵至今還有現實意義。白羽幾乎每部書中都寫有個性倔強的青年，《金錢鏢》中的楊華之倔強、碰壁，別具風格。倒多有文章讚揚《偷拳》中楊露蟬堅忍不拔精神；陳家拳的後代卻對小說關於太極陳秘惜絕技的描寫，公開著文提出異議，認為有損老人形象；真實不然，白羽特別欽佩的就是這種外冷內熱的老人，精心刻畫，毫無貶意。《聯鏢記》中「頭號壞人」鄧飛蛇忍辱十五年報仇，別有意味。筆者很欣賞《爭雄記》四卷（舊版，每卷六章）表現主人公袁振武做人的「四變」。《金錢鏢》及其姐妹篇《寒光劍》中文弱少年女子李映霞也隨所處地位的巨變，作風驟轉。

近年還見到一些論述，有的將在其他地方介紹，如對某些情節的具體評論，又如葉洪生的某些眉批。葉君批了許多個「敗筆」，筆者不敢也捨不得略去，即使看法有異，也將文字商榷。只是不宜放在這一章裡。至於某些評論以對比其他名家之短來褒白羽者，拙作不願引用。有的專論把白羽捧得雖高，但具體分析卻缺乏基礎，亦不願引用。

當代香港武俠小說名家梁羽生、金庸都熟讀白羽武俠小說。梁羽生致以仁函中曾講過「我寫武俠小說是受令尊（白羽）影響的。」金庸一九八八年春在香港招待參加國際武俠小說研究會的大陸學者，談到白羽著作，他對白羽成名作《十二金錢鏢》中的人物楊華、柳研青婚變故事很熟悉，說來頭頭是道。（引自《天津日報》）天津作家馮育楠以《金庸和白羽》為題著文說：一九八八年元月在金庸寓所，主客談及武俠小說，金庸曾「盛讚白羽先生小說寓意深刻，文字超凡，他對中國武俠小說的發展作一定貢獻，堪可稱三四十年代武俠小說一代宗師」（天津《今晚報》一九九九年十月三十日）。

推薦序

武俠領域的社會寫實領航人：白羽

《武俠小說史話》作者 林遙

白羽（一八九九至一九六六），原名宮竹心，此外，尚有杏呆、宮槑、槑、耍骨頭齋主等，山東東阿人，在天津馬廠出生。白羽自幼喜讀《水滸傳》、《施公案》等通俗小說，甚至連《瓦崗寨》等評書鼓詞，也頗有閱讀的興趣。

白羽中學畢業後，就讀於北京師範大學，「五四」前後居於北京。白羽十九歲時，父親患腦溢血突然去世，家道衰落，被迫輟學。白羽當時雖已成人，但一直以來過的是萬事不管的公子哥生活，此時當家立業，不明社會世道險惡，結果在經營中，「種種的當全上了，萬金家私，不過餘年，倏然地耗費了一多半」。後來在南遷途中，又遭亂軍搶掠，終於陷入困頓。此後，白羽賣過書報，做過小販，飽嘗生存的艱辛。

面對生活的壓力，白羽不得不委曲求全，忍氣吞聲，順應社會，改變自己。他變了，「漸漸地，學會了『對話』，學會了『對人』，漸漸地由乖僻孤介，而圓滑，而狡獪，而喜怒不形於色，而老練」，為此，他感嘆：「噫！青年未改造社會，社會改造了青年。」這些獨特的社會經歷，使他對現實生活有著深刻的認識，對社會黑暗面有深切的體會，對人性的複雜、虛偽尤其感觸良多。在以後的武俠小說創作中，他引入了這種觀察視角，遂使小說在描摹世態、刻畫人心方面，獨具慧眼，十分深刻。

新文學作家的憧憬

白羽曾產生過成為新文學作家的夢想，一九二一年，他曾親聆魯迅教誨，承蒙魯迅修訂多篇創作、譯作，推薦在北京《晨報》等報刊發表。

一九二六年他在北京的《國民晚報》任編輯。一九二七年，他的第一部武俠小說《青林七俠》發表在張恨水主編的《世界日報》副刊《明珠》上。同年，他被《東方時報》副刊《東方朔》聘為特約撰稿員。

白羽在北京謀生不易，無奈於一九二八年返回天津，另尋出路。白羽與新聞界頗有關係，加之自身擁有的才能，他當過校對、記者和編輯，其間通過陸續發表一些文章和文學作品，漸漸獲得了名氣。

一九三七年十一月，白羽從霸縣返回天津，何海鳴邀請白羽為《庸報》撰寫武俠小說，白羽邀請鄭證因參與寫作，初擬名《豹爪青鋒》，後被《庸報》改名為《十二金錢鏢》，從一九三八年二月起在《庸報》連載。《十二金錢鏢》在《庸報》連載後，受到讀者歡迎，名震京津，白羽從此一舉成名，躋身於武俠小說名家之林，成為當時最為人所推崇的武俠小說作家，同年十一月，《十二金錢鏢》卷一單行本由天津書局出版發行。

一九三九年，白羽的《偷拳》開始在北平《華文大阪每日》連載，《聯鏢記》開始在北平《實報》連載，《武林爭雄記》開始在北平《晨報》連載。同年，白羽創辦正華學校出版部，出版了武俠小說《十二金錢鏢》（卷二至卷六）、《聯鏢記》（卷一）和自傳《話柄》等。此後，又陸續創作了《血滌寒光劍》（一九四一）、《摩雲手》（一九四二）、《牧野雄風》（一九四二）等武俠小說。

一九四三年，正華學校出版部停辦，白羽武俠小說由書局出版。一九四四年為北平《立言畫刊》撰寫《大澤龍蛇傳》。一九四五年為《華北新報》撰寫《河朔傳奇錄》。白羽在淪陷時期的創作歷程大致如此，其巔峰期是在一九三九年，創作勢頭一直持續至一九四二年。此後白羽的主要精力轉向古史研究，發表了《白魚瑣記》、《甲金證史詮言》等考證古史的學術札記，武俠小說寫作大為減少。

但白羽對創作武俠小說一直有心理障礙，他曾自承：「凡是人總要吃飯。而我也是個人……一個人所已經做或正在做的事，未必就是他願意做的事，這就是環境。環境與飯碗聯合起來，逼迫我寫了些無聊的文字。」

白羽的這種心態，也可以從他筆名窺見一二。

關於「白羽」筆名的由來，人們大多沿襲白羽後人宮以仁的說法。一九八五年，天津作家馮育楠以白羽為主人公創作了一部傳記小說《淚灑金錢鏢》，該書由宮以仁作序。一九八六年，宮以仁又將其序擴充成一篇長文〈談白羽傳記小說〈淚灑金錢鏢〉〉，交香港《明報月刊》發表，文中說：

> 一九三八年初，先父親自把題為《豹爪青鋒》的長篇武俠小說的第一章，送到（《庸報》）報社。報社文藝編輯大概認為這個書名純文學味太濃，大筆輕輕一揮，改作《十二金錢鏢》。細心的葉洪生先生發現了《十二金錢鏢》初版版本有

《豹爪青鋒》的副題，來由即是如此。先父回到家中，很感慨了一番，大罵文藝編輯的無知、庸俗，對家人說：我不能丟姓宮的臉，寫《十二金錢鏢》的，姓白名羽，與我宮竹心無關；白羽就是輕輕一根羽毛，隨風飄動。

對古史研究的造詣

白羽寫作武俠小說一戰成名後，遂成為職業作家，此後十餘年間，白羽相繼創作出二十餘部武俠小說，遂成一代武俠宗師。但由於逐日撰寫，白羽最初構思與後來出版的故事，情節差異很大，並且結構混亂，尤其一九四三年以後寫的部分作品，有的是別人代撰，有的前後情節、人物性格矛盾。

新中國成立後，白羽先在天津《新津畫報》擔任社長，後來又成為天津人民出版社特約編輯，並出任天津市文學工作者協會常務理事、天津文聯委員，後任天津文史館館員。

白羽除武俠小說創作，在甲骨文、金文方面的研究也頗有建樹，一九四三年，他發表了總題為《甲金證史詮言》的二十多篇研究筆記，連載於《新天津畫報》，其價值十分重大。晚年時期，白羽將全部精力投入到甲骨文、金文的鑽研中，希望做出一番成績，藉此沖淡「武俠小說家」這個儘管非他所願、但已成事實的頭銜。可惜時不待人，二十世紀五〇年代末，他的研究由於患腦血栓而不得不中止。儘管患上了肺氣腫，行動困難，晚年的白羽仍想發表他的考古論文集，然終究未能如願。

一九六一年，時值秋季，一位名為馮育楠的天津年輕作家，慕名來到河北二馬路寓所，探訪已然退出人們視野的白羽。

在馮育楠的記憶中，白羽住在大約十平方米的居室內，屋內昏暗異常，陳設簡陋，他吃飯、寫字，大概都是在那張放在牀上的唯一的小炕上進行。斗室之內的白羽，身材矮小，白髮稀零，形容枯槁。在不算太冷的天氣裡，他已然將一件陳舊的老式對襟棉襖穿在身上，人也因此更顯衰老和孱弱。馮育楠表示，在那一瞬，他簡直無法相信眼前的一切。儘管早有預料，但白羽的落魄程度仍然令他吃驚。眼前之人就是曾經名聲沸揚的白羽？

交談期間，白羽找出一份香港舊報，指著報上關於白羽的描述，「正是中國武俠小說之大成者，家有演武堂，擁有十八般兵器，座無虛席云云，他苦笑：『演武堂？我這間破房子都無力去修。哈，十八般兵器、我家那把菜刀因為劈木頭，都豁口了……他的臉上雖堆著笑，卻無法掩蓋內心的苦楚，他的笑意令人想起來便五味陳雜。」

雄深雅健，兼而有之

白羽小說文筆出眾，雄沉雅健兼而有之。他一生中大致撰寫武俠小說二十餘種，以《十二金錢鏢》最為著名。除武俠小說外，他還有幾種著作：《話柄》是他的自傳，《片羽》是他的短篇小說集，《雕蟲小草》、《燈下閒書》是他的兩部小品集，《三國話本》是他的考證文集。

在武俠小說創作上，由於白羽的責任感和使命感極其強烈，他雖然採用舊的形式進行創作，但都提出了新的文學見解和創作手法，重點使用反諷的手法來寫武俠小說。

白羽的創作思想，從他對小說表現手法的一段論述中可以驗證：

有些小說，把書中人物嚴分邪正，無形中給每人畫上一個「臉譜」。又有的強迫主角打「背弓」自訴品行，《水滸》宋江口說仁義，喋喋不休，甚至害病延醫，也對張順說：「兄弟，看在忠義分上，是必救我則了。」這樣的表現法似太省事了。講台上的主席可以握著講師的手，當場介紹：「各位同胞，這位黃天霸，很有本事。」而小說是不行。像說評書似的，插科打諢，導演上台，裝丑角逗笑，在今日已索然無味了。並且作者露面，看官聽說立刻遮斷了故事的進行。小說表現手法也可以借鑑電影。注重小動作，以動作宣示心情……

張贛生對白羽以武俠書寫社會人生的看法極為讚賞，將其創作特點標明「社會」二字，與其他武俠小說作家區別開，頗具新文學作品的含義。宮以仁、宮捷是白羽的後人，他們認為父親，「其風格、文筆，就明顯反映出魯迅的傳授——文字平淡而內涵深刻，感情、語言冷漠而深透社會本質」，還將之概括為「社會」、「世態」和「反識」六個字。

面對殘酷的現實社會

白羽極力描寫俠義思想和社會現實的嚴重脫節，是以其豐富的生活積累和對世態人生的思考為基礎的。

白羽的武俠小說呈現出這樣一種觀點，俠客義士並非救世主，行俠仗義也可能遭人誤會，而行善者可能會遭惡報，作惡者也可能得善終。這樣的創作思想將中國武俠小說中神聖的俠義傳統模式打破，並使武俠小說與現實更加貼近，讀者從中能夠受到啟發，從而更好地理解生活和人生。對此，白羽曾表示：

一般小說把心愛的人物都寫成聖人，把對手卻陷入罪惡淵藪，於是加以批判，此為「正派」，彼為「反派」。我認為這不近人情，於是把柳姑娘（《十二金錢鏢》人物）寫成一個嬌豪的女子，目中有己無人。但儘管她性行有若干缺點，她為人仍還可愛，這才叫做「人」，而不是「超人」。所謂「歸善」與「歸惡」的寫法，我認為不當。我願意把小說（雖然是傳奇的小說）中的人物，還他一個真面目，也跟我們平常人一樣，好人也許做壞事，壞人也許做好事。等之，好人也許遭惡運，壞人也許獲善終；你雖不平，卻也沒法，現實人生偏是「這樣」！

在白羽的武俠小說裡，俠客皆為社會地位不高的江湖武夫，身分更近於普通人。他們一方面，渴望殺富濟貧、除暴安良，表現得可敬可親，另一方面，又自私狹隘、圓滑狡黠，顯得悲哀而可憐。由於社會生活環境的殘酷，他們有時自身也難保，更談不上拯救其他人脫離苦難。

在白羽筆下，好心好報不一定準確，你想改造社會，可能往往被社會所改造，俠客們的真實面目就是如此。比如太極陳，這位在《偷拳》中威震四海、英明一世的大俠，在收楊露蟬為徒過程中，囿於古板的門派偏見和弟子的讒言，楊露蟬的學藝生涯幾乎被他扼殺。他在與周邊關係的處理上，猶疑不決，處處顧忌，在小人的算計中差點兒喪命火海，若非楊露蟬全力以救，恐怕早已喪命。《十二金錢鏢》中，柳兆鴻這位老英雄學習古人，欲用「比武招親」為侄女柳研青選婿，結果事與願違，反遭地痞流氓侮辱戲弄。

小說寫道：「柳兆鴻策馬而行，偶然回頭，見柳研青汪著眼淚，這才曉得這『比武招親』的話，只是說著好聽，實際上是斷斷行不通的」。俠客不是救世主，他們是普通人，他們離不開現實生活，在生存面前同樣要吃飯，但前提是要學會處世之道，在學會處事的過程中，他們無疑成為被社會改造的對象。

白羽在他的武俠小說中，認為「俠義精神」是脫離現實生活的。

《聯鏢記》中，鏢師林廷楊和盜賊小白龍比武較量，威名顯赫的他本來穩操勝券，然而他卻對年輕對手的武功資質產生憐憫，不忍心痛打落水狗，遲疑之間，敵人宵小卻利用了他的手下留情，用暗器將他置之死地。「俠義精神」包含有寬容，但在現實生活中，人心卻是多變的，對人寬容，也許得到的只是恩將仇報。林廷楊一代大俠，結局可悲可嘆，其原因就在於他不看對象，無所顧忌地寬容他人，忽略了社會現實的殘酷，終至死於非命。

對此，《十二金錢鏢》裡，陸嗣清有一段話耐人尋味：

可是這行俠仗義，也不是容易事。告訴你兩位哥哥，我有一回看見一個女孩子打一個小男孩，打得直哭。我就過去嚇唬她，不許她以大欺小。誰知教那丫頭片子唾了我一口，她說：「這是我兄弟，你管得著麼？」我就說：「就是你兄弟，也不該欺負他。」這工夫，那個小男孩反倒抱著他姐姐的大腿，哭著罵起我來。我一想，還是人家有理，我就溜了。

在白羽的小說裡，俠客所有的「壯舉」都顯出脆弱不堪。白羽深諳社會生活環境的殘酷性，通曉世態人情，在認知態度上十分清醒，因此他筆下的武俠小說，揚棄了長期受讀者歡迎的故事方式，不再遵循善惡分明、以正壓邪的模式，而是注重故事情節發展的合理性以及人物形象的塑造。

擅於描摹人性與感情

白羽武俠小說描寫人性之複雜，在同時代武俠小說作者中，也是獨樹一幟，予人印象極為深刻。

民俗學家金受申曾寫有《我恨白羽？》一文，談及白羽描摹人性之高妙：

《十二金錢鏢》寫到第十三集，已是俞、袁見面後正面的衝突，不特太極丁的唯一愛女丁雲秀也出場見面，就是丁門弟子胡振業、蕭振傑，也相率趕到，寫丁雲秀是半老徐娘，與柳研青、華吟虹均有不同，可見其筆下萬端，不可端倪。

寫蕭守備之見石璞，大架子足見官派及老前輩氣概；見胡振業，則同門師兄弟之舊交誼，藹然可見；寫馬振倫之避不見面，遠在同門時，已種下袁、馬交厚之根，此時寫來，便不覺唐突，而蕭守備不肯跳牆，面面顧慮周到；寫胡跛胡振業，最為有聲有色，白羽不跛，不知何以洞知跛者之心。

筆者病後，左腿及手指，均留有些微病痕，人以跛公呼之，蓋即因此。我自知

> 病後殘軀，雖無礙於執業，但胸中終有一段不平之氣，何況胡跛已廢一腿，半世馳驅，技擊名家，情何以堪？其不受人惠貺，不需人扶掖，處處表現血性，無往非有激而然。
>
> 寫到袁豹不識其面，勃然變色，均廢疾之人常情，趙子昂畫馬，伏地窺馬動作，白羽之寫跛人，何以能盡得其情，真不可解。……白羽《十二金錢鏢》第十三集之成功，均由寫胡跛之鬱勃之氣，滿腹牢騷所得來，別的書中，實未見有此等寫人性格之法。

所謂「寫人盡得其情」，對白羽而言，就是要寫出這些武林中人的普通人性。別人寫胡跛一類人物，大多在人物的武技本領上大做文章，但白羽關注的卻是這樣的人物為何會有「鬱勃之氣」，為何會「滿腹牢騷」。鬱勃、牢騷是人的本性，體現在跛俠客身上便耐人尋味，關鍵在於作家是如何將其藝術地呈現出來。

白羽對於小說創作應該進行人性的深度挖掘的理念，早在一九三二年《舊戲的立場》一文中曾經表露過：「『寫實』固是藝術追求真美之一途，但藝術總自有藝術的疇型與窠臼，必須把人生真相提煉一度，放在一定的疇型內，再於一定條件下表現出來。」

白羽認為，要寫出人性的複雜，就要在「寫實」的基礎上「把人生真相提煉一度」，就是說寫人性的複雜，要通過提煉，把人性中最能反映人生真相的複雜之處提取出來，展示真實人生中的複雜人性。

《大澤龍蛇傳》寫小白龍的孤冷，「而特拈出其有熱情」，就是白羽「把人生真相提煉一度」的結果，金受申對此甚為嘆服，認為這「在人性上則極深刻，世不乏小白龍之人，獨無寫此之筆」。

白羽創作武俠小說之前，武俠小說會寫到人性，但主要目的是寫武功技擊和緊張激烈的情節，對於描摹人性，尚處於無意識的狀態，而白羽在寫作之初，就已經將目光投注於「人性」本身，使得讀者耳目一新。

白羽小說中人物塑造的成功經驗，對後來台港新派武俠小說的人物描寫產生了重大影響。

此外，白羽的「紙上武功」描寫也是技藝精湛，十分出色。白羽不懂武術，便請教友人鄭證因，再根據書中細節加以演說，所以白羽的小說在武功描繪上活靈活現，有聲有色。白羽的文筆非常出色，他的文字，平實中含峭拔，冷峻中有諧趣，奇麗中顯雄沉，纖柔中寓剛健，尤其是在口語的運用上更是生動傳神。

《十二金錢鏢》的來龍去脈

《十二金錢鏢》是白羽武俠小說的成名作，始刊於一九三八年二月天津《庸報》，卷一初版於同年十一月，由天津書局印行。二十世紀四〇年代在天津《天聲報》繼續連載，更名《豹爪青鋒》。一九四六年天津《建國日報》續載最後五章，名為《豐林豹變記》。同年，名劇作家翁偶虹應上海「天蟾舞台」之邀，根據本書為京劇大師李少春、袁世海、葉盛章精編《十二金錢鏢》一劇，風靡上海。全書從一九三八年至一九四九年，由天津正華出版部等再版六次，共一百三十多萬字。

故事講述「飛豹子」袁振武因娶師妹不成，又恨師父將掌門傳給師弟俞劍平，一怒反出師門，二十年後，他尋仇劫鏢，與俞劍平多次比武較量。

俞劍平是江南鏢行首領，以太極拳、十二支金錢鏢和太極十三劍稱雄武林，獲得「十二金錢鏢」的美名，晚年退出武林，不問世事。不料老鏢頭鐵牌手胡孟剛，接了一筆官帑，因事關重大，邀請俞劍平重出江湖。俞劍平因朋友義氣，放棄曾經不入江湖的誓言，將「十二金錢鏢旗」借出，還派大徒弟鐵掌黑鷹程岳押鏢。不料袁振武半途率眾劫鏢，將金錢鏢旗拔去，要與俞劍平一分高低。俞劍平為了一世英名和失鏢入獄的老友胡孟剛，不得不重出江湖，邀請各路高手相助尋鏢。幾經周轉，雙方約定比武，展開一場龍爭虎鬥，結果勝負未分，官軍聞訊圍剿，袁振武逃離，最終眾人在水中尋回鏢銀。

整個故事並不複雜，不過是「失鏢——尋鏢」的簡單故事，卻因白羽用筆懸疑，文字生動，情節頓顯曲折離奇。

小說先寫江湖上出現大盜，來歷不明，專與鏢局作對，接著寫鏢銀丟失，鏢旗被奪。俞劍平召集眾人商議，眾人卻始終猜不透對手。這其中對飛豹子的來歷、劫鏢的計畫、步驟、目的，一概不提，伴隨著故事的發展，才抽絲剝苗，逐步揭開真相。

故事始於求借鏢旗，經過打聽、預警、改途、遭劫、搏鬥、失鏢、尋鏢、無數次上當，情節環環相扣，顯示了白羽化腐朽為神奇的佈局功力。

小說裡的人物刻畫入微，生動活潑，如俠氣干雲、機智老練的俞劍平；神出鬼沒、狡詐無比的飛豹子；表面詼諧、內心熱血的黑砂掌；刻薄尖酸、小人德行、色厲而內荏的九股煙喬茂，個個躍然紙上，呼之欲出。

小說第一章胡孟剛前往江蘇海州雲台山向俞劍平借鏢旗，俞劍平因為不想重入江湖，開口便先聲奪人，一派老江湖的口吻：

俞劍平笑道：「我說如何？夜貓子進宅，無事不來！老弟，你我一二十年的交情，非比尋常。你有為難的事，我能袖手麼？不過——我先講明，你要用錢力，萬兒八千我還拿得出來；再多了，你給我幾天限，憑哥哥我這點臉面，三萬兩萬也還有地方拆兌出來。你要是用人力，我這回歇馬，面前有四個徒弟，有兩個能出去；用人再多了，我給你約幾位成名的好漢幫場。可有一樣，我已封劍歇馬，再不能重作馮婦，多管江湖上閒事了。」

說著，把右臂一伸，道：「這一臂是人力，我有四個徒弟。」又把左臂一伸，道：「這一臂是財力，我有小小三兩萬薄產。老弟，你說吧！你要我助你哪一臂之力？」再把脖頸一拍，道：「老弟要想借我的人頭，可就恕我不能從命了。」

鐵牌手一聽，不覺愕然，暗道：「我這算白碰釘子！」他強笑一聲道：「老哥哥，我真佩服你！莫怪你名震江湖，不只武功勝人，就是這份察言觀色，隨機應變，也比小弟高得多。小弟是枉吃五十二年人飯了。難為你把小弟的來意就料個正著。只用三言兩語，就把我這不識進退的傻兄弟硬給悶回去了。咱們什麼話也不用提了，咱們是後會有期。我再找素日口稱與我胡孟剛有交情的朋友，碰碰軟釘子去。實在是事到急難，全沒交情了，我就乾乾脆脆，聽天由命完了。」

鐵牌手把袖子一甩，站起身來，向俞鏢頭一躬到地道：「老大哥，你老坐著！」俞劍平手拈白鬚，笑吟吟看著胡孟剛負氣告別，並不攔阻。後見他竟已調頭出門，這才發話道：「胡二弟請回來。你就是挑眼生氣，要跟我劃地絕交，你也得講講理呀。我這裡沒擺下刀山油鍋，何必嚇得跑？」

胡孟剛回頭道：「你一口咬定不肯幫我，我還在這裡做什麼？給你墊牙解悶麼？」

文字功力舉重若輕

白羽的武俠小說，極為講究人物語言，在他的妙筆之下，喬茂貪功、圓滑、刻薄、患得患失的小人心性以及色厲內荏的意識，被刻畫的入木三分。

白羽客觀敘述故事的風格雖然統一，但書中人物的對白則千變萬化，視其身分、閱歷、教養、個性而定，或豪邁，或粗鄙，或刁滑、或冷峻，或笑料百出，不一而足。其他如楊華的少年任俠，爭強好勝，柳研青的天真活潑，任性好強，柳兆鴻的精明老辣，俠氣凜然，無不如見其人，如聞其聲。

白羽小說還勝在文筆優美，他的文學素養甚高，駕馭文字的功力舉重若輕，第一章寫俞劍平出門散步的景物：

這日，時當春暮，山花早吐新紅，野草遍繡濃綠；午飯已罷，俞鏢頭散步出門，攜六弟子江紹傑，徐徐踱到港邊。春風微漾，清流如錦；長竹弱柳，在堤邊爭翠，把倒影映在波面，也隨晴風皺起碎碧。遠望西連山，相隔較遠，但見一片青蒼，銜雲籠霧。這邊港上，有數艘帆船擺來擺去，望過去似戲水浮鷗。師徒負手閒眺，心曠神怡。

類似這樣的文字，在全書俯拾皆是，「妙筆寫景，如畫如詩。其清雋婉約處，即陶潛亦不能過。」

《十二金錢鏢》的另一大貢獻，在於為武俠小說的武功描寫開創了「文學化」的先河。白羽在《話柄》中自承：「我自問於鋪設情節上、描摹人物上還行，開打比武卻怕出錯；因此按下奪鏢的開打，敦請柳研青姑娘先行出場……所以金錢鏢在結構，竟被折成兩截」。

白羽寫情固細膩動人，但對於自己不擅長的武打場面，也能揚長避短，另出機抒。白羽的小說中，不論是拳掌、兵器、暗器、內功、輕功，或是武打場面的設計等等，很多都被其後的武俠小說作家繼承。另外，白羽使用了「武林」這一詞語，定義超越了此前的「綠林」一詞，成為武術界通稱，約定俗成，至今通用。

白羽筆下的武功，「奇」、「正」相間，武打場面精彩紛呈，書中人物的身形動作，舉手投足，招式清楚，歷歷如畫，筆觸細膩靈動，不僅沿用了武術動作的名稱，並且創造了許多富於奇想的武功，像「混元一力掌」、「大力千斤掌」、「彈指神通」等，分別以成語或典故命名。書中一些「疾如電光石火，輕如飛絮微塵」、「隱現無常，宛若鬼魅」等武功描寫上的詞句，也為後來武俠小說作家的描寫拓寬了道路。

楊柳情緣的敘事作用

白羽筆下的武功，富有文學意味，提高了武俠小說中比武較技的美學價值。

《十二金錢鏢》中描寫俞劍平比鬥的一段文字，頗為讓人稱道，讀起來歷歷在目，宛在眼前：

十二金錢俞劍平剛剛的振左臂一揮，長衫敵影的短兵刃已到背後。俞劍平趁這左臂一揮之力，左手劍訣一領，左腳往左跨半步，右腿只一提，下護其襠，身軀半轉，側目回睨，展奇門十三劍救急絕招「楊枝滴露」，不架敵招，反截敵腕。三尺八寸的青鋒，迅如電掣，劍尖下劃，恰找敵手的脈門；雖然夜暗勢驟，不差分毫。

這一招所謂「善戰者攻敵必救」！頓時反守為攻，把敵招破開。敵人迅猛的招數竟未得手。但這敵人也好生厲害，只見俞劍平一閃，立刻明白了來意；頓時一甩腕，把手中怪兵刃收回，手腕一翻，復又變招進攻：用「腕底翻雲」，橫截俞劍平的劍身。

俞劍平倏然應招發招，往下一塌腰，掐劍訣，領劍鋒，劍走輕靈；圈回來，發回去，「春雲乍展」，照敵人右肋後「魂門穴」點去。敵人「唰」的一晃，身形快如飄風，不遲不早，單等得俞劍平的劍往外剛剛撤出來；他這才霍然一旋身，一個盤旋，轉到俞劍平的左肩後，喝一聲：「打！」照十二金錢的右耳後「竅陰穴」打去。俞劍平一劍走空，頓知不妙；丹田一提氣，急聳身，「颼」的躥出二尺多遠。凝身止步，叫了一聲：「朋友！」長衫敵人一步不放鬆，半句不答腔，啞吃啞打，立刻跟蹤又上。

這段文字寫長衫敵（飛豹子）暗算俞劍平，俞劍平應變還招，你來我往，招式分明，文情跌宕，令人目不暇接，讀起來卻又欲罷不能。

《十二金錢鏢》的最大缺失是在全書結構上，正如前文白羽在《話柄》中坦承的一樣，全書從第九章開始，完全脫離了「失鏢——尋鏢」的主線結構，轉而大寫楊華、柳研青、李映霞三人的「三角戀愛」以及「青鏑寒光劍」的風波，前後約三十萬字，占全書四分之一篇幅。這一大段文字雖文情跌宕，人物性格豐滿，但對全書結構卻構成了巨大破壞，並且這段故事中的人物和小說主要情節「尋鏢」一事無關，完全可以獨立出來，另成一部小說。同時，由於小說是報刊連載，雖然故事本身並不複雜，但在作者有意拓展下，加大了很多不必要的篇幅，固然極盡曲折，卻仍出現許多不必要的重複。

這一結構上的敗筆，白羽在《話柄》一書中解釋：

《十二金錢鏢》初寫時，我不懂武術，邀友人證因幫幫忙。可是兩人作，只寫到第一卷第二回的上半，證因另有辦法，丟飛下筆桿不幹。這時候二十萬鹽鏢甫遇盜劫，鐵牌手正血戰護鏢，我獨力接過來。又正忙著辦學校，對於尋鏢的事還沒有算計好。怎麼辦呢？避重就輕，捨短用長。我把鐵牌手押回海州，送入監牢，立刻創造了黑砂掌父子一對滑稽角色。柳研青父女本該在尋鏢有下落，奪鏢正開始時，才讓她仗劍上場。我卻等不及了……女角挑簾，自易吸住讀者的眼光……然而，這一來卻岔開了，直岔到第六卷，大部故事幾乎全是楊柳情緣。楊柳情緣本是我預先想好，要作別用的，如今卻胡亂搬出來……

從白羽的自述中，大致可以瞭解到「楊柳情緣」這一枝蔓出現的來龍去脈。

目錄

(一)借旗押鏢

第一章　登門借旗

江蘇海州以西，有一座雲台山，山脈綿延，與鷹遊嶺西連山相接。登山東望，波濤萬頃；山麓清流斜繞，旁有小村，負山抱水，名叫清流港。全村疏疏落落，只有三五十戶人家；中有大宅一區，小園廣場，雜植竹石，似別墅，非別墅，實為名鏢師十二金錢俞劍平的私宅。

俞劍平鏢頭生平以拳、劍、鏢三絕技，蜚聲江南。他的太極拳、太極劍，功候精深，已得內家神髓；他的十二支金錢鏢，尤屬武林一絕。所謂金錢鏢，就是用平常使用的十二枚銅錢，不磨邊，不刮刃，備帶身邊；如逢勁敵，借一撚之力，駢指打出，可以上攻敵人雙眸，又能打人三十六穴道。

江湖上會打錢鏢的，不能說沒人，但只兩丈見準。俞鏢頭腕力驚人，可以打出三丈以外。攻穴及遠，百發百中。以此贏得一個綽號，叫做「十二金錢」，又叫俞三勝。

俞劍平挾這三絕技，爭雄武林，一往無敵。遂在江寧府，創開安平鏢局。那鏢旗就繡取十二金錢，作為標幟。

自然當初創業，不免有草莽豪傑跟他為難；終不敵他這雙拳、一劍、十二錢鏢。多番較鬥，樹下威名；他這杆金錢鏢旗在江南道上從此行開了。也仗他為人堅韌，心性熱，眼力真，交遊極廣，人緣極厚，又有賢內助相幫，方得有此成就。他不但能創，也還能守。他心念登高跌重，盛名難久，遇事格外慎畏，待人愈加謙和；就是武功，也不敢稍有間歇，仍及閘人逐日勤練。二十年來，以此自持，倖免蹉跎；於是時光催人，壯士已到暮年。

當他五十三歲時，自想明年便逢暗九，半生挾技創業，今已名利雙收；再不急流勇退，深恐貽悔難追。遂與妻子丁雲秀商計，擇日歇馬，將鏢局收市；在雲台山下，買田築舍，從此封刀歸隱。他把心愛的幾個弟子帶到自家；新宅築有箭園，早晚指授他們武功。期望愛徒精研拳、劍、鏢三絕技，將來昌大門戶，仰報先師恩，圖留身後名。

俞門弟子現有七人。

大弟子鐵掌黑鷹程岳，字玉峻，二十九歲；黑面黃瞳，掌力很強，善使藤蛇棒，武功深造有得，迭在鏢局押鏢出馬；現留師門，替師父料理身邊瑣事。

二弟子左夢雲，年二十餘歲，人很精幹，拳技較師兄稍遜，也能獨當一面。

三弟子奚玉帆，在俞鏢頭退隱以前，已經出師，回返故鄉鳳陽。

四弟子楊玉虎，與二師兄年技相當。

五弟子石璞，遼陽人，二十一歲，近為完婚，已經告假回籍。他父名白馬石谷風，本是遼東大戶，也善技擊；因慕俞門絕技，方遣愛子千里從師。

六弟子江琇，本名紹傑，是江寧富家子，骨秀神清，年方十八歲；幼因多病，奉父命投入俞門，習武健身。

七弟子武琦，字凌雲，也是江寧人，年十九歲，倒比六師兄大；家貧少孤，聰敏有志，很得師父憐愛；現因母病，告假省親去了。

目下侍師歸隱的弟子，便是程岳、左夢雲、楊玉虎、江紹傑四人。

俞鏢頭家中人口無多。門人以外，便是妻、子。妻丁雲秀原是他的師妹，也精武技；當年創業，頗得其力。膝下一兒一女；女名俞瑛，年當花信，已嫁金陵舊家，做少奶奶。子名俞瑾，年十七歲，幼承家學，得父母指授，武功卓然可觀，只膂力稍弱。頃因俞瑛嫁後五載，頭胎生男，俞氏夫婦大喜；遂遣俞瑾打點禮物，和武凌雲搭伴，同赴江寧，看望胞姐去了。

俞鏢頭退隱雲台，瞬逾半年。

這日，時當春暮，山花早吐新紅，野草遍繡濃綠；午飯已罷，俞鏢頭散步出門，攜六弟子江紹傑，徐徐踱到港邊。春風微漾，清流如錦；長竹弱柳，在堤邊爭翠，把倒影映在波面，也隨晴風皺起碎碧。遠望西連山，相隔較遠，但見一片青蒼，銜雲籠霧。

這邊港上，有數艘帆船擺來擺去，望過去似戲水浮鷗。師徒負手閑眺，心曠神怡。港面忽駛來一葉小船，船夫老何叫道：「老鏢頭今天閑在，不坐船聽戲去麼？」

俞劍平轉臉一看，道：「老何，你上哪裡去？哪村演戲了？」

船夫欣然道：「是西港宋大戶家酬神還願的戲，你老不去看看麼？我這是接人去。」

俞劍平信口道：「哦！」

那船夫慫恿道：「你老別看是村戲，那班裡有個好武丑，叫草上飛，功夫硬極了，五張桌子一翻就下來，還夾著雞蛋米筐。」這船夫且說且將小船划過來，要做順水人情，請俞氏師徒上船。

俞鏢頭胸無適莫，去可，不去也可。

六弟子江紹傑忍不住了，忙說：「師父，我們去看看吧，今天也沒有事。」

俞鏢頭微微一笑，舉步登舟，說道：「紹傑，去是依你，我得罰你幫著老何划船。」

江紹傑歡天喜地道：「我划，我划。」調轉船頭，直奔西港。

江紹傑搖槳划出二里多地，頭上微微見汗。前途隱聞鑼鼓喧聲，許多男婦往那裡趕；江紹傑搖得越起勁了。不想，背後突有一隻小船追來，大聲叫道：「前面船慢划！老當家的，家裡來人了。」

師徒愕然，回眸一看，是家中的長工李興。

連忙攏岸，問來客是誰，從哪裡來的？

長工李興說：「是打海州來的，彷彿姓侯，還帶著許多禮物哩！」

俞鏢頭一面叫船夫停船，一面想道：「哪個姓侯的？大遠的跑來，找我有什麼事呢？」

這時六弟子江紹傑沮喪極了，就衝長工發作道：「到底客人叫什麼名字？為什麼來的呀？難道沒有名帖麼？」

李興道：「有名帖，留在程大爺那裡了。說也是鏢行熟人，程大爺陪進客廳去了，教我催老當家的趕快回去。」

老鏢頭笑了一聲，聽戲作罷，改登小船，往家中走來。

還沒到家門，已見四弟子楊玉虎迎出，向老鏢頭道：「師父，海州振通鏢局鐵牌手胡孟剛老鏢頭看望你老來了。」

俞劍平一聽，立刻含笑道：「我道是哪個姓侯的，原來是胡孟剛二弟來了。我正想念這班老友。」說著捨舟上岸，徑到家門，往客廳走來。

楊玉虎搶步掀簾，俞劍平來到屋內，只見老友胡孟剛，依然穿的是江湖道上那種行裝：二藍川綢長衫，長僅掩過膝蓋，大黃銅鈕扣，下穿白布高腰襪子，一雙福字履。

這位胡鏢頭面如紫醬，蒼黑鬍鬚，二目有神；正跟大弟子程岳、二弟子左夢雲，大聲談話。

俞劍平抱拳道：「呵，胡二弟，久違了。這是哪陣風把你吹來，到這野水荒村裡？我真意想不到。」又看見桌上椅上堆置著的禮物道：「二爺，你這是做什麼？老遠來了，還買這些東西？」

鐵牌手胡孟剛忙站起來，大笑著舉手還禮道：「老大哥，真有你的！難為你怎麼尋來，找這麼一個山明水秀的地方，隱居納福；把老朋友都拋開了，連小弟也不給個信。哈哈，我偏不識趣，找上門來。老哥哥，你說討厭不？」

俞鏢頭舉手讓座道：「請坐，請坐！去年我在江寧，把鏢店收市時，所有一班老友全請到了。那時候，老弟你正往福建走鏢；就是我用金牌調你，你也未必敢半途折回，你反倒怪我不請你麼？」

鐵牌手大笑道：「你請我，我偏不來；你不請我，我倒找上門來了。沒什麼說的，我帶了些金華火腿、紹興女貞，你得教你的廚務好好做一下，咱哥倆暢快喝一回。」

兩人落座，眾弟子侍立一旁，六弟子江紹傑重獻上茶來。

俞劍平問道：「二弟近來鏢局買賣可還好？自我歇馬以後，可有什麼新聞麼？」

鐵牌手一拍膝蓋道：「有什麼好不好，不過為本櫃上一班鏢師、徒弟所累，不得不撐著這塊牌匾罷了。論我的心意，何嘗不想追隨老哥，也把鏢局買賣一歇，討個整臉。無奈此刻是欲罷不能，只好聽天由命，早晚栽跟頭完了！」

胡孟剛嘴裡說著閒話，神色上似有疑難不決的事情，一時不好貿然出口。

俞劍平久闖江湖，飽經世故，察言觀色，料到幾分；遂開言引逗道：「二弟，難為你遠道而來，想必鏢局清閒，何妨在我這裡寬住些時？我自從來到這雲台山，半年以來，除了練功夫，教徒弟，閑著就遊山逛景。每每想念起一幫老朋友來，又不免寂寞。二弟好容易來了，打算盤桓幾天呢？」

胡孟剛滿腔急事，造次沒法開口，驀地臉上一紅道：「你先別和我定規盤桓多少天，我還不知道我還能混過多少天哩！」

俞劍平嗤然一笑道：「何至於此？二弟你有什麼混不下去的事，大遠的跑到我這裡來，說短氣話？二弟你素性豪爽，有什麼話，儘管痛痛快快的講，不用轉彎了。」

胡孟剛瞪著眼，看定這俞劍平道：「你叫我說麼？我就說，我這次遠道而來，不盡為請你吃火腿、喝紹興酒，我正是有求於你。老大哥，我正有難事，你必得助我一臂之力。」

俞劍平笑道：「我說如何？夜貓子進宅，無事不來。老弟，你我一二十年的交情，非比尋常，你有為難的事，我能袖手麼？不過我先講明，你要用錢力，萬二八千，我還拿的出來；再多了，你給我幾天限，憑老哥哥這點臉面，三萬兩萬，也還有地方拆兌出來。你要是用人力，我這回歇馬，面前四個徒弟，有兩個也能夠去；用人再多了，我給你邀幾位成名的好漢幫場。可有一樣，我已封刀歇馬，再不能重做馮婦，多管江湖上閒事了。」

說著，他把右臂一伸道：「這一臂是人力，我有四個徒弟。」又把左臂一伸道：「這一臂是財力，我有小小三兩萬薄產。老弟你說吧，你要我助你哪一臂之力？」又把脖頸一拍道：「老弟要想借我的人頭，可就恕我不能從命了。我今年五十四，我還想多活幾年，我再也不想出去的了！」

鐵牌手一聽，不覺愕然，暗道：「我這算白碰釘子！」他強笑一聲道：「老哥哥，我真佩服你！莫怪你名震江湖，不只武功勝人，就是這份察言觀色，隨機應變，也比小弟高得多。小弟是枉吃五十二年人飯了。難為你把小弟的來意就料個正著。只用三言兩語，就把我這不識進退的傻兄弟硬給悶回去了。咱們什麼話也不用提了，咱們是後會有期。我再找素日口稱與我胡孟剛有交情的朋友，碰碰軟釘子去。實在是事到急難，全沒交情了，我就乾乾脆脆，聽天由命完了。」

鐵牌手把袖子一甩，站起身來，向俞鏢頭一躬到地道：「老大哥，你老坐著！」俞劍平手拈白鬚，笑吟吟看著胡孟剛負氣告別，並不攔阻。後見他竟已調頭出門，這才發話道：「胡二弟請回來。你就是挑眼生氣，要跟我劃地絕交，你也得講講理呀。我這裡沒擺下刀山油鍋，何必嚇得跑？」

胡孟剛回頭道：「你一口咬定不肯幫我，我還在這裡做什麼？給你墊牙解悶麼？」

俞劍平仍是笑吟吟的點手招呼道：「二弟，你回來，咱們講一講理。你說找我幫忙，你又沒說出什麼事來。你既任什麼也沒說，怎麼反怪我拒絕你呢？請問我拒絕你什麼來，你卻氣哼哼的甩袖子要走？你這麼不明不白的一走，咱們就翻了臉，我也不教你走出清流港去。老老實實的給我走回來吧，不然我可叫小巴狗叼回你來了。」一句話引得眾弟子忍俊不禁；鐵牌手卻窘在那裡進退不得。

大弟子程岳機靈識趣，忙上前攙著胡孟剛的左臂，說道：「老叔請回來，坐下慢慢談，我師父不是那不顧義氣的人。」

程岳且說且挽，把胡孟剛推到上首椅子坐下。二弟子左夢雲忙斟上一杯茶來。

俞劍平跟著坐下說道：「二弟，你還是這麼大的火氣！想愚兄我在江南道上二十來年，朋友沒有少交，怨仇沒敢多結，為朋友斬頭瀝血的事沒少辦過。尋常同道，杯水之交，找到我面前，只要我力所能為，從沒有袖手旁觀。而今輪到你我自己弟兄面前，有什麼事，我還能不盡力麼？就是我確有礙難之處，賢弟你也得把來意說明，我們還可以慢慢商量。你怎麼一字未露，拂袖要走呢？二弟，到底為什麼事情，這麼著急？何妨說出來，大家斟酌呢！」

胡孟剛道：「你這個老奸巨猾，真是推得開，拉得轉；偏我性急，又教你逮住理了。現在長話短說，痛快告訴你吧，我倒不要你的人頭使喚，我不過要借你的硬蓋子搪搪箭。只因我們這南路鏢，從前有你老哥的安平鏢局，在前頭罩著，江湖道上規規矩矩的，穩過了這些年；就連小弟的振通鏢局，也跟著闖出字號來。不料自從老哥歇馬收市，咱們鏢行沒有兩月光景，連出了兩三檔事。

「蕪湖的得勝鏢局、太倉的萬福鏢局、鎮江的永順鏢局，全栽在綠林手內。近來鬧得更厲害了，五個月工夫，竟又有七家鏢局遇事。內中有四家，鏢師、趟子手受傷，鏢銀幸得護住；其餘三家鏢銀被劫，至今沒有原回。最可怪的是，劫鏢的這個主兒，始終沒有道出『萬兒』（姓名）來。所有出過事的各鏢行頗下苦心，多方踩跡，到底不曾探明他這『垛子窯』（盜窯）設在哪條線上。這麼一來，鬧得南路鏢，稍微含糊一點，全不敢走了。

「兄弟我在鏢行中，耳目不算不靈；我的出身，老哥你也盡知；南北綠林道上的朋友，我認識的不算不廣。只是這一檔事，竟也掃聽不出底細來。卻是這半年來，風波迭起，總還沒有輪到我頭上，我也萬分知足。我幹這種刀尖子上的營生，早已灰心。但若教我立即撒手，又為事勢所迫，不能甘休。我已想好了，熬到明年端午，把我歷年掙的錢都搬出來，給眾鏢師均分勻散；我便把振通鏢局的牌匾一收，在江湖上討個整臉。家裡還有幾十畝薄田，兒子們也全可以自立了；我就追步老哥的後塵，回家養老一蹲，也就罷了。」

胡孟剛喝了一口茶，接著道：「誰知天不從人願，竟在這時，有一筆鹽帑解往江寧，奉鹽道札諭，教我振通鏢局護鏢。我怎麼推託，也推不開；我說鏢師全押鏢走了，沒有好手，不敢應鏢。這麼說，也不行。數目是二十萬；老哥哥請想，這種時候，我又存了退志，並且又是官帑，倘有個失錯，不止一輩子英名付於東流，連腦袋也得賠上。我是破出鏢店教海州封了，也不應鏢。

「其時老友雙義鏢店鐵槍趙化龍提醒我道：『這號鏢推辭不得了！因為振通字號，在南路鏢行，已經成名。這次既奉札諭護鏢，想必是道上不穩，官家已有風聞。若是我們的鏢店尚不敢保，別家誰還敢應？何況這決推託不開，即或推出手去，不拘哪家鏢店承保，或由官府調兵押解，僥倖不出事，於振通沒有關礙；可是振通好容易闖出來的牌匾，從此砸了。倘或萬一出岔，官家若猜疑振通與賊通氣，那時有口難訴，倒更不美了。還是應承下來，請求寬限，邀請能手護鏢，才是正辦。』

「趙老鏢頭並替我想到，要想平安無事，除非把十二金錢鏢旗請出來。憑安平鏢局俞老鏢頭的聲名，真是威鎮三江。押鏢出境，管保一路平穩。名頭小，鎮懾不住綠林道的，枉是白栽。

「當時我聽趙化龍這樣一說，不覺心神一寬，遂對他說：『若提別位，未必肯幫我的忙。提起俞老哥來，我們是一二十年換命的交情。莫看他已洗手，我這回親去登門，請他再玩一回票，准保他不會駁我。』當時我把話說滿了，遂由趙老鏢頭煩出鹽綱老總，跟官府請了五天限，以便齊集鏢師。鹽道批准了，我這才趕到這裡。

「我臨行時，曾向大家說明：『只要這番邀出老朋友來，把鹽課平安解到，成全了我們振通鏢局的臉面，我決意提早收市。只要這號鏢保出去，誰再應鏢，誰自己幹去。』我是這樣說好才來的。誰知大遠撲來，你竟說什麼也不去了，只幾句話，就把我堵住；滿腔熱火給我一個冷水澆頭，你說我怎能不急？

「老哥不是讓我痛快說麼？我現在痛快說了，老哥哥，你不論如何，也得幫幫我。我也不借你的財力，我也不借你的人頭；我只借你的硬蓋子，給我頂一頂。」胡孟剛說罷，端起茶來，呼呼的灌下去；眼望著俞劍平，又加了句道：「你不用琢磨，行不行，一句話！」

俞劍平手拈長髯，沉吟半晌，抬頭看著胡孟剛，點點頭道：「二弟，你這番話，是哪個教給你的？」

鐵牌手發急道：「你還挖苦我麼？我難道還得跟別人學好了話，才來找你麼？」

俞劍平道：「別著急！我聽你這番話，面面顧到，真是實逼處此，走投無路；我若再不答應，未免太不顧交情了。」

鐵牌手大喜道：「老哥，你就多幫忙吧！」

俞劍平卻又道：「但是，二弟你只顧想得這麼周全，單單忘了一事。」

胡孟剛忙問：「什麼事？」

俞鏢頭笑道：「就是愚兄我這一面啊！想愚兄我只為要保全二十年來江南道上一點薄名，這才急流勇退，隱居在這荒村；倘或邀我出去，連我也栽了，那時節，二番出頭，不比以往，可難堪不難堪呢？」

胡孟剛抓耳撓腮，呵呵不已道：「不能，不能，憑你怎麼會栽呢？憑你怎麼會栽呢？」

俞劍平見此光景，歎息一聲道：「胡二弟，你一生為人梗直，不會那轉彎抹角的事，是我深知。你也無須作難，咱們從長計議吧。據我看來，這件事你也不可太氣餒。南路鏢行中，除了我安平鏢局牌子老些，搶著上風；別家鏢局能跟你振通鏢局扯平了的，又有幾人？何至於斷定這趟鏢道必有風險？」

鐵牌手道：「老哥，事情固有你這麼一想，可是我若沒有看出前途確不易闖，我決不會遠道麻煩你來。我若怕事，當年也就不幹這個營生了。實因官面上也有風聞，確知這票鹽鏢不易押解。況且像雙友鏢店的金刀劉紀，跟鐵戟孫威，全是上好的功夫，師兄弟兩個親自押鏢，全栽在人家手內。所以小弟度德量力，只怕我這一對鐵牌，未必保得住這二十萬鹽鏢。這次數目太大，只許無功，不許有過；無論如何，老哥總得捧我一場。我這回把鏢保下來，我決計洗手，就是有萬兩黃金，擺在我面前請我，我也不幹了。老哥哥，你還教我說什麼？」

俞劍平眉峰緊鎖，為起難來。半晌說道：「二弟，我是絕不能出去了，我給你邀兩位朋友幫忙。這兩位全是成名的英雄，聲望絕不在愚兄之下。一位是鷹遊山的老英雄黑砂掌陸錦標，一位是徐州智囊姜羽沖。這兩位全是一身絕藝，憑愚兄這點面子，請他二位出來幫一回忙，準保一路穩當。」

胡孟剛連連搖頭道：「不行，不行！那陸錦標，十幾年前曾為一件事，跟我嘔過氣。至於什麼姜羽沖，武功盡好，在江北綠林道上，沒有多大拉攏，況又遠在徐州；老兄不要忘了，我只有五天限啊！這種借助的事，在本行裡繞，還不夠栽跟頭的？再求到外圈去，更難看了；何況我又跟人家沒有一點交情，怎能拿賣命的事求人？

「我們保鏢這種行業，固然先得講本領，可是還靠著人緣和名望；只要把字號立住了，指著這點虛名，就能夠橫行江湖。老哥這些年走鏢，不就仗著你那一杆金錢鏢旗麼？你若實在不願出去，你把鏢旗借給我一杆，給我壯壯聲勢。連我的鐵牌鏢旗，雙保官鏢；江湖道上但凡懂面子的，決不肯再動了。老哥，你就為兄弟擔一回虛名吧。」

俞劍平道：「但是我們憑人，才闖出鏢旗來。我自己不再出世，把鏢旗拿出來，也跟我親自出馬一樣。並且我安平鏢局早已收市了，這次插上我的鏢旗，倘有多事的鏢客，登門詰問，我卻沒話答對人家。依我看，還是另想別法吧！」

鐵牌手忙接過話來道：「老哥望安！但有問的，由我一面承擔。」說到這裡，站起來，一躬到地，道：「老哥你已經答應我了，不要口頭上刁難人了。」

俞鏢頭實在無法推卻，長歎一聲道：「這是我天生不能歇心的命！二弟再三再四的說著，我若過於固執了，顯得我不顧交情。只是愚兄浪跡江湖，二十年來沒有栽過跟頭，這回但盼賢弟能把愚兄這點虛名保住才好。」

鐵牌手道：「老哥哥放心，豹死留皮，人死留名；我胡孟剛寧教名在人不在，也不能把老哥的威名辱了。」

俞劍平眉頭一皺，頗嫌這話刺耳，忙擺手道：「就這麼辦吧。橫豎你得喝老哥哥一杯水酒再走啊！」

胡孟剛道：「那當然要叨擾的。」

大弟子程岳吩咐廚房備宴，群弟子忙著調開桌椅，不一時擺上酒菜來。俞老鏢頭指著酒壺道：「老弟只管放量喝，也不用謝主人。這是拿你的酒，請你自己。」

胡孟剛哈哈大笑，求得鏢旗，頓易歡顏了；但仍不肯縱量，飲過十來杯酒，便叫端飯。

俞劍平道：「你先沉住了氣，多喝兩杯怕什麼？你有急事，我不留你。這不過八九十里路，我這裡有好牲口，明天早早的一走，不到午時，準到海州。」

胡孟剛道：「我打算今天回去，鏢早走一天，早放心一天。」

俞劍平道：「那不行。咱們一年多沒見面了，今天晚上多談談，明早你再回去。」

胡孟剛點頭答應，兩人開懷暢飲。飯罷茶來，直談到二更以後，方才安歇。

次日天亮，胡孟剛一覺醒來，聽得屋外隱隱有擊劍之聲。胡孟剛心知是俞劍平師徒晨起練武，便披衣下床。恰有家人過來侍候，淨面漱口已罷；胡孟剛遂緩步離屋，循聲找去。由客廳往東，進了一道竹攔牆的八角門，只見裡面非常寬敞，是十幾丈寬、三十幾丈深的一座院落。東南兩面，俱是虎紋石的短牆；北面一連五間，是罩棚式的廳房；前簷一色細竹格扇，滿可打開；在門兩旁擺著兩架兵器；這正是俞氏師徒練武的箭園。

在這一邊，是二弟子左夢雲和四弟子楊玉虎，兩人手持長劍，鬥在一處。那一邊，是大弟子程岳和六弟子江紹傑過招；一個餵招，一個練習。老英雄俞劍平倒背著手，立在二弟子、四弟子那邊，從旁指點。果然名師門下無弱徒，楊玉虎和左夢雲各不相讓，戰了個棋逢對手。

胡孟剛哈哈一笑道：「真砍麼？你們老師可有好刀傷藥！」眾弟子聞聲收招，過來請安。

俞劍平道：「你起這麼早做什麼？」

胡孟剛道：「找你討鏢旗，我好趁早趕路。」

俞劍平微笑道：「二弟你真性急，隨我來吧！」

四個弟子也全穿上長衫，跟在後面，徑奔北面這座敞廳。

胡孟剛進廳一看，果然這廳也是練武的所在，裡面沒有什麼陳設。在這迎面上，供著伏羲氏的神像，左邊是達摩老祖（凡開鏢局的，都供達摩老祖），右邊是岳武穆。胡孟剛曉得俞劍平專練太極門的武功，所以把畫八卦的伏羲氏供奉在當中。這三尊神像都供著全份的五牲。在達摩老祖聖像前，有著二尺寬、一尺半高的一個木架，擺在香爐後面；架上用一塊黃綾包袱蒙著，看不出架上插的是什麼。

俞鏢頭吩咐大弟子程岳，把三寸佛燭點著；自己親在三尊神像前，肅立拈香，然後向上叩頭頂禮。四個弟子也隨著叩頭。胡孟剛只向當中叩拜了祖師，站在一旁。俞劍平身向達摩老祖像前下跪，對大弟子說：「把鏢旗請下來。」黑鷹程岳把木架上的黃包袱揭下來，露出五杆鏢旗，全都捲插在架上。胡孟剛看見了，不由愕然，暗想：「我這次真是強人所難了！」心上好生不安。

程岳請下一杆鏢旗，遞到師父手中。

俞劍平跪接鏢旗，向上祝告道：「弟子俞劍平，在祖師面前封鏢立誓，不再做鏢行生涯，不入江湖；隱居雲台，教徒授藝，實有決心，不敢變計。今為老友胡孟剛，情深誼重，再三求告弟子，助他押護官帑，前赴江寧，以全老友之名。弟子心非所願，力不能辭，只得暫取鏢旗，重入江湖，此乃萬不得已。但願一路平安無阻，還鏢旗，全友誼；此後雖以白刃相加，決不敢再行反覆。祖師慈悲，弟子告罪！」

俞劍平祝罷叩頭，站了起來；隨手將鏢旗上的黃包套扯下，用手一擺，鏢旗展開；是嶄新的紅旗，青色飛火焰，當中碗大一個「俞」字，旁邊一行核桃大的字，是「江寧安平鏢局」。圍著「俞」字，用金線繡成十二金錢；黑漆旗杆，金漆旗頂，做得十分精緻。

俞鏢頭本是面向北站著，這時微向東一側身。

那鏢旗一揚，胡孟剛伸手要接；俞劍平用左手作勢一攔道：「二弟不要忙，我還有話。」

胡孟剛臉上一紅，把手垂下來了。

俞劍平正色道：「這次我在祖師前背誓，全為保全我們弟兄十數年來的交情。

鏢旗若交二弟帶走，我不止於輕視了二弟你，我也太看輕了我安平鏢局。我既答應給二弟幫忙，我就只可把擔子放重了。我現在要把鏢旗，交給大弟子程岳持掌，這趟鏢就算有我一份。可是話歸前言，我不是為財，為的是朋友。二弟，話不多說，你我心照。」

俞劍平又對程岳說道：「你也走過鏢，不消用我多囑咐。我們這金錢鏢旗的榮辱成敗，全始全終，就在此一舉。沿路凡事，聽你胡二叔的調派，不許妄自托大。我把這鏢旗交給你，但願你仍把這鏢旗好好交還到我手裡，我便滿門焚香。走吧！」乃將鏢旗一捲，遞給了程岳。然後挽著胡孟剛的手，面含笑容，向外面走。鐵牌手胡孟剛此時也不知是痛快，是彆扭，心裡說不出來的不對勁。

大家來到客廳，俞劍平讓座獻茶。

鐵牌手道：「天色不早了，讓程賢侄趕緊收拾，我們一同走吧。」

程岳道：「弟子的行囊很好收拾，我立刻就來。」

程岳把鏢旗立在條几上，轉身出去；工夫不大，右手提個小包裹，左手抓著馬蘭坡大草帽，走了進來。身上換了一件藍綢長衫，下穿青褲，打著黑白倒趕水波紋的裹腿，搬尖魚鱗沙鞋。他放下手中東西，拿一塊黃包袱，把鏢旗捲起，往背後斜著一背；轉身提起行囊，向胡鏢頭說：「老叔，我們這就走麼？」

胡孟剛一看，這位大弟子程岳寸鐵不帶，未免太大意了，遂向程岳說：「賢侄把兵刃帶著點。我們練武的人，趁手傢伙寧可備而不用，不可用而未備。」

程岳含笑一提衣襟道：「我用的是軟兵刃。」

鐵牌手看時，見程岳腰間纏著一條金絲藤蛇棒，暗想自己又失言了。

胡孟剛轉身向俞劍平告辭。程岳也向師父拜別。

幾人出得屋外，程岳問道：「師父，我騎哪匹牲口去？」

俞劍平道：「騎我那匹追風白尾駒好了。」

程岳緊行幾步，到西邊馬棚備馬。

胡孟剛來到門首，他那匹青驄馬已然備好，由馬夫牽著。程岳將那匹追風白尾駒備好牽出來。只是這馬一邊走著，一邊咆哮，很不受羈勒；強牽到門外，「唏唏」的一陣長鳴，盡打盤旋，不肯站住。程岳左手還提著小包，一隻手竟擺佈不住。

俞劍平怒道：「這牲口養上了膘，竟不安分了。」他搶到馬前，伸手把馬嚼子抓住。

程岳鬆開手，俞劍平喝了一聲：「吁！」那馬還在掙扎。俞鏢頭發怒，左手往回挺勁，右手向鞍子上一按，喝道：「你動！」這追風駒動也不動的立在那裡了。

俞劍平向胡孟剛說道：「二弟請上馬吧。這牲口久不騎了，須讓程岳壓牠一程。」鐵牌手拱手道：「對不住，我們押鏢回來再見吧。」一轉身，搬鞍上馬。黑鷹程岳拴好包裹，把馬蘭坡草帽向腦後一推，伸手要接馬韁。

俞鏢頭道：「你得好好壓牠一程，你上馬吧！」

程岳告罪，俞鏢頭道：「不要嚕嗦，快上去！韁繩要攏住，襠裡扣緊了。」

程岳知道這馬是被師父掌力制服得不動，一鬆手，牠必要狂奔一程；遂趕緊飛身上馬，兩腿緊緊一扣，手裡攏住韁繩。俞鏢頭這才放鬆嚼環，又在後面輕輕一拍，喝聲：「去吧！」

那馬一仰頭，四蹄一登，一躥便是兩丈多遠。

程岳用力扣住馬韁，那馬打了一個盤旋，竟自一低頭，登開四蹄，如飛的往胡孟剛馬前衝將過去。

程岳匆遽間向胡孟剛招呼道：「老叔撒韁吧！」

胡孟剛知道程岳收不住韁了，自己忙用腳跟一磕馬肚，將韁繩一抖，豁刺刺直追下去；卻扭轉頭，把手往後一擺道：「俞大哥，再見。」

俞劍平站在門前，直望著兩人馬行已遠，轉彎看不見了，這才率領弟子，慢慢踱回宅內。

黑鷹程岳騎著師父這匹駿馬，因為經年未騎，今日這馬陡發野性，一口氣直跑出三十多里，才稍微煞住。鐵牌手胡孟剛饒是加鞭緊趕，已被落後一里多地。

胡孟剛唯恐兩人走岔了路，好容易從後趕到，遠遠招呼道：「程賢侄，再這麼跑，簡直要了我的老命了；咱們下來溜兩步吧！」

程岳勒住了馬，說道：「老叔，我也勒不住呀！」

兩人翻身下馬，拭去頭上的汗；這才牽了牲口，慢慢走著，溜了二里多地。在途中野茶館，喝了一盞茶，然後才上馬趲行。

這一回馬走得儘快，已不顯著吃累。渡過運糧河，走到巳牌時分，已到達海州。

胡孟剛的振通鏢局，就開設在南關內大街，距離城門不遠，路東便是。兩匹馬行近鏢局門前，被夥計看見，忙過來迎接。

胡孟剛、程岳一齊下馬，鏢局內又迎出好幾位來，齊道：「老鏢頭回來了。」

胡孟剛問道：「沈師傅在鏢局麼？」
夥計們道：「在呢，已報進去了。」
夥計們忙把馬上拴的小包裹摘下來，隨後牽走馬，刷溜飲餵，自有人照料。
胡孟剛向程岳舉手道：「賢侄往裡請吧！」
程岳忙說：「老叔怎麼跟我客氣起來！」
兩人進了鏢局，裡面走出四位鏢師，向胡孟剛拱手道：「老鏢頭辛苦了！我們聽說陪著朋友來了，給我們引見引見。」
胡孟剛道：「這是咱們請來幫忙助威的，這位就是江寧安平鏢局十二金錢俞老鏢頭的大弟子，姓程，官印名叫岳字。」
又向程岳道：「這是我們鏢局的四位鏢師；這一位名叫喬茂，這位叫單拐戴永清，這位叫雙鞭宋海鵬，這位叫金槍沈明誼。」
這幾位鏢師中就屬沈鏢師相貌威武，年約四旬開外，黑黝黝一張臉膛，兩道劍眉，一雙虎目，嘴唇上微留短鬚；精神壯旺，體格雄偉。那喬鏢師卻生得極其難看，身高四尺，尖頭頂，瘦下頦，細眉鮮眼，站在那裡，恰當沈鏢師腋下。
程岳聽胡孟剛逐個見了姓名，忙抱拳見禮道：「久聞諸位老師傅大名了。」

鏢師沈明誼含笑答道：「程少鏢頭過獎。令師徒名滿江南，久想拜望，不得機緣。今日幸會之至。」大家忙把程岳讓進客廳。

胡孟剛吩咐了一聲，立刻有一個夥計，把一個鏢旗架子擺在桌上。程岳解下金錢鏢旗，插在架內；然後淨面吃茶。胡孟剛忙著擺酒接風。

次日，胡孟剛親赴鹽綱公所報到，定規走鏢日期；並說明為防路上有險，已邀出從前安平鏢局，相助護鏢。鹽綱聽了甚喜，對胡孟剛說：「只要把鹽課平穩解到，我們另送俞鏢頭一千兩銀子。」

這二十萬鹽課，滿是裝好了銀鞘的元寶。每鞘五百兩，共是四百個。胡孟剛算計著，須裝五十個騾馱子，較比尋常加重了一倍。平常每一個騾馱子，只馱四個銀鞘，合兩千兩，一百二十五斤。這次胡孟剛恐怕裝一百個騾馱子，自己人少，照顧不來；所以寧願多花腳力，挑選健騾；一匹騾子要裝八鞘，合四千兩，重二百五十斤，連鞘皮算，不下三百斤。

胡孟剛不敢延誤，急找騾馱行，講定腳力，訂明第二日由鹽綱公所起鏢。胡孟剛趕忙又找鐵槍趙化龍，借了二十名精壯的夥計。因自己鏢局雖有四十多名夥計，也須挑選挑選，並且也不能全數帶走。胡孟剛當日就把這二十名夥計請過來，又派人到本街恩源樓回教飯館，定了十二桌酒席。又到櫃房，教管帳的先生，將這每天的打尖住店，一切挑費，往來該備多少盤川，統統算好了，打點出來。胡孟剛這才到客廳，向四位鏢師及程岳，說明了自己安排的情形，大家稱是。程岳因道：「老叔太辛苦了！等到把這號鏢保下來，名利雙收，足夠痛痛快快過節的了。」

胡孟剛吃著茶，還沒答話，那個其貌不揚的鏢師喬茂插口道：「五月節麼，不易痛快吧？這趟買賣，據我看是蜜裡紅礬，甜倒是甜……」一語未了，那沈明誼鏢師瞪眼道：「又來了！你明知道明天起鏢，今天先說破話。」

喬茂把一雙鮮眼翻了翻，說道：「沈爺，怎麼我說出話來，就是破話？難道我的話假麼？人要是不得時，喝口涼水還磣牙。」

胡孟剛眉頭一皺，又含笑說道：「沈師傅，你別理他，他原是說一句好話，後悔半年的。」

這喬茂，原是北省一個積案如山的遊賊，專做黑道上的生涯。看他生得貌陋；卻最擅長輕功提縱術，高牆峻宇，超越如飛，真有夜走千家盜百戶之能；只是別的功夫苦不甚高。因他曾有一天，半夜工夫，連偷九家大戶；他又姓喬，江湖上便送他一個綽號，叫做「九股煙」，又叫「瞧不見」。

喬茂這人長相就夠討厭，嘴又刻薄，盡找人家的稜縫，一句話能把人問個倒噎；等人家急了，他又不言語了。所以他為人儘管機警，卻常為同道所輕視。當年曾因口角不慎，得罪了綠林同道，人家恨得切齒，非把他賣了才甘心；故此在北省不能立足，一路逃到江南。

鐵牌手胡孟剛少年時，曾在北方綠林中混過。喬茂素知胡孟剛的底細，又知他為人豪爽，這才訪到海州，投奔在振通鏢局之內。胡孟剛本不欲收留他，只是推託不開；又怕他到處傳播自己的出身，遂將他留在鏢局。喬茂倒也最怕人提賊字，並且又怕人叫他的綽號。緣此，才得相安。卻是鏢局中，連鏢師帶趟子手，沒有一個未跟他吵過架、拌過嘴的。

當下大家商量了一回。趕到下晚，飯館將酒席送來，這振通鏢店頓形熱鬧，上下十二桌酒席，全都擺上。

酒過數巡，胡鏢頭站了起來，向大家說：「諸位，今日我胡孟剛有幾句話，要向諸位表明。這次承保二十萬官鏢，既不是我們攬的，也不是找上門，就立刻答應的。皆因官帑不比商家買賣，若是鏢銀稍有一點閃錯，或是稍誤限期，不但賺不成錢，還得擔受處分。再說近來道上也不大好走，所有出事的主兒，眾位也都盡知。所以我事先竭力推辭，無奈這是奉官指派的，規避不得。我才為保重起見，特把老朋友十二金錢俞老鏢頭的大弟子請出來，幫著咱們護鏢。人家安平鏢局已是收市了，竟為咱們重展鏢旗，這才真是血性朋友。只是我已經風聞有那不開面的綠林道，要動這筆官鏢。我們既幹這行買賣，就不能怕事；我們只好按日期走鏢，一路上多加小心。眾位要有不能去的，這時儘管言語一聲，我是一點說的沒有。要願意跟我一同押鏢，我還盼眾位格外辛苦些。但盼沒事；若真有敢摸咱們鏢的，我胡孟剛就憑掌中這對鐵牌，跟他拚個死活。眾位哪位去，哪位不去，請告訴我。」

眾鏢師全站起來道：「老鏢頭不用多囑了。我們但凡怕死惜命的，還出來做什麼？我們既在振通吃飯，若有摘我們牌匾的，我們就只有一個蘿蔔一頭蒜，跟他一個對一個。」

跟著便有一人笑道：「老鏢頭，你就放心吧！既當鏢師，決沒有像端雞籠、拔煙袋的朋友那麼不爭氣。」這說話的正是雙鞭宋海鵬。

大家聽了，哄然大笑。

喬茂忽然心虛，把眼一瞪道：「你小子！……」

胡孟剛忙道：「今晚這桌喜酒，誰可不許胡攪；誰攪了大家的高興，我罰他包今晚的挑費。」

喬茂暗中憋氣瞪了宋海鵬一眼，低聲道：「咱們走著瞧！」

宋海鵬笑道：「瞧不見！」

程岳在旁看著不禁暗笑。

胡孟剛見大家俱都義形於色，遂向大家一揖，相讓歸座；直吃到起更，方才散席。

次日五更剛過，夥計們催起眾人，掌著燈，洗漱吃早點。收拾定妥，天色方亮。這裡除鏢頭胡孟剛、程岳外，就是四位鏢師，兩名趟子手，四十個夥計。另外一輛轎車，裝的是簡單行李衣物；連鏢頭和趟子手，共乘十匹馬。胡鏢頭看大家全把兵刃衣物，收拾俐落，立刻率領著，前往鹽綱公所。那些騾夫和五十匹騾馱，早已到了；只是鏢頭不到，人家不能點交鏢銀。

胡孟剛急到公所內接頭，知道又由海州緝私營，加派了二十名巡丁，由一位哨官統帶著，相隨護鏢；胡孟剛更是歡喜。他遂到庫房，親自點清鞘銀，趕緊把騾馱子趕進來，往上裝鏢銀。鏢局夥計們立刻亮兵刃，把裝鏢銀的馱子裹護起來。因這鏢銀一交鏢，便算歸鏢局負責了。就算沒離開地方，出了事，也得由鏢局擔承。

胡鏢頭眼看鏢銀裝完，自到公所裡，交了保單。鹽綱公所派了一位押鏢的，也是公所的一位鹽商，還帶著一個聽差的，沿途伺候他。胡孟剛聽人們都稱他為舒大人，曉得這些鹽商都捐有功名，自己也只好隨著稱呼。這時緝私營哨官張德功，率領二十名巡丁，恰也到場。胡孟剛向前打過了招呼，立刻吩咐趟子手起鏢。兩名趟子手各抱一面鏢旗，胡孟剛囑咐把安平鏢局的十二金錢鏢旗，走在前面，自己的振通鏢旗隨在第二；明面上是尊敬人家，暗中卻是反客為主。

趟子手分抱鏢旗，當先上馬。後面鏢銀五十匹騾馱，單排著首尾相銜；兩旁四十名鏢局夥計，各持兵刃，拉開趟子，左右隨護。後面緝私營哨官騎馬帶隊，二十名兵丁青綢包頭，薄底快靴，全身青色服裝，每個挎一把腰刀，提槍排隊步行。再後面是押鏢鹽商的一輛轎車。車後才是鐵牌手胡孟剛、鐵掌黑鷹程岳和四位鏢師沈明誼、宋海鵬、戴永清、九股煙喬茂，各帶兵刃，騎在馬上。那前面的趟子手一聲喊鏢，嗓音洪亮，直聽半里多地。於是浩浩蕩蕩，離開鹽綱公所，奔向北門。

這一支鏢，氣象威武，雖在當時不算奇事，卻也引得沿路商家行人注目。出得北門，徑奔頭站，中途打尖，到得日暮，便行抵和風驛。

這和風驛也是運糧河的一個大鎮甸。鏢趟進街，店家齊來兜攬生意。趟子手和鏢頭打了招呼，引領鏢馱，徑投一家大店。黑鷹程岳近前下馬，見這店店門高大，上懸金字黑匾，是「福星客棧」。門口站著的三四個店夥，忙上前迎接，將兩杆鏢旗接了過去，仍將金錢鏢旗插在左首，鐵牌鏢旗插在右首。二十名緝私營兵，分立店門兩旁；趟子手先進店內，在院中巡視一周。

店夥說道：「你們諸位最好占西偏院，那裡嚴密些，房間也整齊。若是達官們嫌偏院房間少，也可以在前邊多開兩間。」

趟子手張勇和金彪久走江湖，選擇店房，都不用鏢頭操心。

張勇遂對店夥說：「房屋好歹，我們倒不在意，只是客人們身上，你們要多小心。」

店夥應了一聲，立刻領路。

趟子手到偏院看了看，是三合房，院子稍小，盤不開五十匹騾馱。看罷出來，招呼鏢銀進店，張勇、金彪忙與胡老鏢頭商量：「落店還早，莫如把鏢銀卸下，歇到四更裝馱，五更起鏢，決不誤事。」

胡孟剛說：「就是這樣。」立刻由鏢師監護，把四百鞘銀卸下來，碼在偏院院內；騾馱和鏢師們的馬匹，全牽出去，刷溜飲餵。胡孟剛陪押鏢的舒鹽商，先進了店房，歇息片刻，時已掌燈。

飯後，胡孟剛點派夥計，分兩班護鏢，四位鏢師也分上下夜。自和程岳相商，讓程岳照管前半夜，到子時，由自己接班守鏢，以免彼此過勞。程岳知道胡孟剛處處客氣，且又性情很滯，辭讓不開，只好照辦。

眾人住的是一明兩暗的房間，北間是押鏢的舒鹽商和緝私營哨官，胡鏢頭等全住在南間。此時胡孟剛等在堂屋喝完茶，有的就走進南裡間，要先歇歇養神。突聽得外面有人吵嚷，胡孟剛一驚，放下茶杯，急往外察看。鐵掌黑鷹程岳剛進到裡間，也忙轉身，闖出堂屋。院中點著七八隻燈籠，照得很亮。只見偏院門口，有一店夥，張著兩隻手，攔住兩個人，口裡不住說：「爺台，這裡住的全是保鏢的達官，沒有別的客人，怎麼你老還往裡邊走，這不是砸我們的飯鍋麼？」

程岳從燈光影裡，看出這兩人是一壯一少，左邊那人約有四十多歲年紀，瘦削身材，面色白中帶青，細眉朗目；身穿藍綢長衫，青緞快靴，左手提著一頂草帽。右首那人年紀不過二十多歲，黑黝黝一張面孔，濃眉大眼，扇子面的體格，一派剽悍之氣溢於眉宇；也穿著一件青綢長衫，青緞快靴。這個年輕人正向那店夥怒目橫眉的喝道：「少說廢話，這裡住了保鏢的，就不許找人麼？這要是住保皇綹的，就該把客人都趕出去不成？太爺是找定了。」

這時二十名鏢局夥計、十名緝私營兵，正護著鏢銀。那店夥見鏢頭已出店房，遂不再攔，閃過一邊了。那緝私營兵聽不慣這樣說話，早過來兩個巡丁，厲聲叱道：「你是幹什麼的，這麼橫眉立眼的？」

少年客人把腰一挺，剛要答話；那四十多歲的客人，笑吟吟把左手草帽一抬，右手往帽沿裡一搭，說道：「總爺不要生氣，我這兄弟不會說話。我們是找人心急，才闖到這裡。實在不知道是諸位，請多擔待吧！」

巡丁瞪著眼還要發話，胡鏢頭已經急步走來。程岳已隨在身後。胡鏢頭張眼一打量來人，遂向那中年客點頭道：「朋友，你打算找誰？說不定你找的這人，也許隱藏在這裡。在下雖是保鏢的，也不敢不說理。我看朋友你定是道上同源（江湖黑話，謂同道），請你先道個萬字，我好盡其朋友之道。」

那少年客聽了這話，身軀微微一動，左腳往後縮了半步。那中年客依然含笑道：「老哥你別見怪，我們是辦南貨的買賣人。有位同事，帶了不少的錢，先走下來。我們原定規好了，在和風驛見面。我一路尋到此地，連找兩家棧房，全沒有尋著。方才找到這裡，夥計們嫌麻煩，不教挨屋子找人，所以才跟他吵架。老哥你說道上不道上的，我們不懂。既是這裡真沒有別的客人，我們再往別處找去吧，這倒打攪了。」這人說著話一拱手，把那少年一拉，轉身便走。

胡老鏢頭呵呵笑道：「二位忙什麼？好容易來了，何不喝杯茶，索性看明白了再走？」

兩個人頭也不回，徜徉而去。

胡鏢頭哼了一聲，眼光直送出去。

那店夥在旁說道：「告訴他是鏢局子的人，他偏不信，硬往裡闖；一攔他，還要打人。敢情是賤骨頭，一見你老，他又酥了。」

胡鏢頭道：「你忙你的吧，這種人不值跟他嘔氣。」

黑鷹程岳悄向胡孟剛說道：「老叔，這兩人來路好像不對。我們不要教他走開了，綴著他倆，看看是哪條線上的。」

胡孟剛搖頭道：「不用費事了。我看他們決不是近處的老合（江湖術語，謂綠林道）。他若是在附近線上吃橫樑子的（謂霸據一方、攔路劫財的強盜），決不肯先跟咱們朝相見面（謂彼此見面）。踩盤子的小賊，二十里、五十里都許下來。我已經把話遞過去了；就是我們所料不差，他們也得琢磨琢磨。但願他們是好人，反正前途加倍留神就是了。」

程岳因為胡孟剛是老江湖了，便不再多言。

鏢師戴永清不禁眉頭緊皺，他在鏢行闖蕩十多年了，今晚眼見有人來踩探，便知這鏢銀前途不易看穩。九股煙喬茂不住的咧嘴道：「糟糕，新娘子教人家給相了去了，明天管保出門見喜！」

宋海鵬瞪他一眼道：「少說閒話，你還冒你的煙去吧！」

兩人這裡搗鬼，那緝私營哨官張德功也過來向胡孟剛打聽。金槍沈明誼眼望著胡孟剛、戴永清，滿臉笑容的答道：「沒什麼事，也不是我們說大話，就算有吃橫樑子的，他們見是我們兩家的鏢，料也不敢擅摸。鏢頭你說是不是？」說到這裡，暗用胳膊一碰胡孟剛。

胡孟剛笑道：「沈師傅，別儘自往咱們臉上貼金了。我們該著歇息的，趁早歇了吧，明早好趕路。」

哨官張德功，以及押鏢鹽商，看鏢師們全都說笑如常，便不在意了。胡老鏢頭坦然進房，和衣躺在床上就睡。各鏢師護鏢的護鏢，睡覺的睡覺，且喜一宵平安無事。

第二章　湖畔揚鏢

五更收鑼，趟子手張勇招呼前半夜值班的人起來。店夥早到灶下燒水煮粥。天色破曉，胡鏢頭催鏢行夥計、騾夫們裝鏢馱子，算清店賬。鏢旗出了福星客棧，趟子手喊起鏢來，仍照頭天的規矩走，保護得嚴密異常。

和風驛是一里多地的長街，鏢馱子走得早，街上鋪戶多沒開門，不一刻工夫走出鎮甸。這時候野外麥田正旺，一望碧綠。遠看運糧河，泊舟所在，帆檣如林。胡鏢頭一行人眾，策馬趲行；當這朝曦甫上，微風吹來，不由精神一爽；連那鹽綱公所的舒大人，也教從人把車簾打起，坐在轎車中觀玩野景。

一路行來，約走四五里光景，黑鷹程岳忽聽後面有快馬奔馳之聲；勒韁回頭一看，遠見征塵影裡，有兩匹棗紅馬，蹄下翻飛，奔向這邊。眨眼間蹄聲漸近；胡孟剛等也回頭看時，這兩匹馬已然旋風似的來到跟前。

馬上的人，全戴著馬蘭坡草帽，掩住面貌，伏腰勒韁，猛加一鞭，從斜刺裡抄著鏢馱子，從兩旁直竄過去。這只是一眨眼的工夫。

程岳「唔」的一聲，向胡孟剛道：「老叔看清了麼？這兩個騎馬的，多半是昨夜所見的那兩個。」

胡孟剛皺眉道：「面貌沒有看清，身段倒是一點不差。」

金槍沈明誼道：「各走各的路，休要管他，沿途多多留神就是。」

胡孟剛並不答言，教夥計傳話，招呼趟子手張勇過來。夥計們互相傳呼過去，張勇一領馬韁，把牲口圈回來；前面還有抱金錢鏢旗的趟子手金彪，照舊引導前行。張勇把馬圈到胡鏢頭跟前，撥轉馬頭，一邊並騎走著，一邊問有何事？

胡孟剛道：「下一站該到哪裡？」

張勇道：「我們在羅家甸打尖。到日沒時，正趕到新安縣境楊家堡落店。明天到漣水驛，後天趕到大縱湖新潮灣。我也正想跟鏢頭商量，要按規矩說，我們應走湖西，淮安府、寶應縣、高郵縣，那麼走十四天，足可到達江寧。

「但是前些日子，淮安府老閘和天飛嶺地方，接連有兩家鏢店出事。我們如果找安穩，不冒險，就多走兩站；從大縱湖東，奔范公堤、興化州、奶子蕩、仙女廟、江都縣，到瓜州過江，走丹徒，奔鎮江，走老龍潭，直到江寧。這麼可是走十六天才能到。沿路可別趕上天氣，要遇上不好的天氣，非走上十八天限期不可。老鏢頭看是怎麼樣？」

胡孟剛想了想，便向張勇說：「咱們就破著工夫，多走兩天吧。」又問程岳道：「賢侄，你說怎樣？」

程岳道：「還是走穩道好。耽誤兩天，不算什麼。」

幾人商量已定，趟子手張勇一領韁繩，仍竄到前面，緊趕行程。到了過午時光，行抵羅家甸，大家在此打尖，騾馱子也都上足料。歇息了一個時辰，趟子手張勇、金彪便催著起鏢，依那押鏢的舒大人，還要多歇一會；因為他養尊處優慣了，坐在車上很不舒服。無奈騾馱子裝載太重，走得本來不快。況且旱路行程，站頭全有一定。有站才有店。若走得慢了，或是想趕路，走得太快，那時就把官站錯過去。單身行客還可以在荒村小店，借宿一宵；如今是大宗鏢銀，誰敢冒險？這位鹽商雖想舒服，也就由不得他了。

趟子手催促著，又把利害說明；舒大人無法，只好上車。就這樣緊趕，直到戌末亥初時分，才趕到了新安縣轄境楊家堡。這一站行程長些，胡孟剛雖然著急，也是無法。他遂令趟子手張勇，揀了一家大店，押鏢投宿。次日黎明，由楊家堡起身，到漣水驛。到得第四天，就該到大縱湖新潮灣了。

這日方才起鏢，走出不及十里之遙，迎面塵土起處，過來兩匹快馬；馬上的人全是短衣襟，小打扮，從鏢馱子兩旁直抄過去。官站大道，遇見騎快馬的，本不足為奇；只是這兩匹馬，偏偏也是棗紅毛色，跟和風驛路上遇見的那兩匹馬，分毫不差。

胡孟剛等人雖然擔心，但到這個時候，只得加緊趕路。不想續行十幾里，迎頭又是兩匹快馬如飛奔來。這麼一來，胡孟剛、程岳和四位鏢師全都注了意。馬上是兩個少年壯漢，短衣襟，小打扮，偏偏騎的也是棗紅馬，也傍著鏢隊，一掠而過。胡孟剛立刻向前面護鏢的夥計和鏢師們，暗打招呼；恐怕綠林道就要在這條線上拾買賣。

這四匹牲口，按綠林道規矩是放哨的，先出四五里地去，一定再圈回來。那時必然有強人動手劫鏢。胡孟剛此時更不多言，只候著四匹馬圈回，這撥鏢就登時不走了，各自亮兵刃，再往前闖。照例不出五里，必定有事。哪知這次竟出人意料之外，四匹馬一去未回，直走出六七里地，路上平平安安，仍無事故。

胡孟剛不禁詫異起來：「這可是怪道，今日莫非真輸了眼不成？」

當這時，不但胡孟剛這樣想，就連趟子手等也都覺得蹊蹺，個個你看我，我看你，心裡納悶，卻都不言語。趕到了大縱湖新潮灣，歇馬落店，大家方才把心放下。飯後，夥計們倒替著歇息，唯有胡孟剛，滿心懷疑不定，連飯都沒吃好；倒在床上反覆盤算。他暗想：自己在鏢行幹了一二十年，少時也曾身入綠林，決不致連這幾人的來路還斷不透。他雖也有些乏累，卻哪裡睡得著，心中總委決不下。到二更以後，胡孟剛起來，看了看分班護鏢的人，全都聚精會神的守著，一個也不短。他又親到院中轉了一周，燈影昏沉，各房間客人全睡了；信步踱到店門，店門關得很嚴。

胡孟剛方要轉身回房，夜闌人靜，犬吠聲中，隱隱約約聽到遠處一片馬蹄聲音。胡孟剛暗想：「這個時候，還緊自趕路，這一定是官家投遞緊急公文的驛差了。」側耳細聽，又覺不像。「若是驛遞，不過一兩個人。這一片馬蹄聲凌亂得很，至少也有五六匹馬。」胡孟剛轉身往四面看了看，店院靜悄無人，值更的店夥未在屋外。胡孟剛前行幾步，把店門過道的脊頂相了相，不過一丈多高，倒還上得去。他倒退兩步，眼光一繞，立即墊步擰腰，聳身躥上脊頂；向前上了一步，伏腰掩住身形，恰好看得見店外的街道。

這時月暗星黑，夜影沉沉，店門口那盞門燈發出淡黃色的暈光，約略辨別出街上的情景。只見街上空蕩蕩，漫無人跡，馬蹄聲越行越近；倏從街東當先衝來兩匹馬，馬上兩個短衣裝的人，黑影中不辨面目。兩馬一前一後，首尾相銜，奔馳如飛，竟從店前飛越過去。

胡孟剛方才道一聲慚愧，不料街西暗巷中，連聲呼哨，竄出兩條大漢，迎面將來騎攔住。馬上的人把韁繩一勒，馬跑著，驟停是不行的；只見這馬打一個盤旋，方才站住；後面那一匹馬，也立刻收韁。不曉得雙方說的是什麼話，兩騎客翻身下馬，拉著韁繩折轉身來，走到店門前，前前後後看上了一遍；便與那兩個大漢且行且語，轉過街去。緊跟著又從街東馳來四匹馬，也抹著店門徑馳過去。

胡孟剛才要探頭，忽然蹄聲又起，那六個人牽著六匹馬，一條線似的從街西折轉回來。胡孟剛曉得這兩撥馬是一處來的，如今是在此地碰頭了。果然這四匹馬緩緩行來，到了店前，為首一人把馬鞭一揚道：「就在這裡。」這人騎著馬往路旁一閃，後面五匹馬全在店前停了一停。內中一人道：「我說如何，果然落在這口窯了。前途沒有岔道，不用緊綴了。咱們趕快報給瓢兒尖子，好早早安樁。」這個騎馬人說完，一拍馬鞍，飛身上馬，頭一個衝了過去。其餘五人也都上馬加鞭，緊隨著疾馳而去。那攔路的兩個大漢，都沒再露面。

胡孟剛在房上窺探多時，未聽清私語，已窺見隱蹤，不由心中著急道：「完了，這場事是決計脫不開了。」遂長身站起，望著那人馬的去影，咳了一聲。忽然醒悟，自己還在屋上站著呢；這教店中人看見，多有不便。低頭向店院一瞥，趕緊的翻身，輕輕縱落地上。一面提輕腳步，往裡面走；一面盤算主意。他心想：「這事張揚不得，只可跟程岳和自家鏢師們，計議計議。」

胡孟剛尋思著來到店房中，那金槍沈明誼和雙鞭宋海鵬，正在燈下說著話。鐵掌黑鷹程岳，剛起來預備接班，正含了一口茶漱口。胡孟剛往床上看了看，單拐戴永清和九股煙喬茂，全睡得很熟。鐵牌手胡孟剛遂向這三人說：「你們要是乏累，可以寬衣歇歇，今晚一點事沒有；養足了精神，明天路上好用。」

金槍沈明誼一聽，忙道：「老鏢頭，可是聽見什麼動靜了？」

胡孟剛正要答話，床上睡的九股煙喬茂忽然呵欠一聲，一轉身，臉朝裡睡去了。胡孟剛手指喬茂，問道：「他才睡麼？」

沈明誼道：「他麼，吃得飽，睡得著，早就睡下了。」

胡孟剛悄然坐下，把適才所見的情形，向三人說了一番。沈明誼沉吟不語；宋海鵬皺眉想了想道：「他們必定在前途安樁。據我看來，我們偏不由他打算；明天我們竟將鏢趟折回，改道仍由淮安府老閘進發，這麼便許岔開了，至少也教他踩盤子的栽個跟頭。」

胡孟剛道：「這一來可就……」

程岳在旁聽著，有些不快，插言道：「留神總得留神，何必改道？這反倒像怕事似的。老叔不要把這事太放在心上，我們是賣什麼吆喝什麼，遇上什麼算什麼。真要是有點風吹草動就擔驚，還怎麼吃這行生意呢？我們金錢鏢旗，在江湖上闖蕩了這些年，線上有頭有臉的朋友，誰也得讓一步。當真路上有那不開眼的，敢來輕舉妄動，憑老叔和小侄手中的兵刃，還怕教他找了便宜去！」

程岳這一席話，說得宋海鵬面似紫茄子，胡孟剛也覺恧顏。

沈明誼忙道：「程少鏢頭這倒是實話，憑令師徒的威名，江湖上誰敢來輕捋虎鬚？我們胡鏢頭和宋大哥也不是怕事，不過上了年紀的人做事慎重些。」

此時程岳也覺著話說得孟浪了，忙掩飾了幾句，搭訕著站起身道：「老叔該歇息歇息了，我到外面看看去。」

胡孟剛道：「不忙，我不累。」

程岳走出屋來，心中好生後悔。

在屋中，沈明誼對宋海鵬說道：「這位程少鏢頭話也太狂了，年輕人總是這樣。」

胡孟剛道：「若論人家師徒的技藝，卻也說得起大話。只是我們練武的人最忌驕滿。他總是年輕，沒有吃過大虧。宋師傅不必介意他。」

宋海鵬道：「老鏢頭還不知道我麼？我不在乎這個。既然改道不便，咱們在路上看事做事。只要真有動咱們的，咱們就跟他拚一拚。」

胡孟剛點頭說好；自己也不能稍帶疑慮的神色，怕教程岳竊笑。少時程岳回來，大家談些別的閒話，彼此替換著歇息。

次日天色未明，眾人起來，收拾俐落。今日情形與前幾天不同，胡鏢頭向護鏢的鏢師、夥計們挨個囑咐：「今天要加倍的留神！從新潮灣往下站趕，是淮安府轄境東白馬渡，這一站足有八十里；卻是所經過的多半是險地。尤其范公堤一帶，盡是二十里地的長堤，東面多半是竹塘麥田，所以我們要早早趕過范公堤才好。諸位務必多吃點辛苦，路上不要耽誤工夫。」胡孟剛輕描淡寫吩咐了一遍，立刻起鏢。

離開新潮灣，走出四五里，遠遠望見那白茫茫的大縱湖。湖中舟楫往來，卻也不少。趟子手掌旗引鏢，竟奔湖東古道。走到午時已過，這一起鏢方才找了一座小鎮甸，好歹打過尖，胡孟剛便催趕快起鏢。

鏢局所用的這些彪形大漢，全憑血氣之勇，不懂什麼叫慎重。他們多半是江北、山東的人，習慣上最好喝大碗釅茶，與江南人截然不同。他們到處總跟賣野茶的拌嘴，嫌他放茶葉少，茶不釅。今天吃飽飯，不但釅茶沒喝著，連清茶也沒容多喝一碗。胡鏢頭這一催迫，夥計們不敢違拗，但是嘴裡不住的嘟噥。還有緝私營的巡丁，剛放下飯碗，也是懶懶的，願意多歇一會。今被催起來，也很不痛快。這些人便不約而同，慢慢的溜著走。

胡孟剛大怒，幾次要呼叱夥計們，都被沈鏢師攔住，勸他不要掛火，免露形色。約莫走了五六里，沈明誼暗催趟子手，加緊趲行，夥計們腳步也逐漸加快；卻是地勢也逐漸的更顯得荒曠了。只有沿著大縱湖邊一條大路，東首盡是竹林麥畦。胡孟剛在馬上四面望，時時刻刻的注意湖濱旱路一帶；他曉得大縱湖附近，素常並無水道的綠林。

大眾迤邐行來，天色已近申刻。鏢師宋海鵬道：「胡鏢頭，我算計著已離范公堤不遠了，我們今天怎麼走的更慢了？要照這樣走法，非得二更，不能趕到白馬渡。」

胡孟剛恨恨說道：「要不然，我著急做什麼?!」

金槍沈明誼立刻一催馬，趕到前面，向趟子手張勇道：「張師傅，這大概離著范公堤不遠了吧？」

張勇道：「不錯。還有三四里地，就是范公堤了。沈師傅有什麼事？」

沈明誼道：「沒有什麼事，不過天色不早了，要是再這麼不緊不慢的走，只怕走到半夜去；老鏢頭可真急了。你是當頭的，再催催夥計們吧。」

張勇道：「沈師傅不用多囑咐了，我催他們緊趕。」

沈明誼便把牲口圈回來，仍跟胡孟剛並馬而行。那緝私營哨官張德功，也吆喊兵丁道：「弟兄們腳跟下加快些。」

於是又緊走了一段路。只見湖中四五隻帆船，正往下水走著；忽從下游駛上來七八號大大小小的船隻，遠遠的就向下水船招呼道：「不要往下走了，前面過不去。」

這四五隻船正走得順風順水，猛被迎頭一攔，不知何事，船還是走著。管船的就站起來，大聲探問：「什麼緣故，不許人走了？」

上水船的水手搖手道：「不要打聽，趕快退回去就完了。」用手往回一指道：

「你看，全退回來了，我還冤你不成？」說著，這船便錯開駛過去了。

卻喜後面又有退回來的船，跟這下水船的人相識；兩面一搭話，這四五隻船俱都收篷緩行，一迭聲的詢問緣由。

來船說道：「要問我是怎麼回事，我們也斷不透。我們的船也是正往下水走著，到范公堤那邊，忽然堤上跑來兩匹快馬，到湖邊勒住轠繩，喝令我們前面的兩隻船趕緊退回。船上盤問他：為什麼不教走？他們把眼一瞪，開口就罵瞎眼、渾蛋。我們正在疑惑，誰知馬上一個青年竟一揚手，打出一支袖箭來；竟把前船上一個水手左耳給射穿了。這個水手慌忙往船裡一鑽，險些掉在湖裡。

「這一來嚇得我們全不敢走了。跟著那兩個騎馬的人高聲吆喝：『所有船隻，全給我退回去三里地，如敢有不遵命的，或者伸頭探腦的、多嘴多舌的，小心你們的腦袋，這一箭只是做個榜樣。』我們這才聽出來，敢情不是官面。咱們一個使船的犯不上賣命，我們就折回來了。」說著，這船夫用手一指道：「你瞧，那不是全回來了麼？那第六隻船，就是那個挨箭的。他們不是說退出三里地麼？依我想越遠越好，說不定要出什麼差錯呢！」

這船夫們一面說話，一面操槳，後面的船也全嚇得折回來了。

這時節，胡鏢頭和黑鷹程岳，遠遠望見成幫的船退了回來，早已覺得可疑。他們便放緩了馬，湊近湖濱，留神聽去；隱約辨出幾句話；二人立刻把馬一催，追上鏢馱大隊。胡孟剛向眾鏢師齊打招呼，命大家各自留神湖上的動靜。

果然越往前走，湖裡越覺清靜，不但下水船全不走了，就是上水船此刻也一隻不見了。情勢突兀，頗覺離奇。胡孟剛久經江湖，他深深知道，若是欽差官船過境，驅逐民船，也沒有用暗器傷人的。若說是水賊在此做案，自來水旱兩路綠林，界限分得很清，斷不會從陸地下手。若說是旱路強人，卻又向來不能干涉水面的事。這件事迴出常情之外，江湖上實在少見！

胡孟剛事到臨頭，反倒沉住氣，不露一點形色，督著鏢馱往前走。循范公堤，又走了十幾里，天色更晚了。夕陽西墜，野地裡暮靄蒼茫。胡孟剛心想：「這范公堤已走出一多半，再趕個四五里地，就趕不到白馬渡，也有小村落；但凡一有人家，便可說熬過今天了。」

胡孟剛心裡正自盤算，耳邊陡又聽得一片馬蹄聲。抬頭一看，迎面半里外，青壓壓一片竹林前，似暴雨迅風般，飛竄來四匹快馬，直踏長堤，奔臨鏢銀附近，霍地往左右一分，掠著護鏢群雄的身旁而過。這幾人騎術極精，風馳電掣一般，比以前那幾匹馬更快。馬上人面貌仍看不清，只看出緊衣短裝，背後長條形的包袱，似包著兵刃。

鐵牌手胡孟剛不由「哦」的一聲。沈明誼、宋海鵬互遞眼色，暗問胡孟剛：「難道還像前天一樣麼？」

胡孟剛道：「今日的情形，跟前日不同。你看，時候這晚，地勢這險，今天決計脫不過去。來來來，沒別的，把傢伙全預備好了。」眾鏢師立刻把精神一振，各將兵刃拿在掌中。也只是片刻之間，便聽得背後「得得得」，又是一陣馬蹄響，大家扭轉頭來看；方才奔過去的四匹馬，果然此刻又圈回來。

這一來，不但胡鏢頭明白，鏢局中人個個俱都恍然，確知這是綠林道劫鏢放哨。趟子手和夥計們互相關照。胡孟剛眼望這四匹馬去遠，轉對黑鷹程岳說道：「老侄你看見了，大概你也明白了吧？」

程岳見胡孟剛單向自己問話，不由錯會了意；他想起昨夜在店中，自己說了幾句滿話，這必是胡孟剛拿話點逗自己。程岳少年氣盛，面皮一紅，呵呵的笑了一聲，在馬上把手一拱道：「老叔，小侄早就看明白了。咱們爺們說到哪裡，做到哪裡。你老人家望安，瞧我的吧。」一對黃睛閃閃凝光，立刻一探腰，將馬韁一抖，要往前追。

鐵牌手胡孟剛慌不迭的叫道：「老侄，老侄！你這是做什麼？事到臨頭，咱們自然是穩紮穩打。難道我還能跟老侄掂斤捏兩不成？你千萬別誤會，我不過順口之言，關照你一聲。人家還沒來，我們自己先較勁，可就準栽跟頭了。」

黑鷹程岳見胡孟剛發急，連忙勒韁回頭道：「老叔倒誤會了，小侄怎跟你老人家負氣。有事弟子服其勞，我不過想到前面，看看動靜。我老師臨行時再三囑咐，凡事全聽老叔支派。賊人只要一動，你老儘管吩咐；我是一定跟他們以死相拚，好保全咱們兩家鏢局的威名。」

胡孟剛把大指一挑道：「好，賢侄，這才是知己之言。咱們自己人，千萬不要較勁。」遂吩咐金槍沈明誼和單拐戴永清，分兩頭往前推進；為的是遇見強人，好上前搭話，並掩護兩旁的鏢。鏢局夥計和緝私營巡丁，稍稍靠後，分排護在鏢馱子的兩旁。他又派雙鞭宋海鵬和九股煙喬茂，專管保護押鏢的舒鹽商。按鏢行行規，保護的人財兩項，全歸鏢局擔承。但凡遇上事，鏢頭不得辭其責，所以胡孟剛首先派定兩個鏢師，襄護那輛轎車。

這鹽商舒大人也彷彿看出風色不利，不住的盤問宋海鵬和喬茂。宋海鵬拿好話來安慰他，只說：「天晚了，不得不小心，其實沒有什麼事。」

那緝私營哨官張德功，扯著馬韁，兩眼只看胡孟剛的臉色。胡孟剛和程岳此刻越發鎮靜了，一前一後，照舊督促鏢行人們，加緊腳步，往前趲行。

轉眼間又走出三里多路，前邊這一帶地勢，更加荒涼。長堤下，湖面上，竟沒有一隻船停泊、駛行。靠東邊是一片接一片的竹塘，悄無人蹤。暮色四合，鴉噪歸巢，倍顯得景物幽曠。胡鏢頭看這形勢，只是搖頭。鏢馱子又行了一小段路；陡然間，竹塘附近，「吱吱」的連聲響起呼哨，立刻從竹林中陸陸續續竄出一夥人來。日近黃昏，相隔較遠，辨不清來人的形貌、人數。

這一邊，所有鏢師、夥計不待招呼，個個亮開兵刃，各管各事，絕不張惶凌亂。趟子手張勇、金彪，立刻圈轉馬頭，招呼夥計圈護鏢銀。騾馱子倏然紮住，馬頭接馬尾，就在堤邊，盤成了五個圈，往地下一臥；鏢行和緝私營兵俱各提槍抱刀，團團護住。

那胡孟剛、程岳以及沈明誼、戴永清，立刻一馬當先，衝到前面。就這一番佈置，但聽得人馬蓬騰，腳步聲、馬蹄聲錯成一片，卻毫不聞一人片語喧嘩。

趟子手張勇、金彪，久經大敵，胸有成竹，先將鏢旗一打卷，向那竹林高舉過頂，一連舉了三次。這便是鏢行按行規，拜過了山。明知強人來意不善，仍然以禮相待；為的是先占住腳步，不教綠林道有所藉口。然後把鏢旗重新展開，靜候對面的動靜。

但見竹林轉彎處，從呼哨聲裡，漫散開二十幾個壯漢，將堤上的路口完全扼住。鏢局這裡一齊收住腳步；鐵牌手胡孟剛、黑鷹程岳騰身下馬，其餘鏢師也都甩鐙離鞍。那緝私營哨官張德功，提槍帶馬，立在鏢馱子前面；有兩個護兵各拔腰刀，左右護衛。

胡孟剛攔住了程岳，自己往前緊行幾步，相隔六七丈，看清對面來人的面貌。當前的是二十幾個彪形大漢，全當壯年，一個個體健肩寬，濃眉大眼，人人面色黑紫，顯見得久歷塵路，飽受風霜。衣服並非一色，有的穿灰布褲褂，有的穿青綢褲褂；下登灑鞋，緊打裹腿；光著頭，把髮辮盤繞在脖頸上。個個手持兵刃，橫眉豎目，阻住去路，卻都默無一言。

胡孟剛上下打量賊人，看這打扮面貌，像是冀遼一帶的人。此時鐵掌黑鷹程岳已跟蹤過來。兩人便立定腳跟，並肩而站，沉機觀變，看住了來人。

這二十多個壯漢排成人字形的行列，從後面又閃出五個人來。最前一人生得很威嚴的面貌。這人年近六旬，臉色紅潤，虎項魁頭，額上皺起深紋，聳著兩道濃眉，一對豹子眼奕奕有神，鼻直額闊，口角微向下掩，唇生短髯如針，顯出一種剛決之氣。此人身穿藍綢長衫，黃銅扣紐，挺長挺肥的袖子，挽在手腕上半尺多，露出白襯衫的緊袖；長衫雖肥，長僅及膝；下穿高腰襪子，腳登挖青雲、紫緞心、綠座條的粉底逍遙履。這老人手持一支旱煙袋，長有二尺五六，核桃般粗，烏黑色，也看不出是竹是木是鐵；只那大煙袋鍋，比常人用的大著四五倍；正緩緩吸著，神情逍閑，越眾徐步出來。

在盜魁左邊，頭一人年約四旬，黑漆漆的面色，長眉闊目，左眉旁有一深疤；身穿二藍綢短衫，青緞薄底快靴，左手提一把純鋼鋸齒刀。第二人年甫三旬，白臉膛，眉如墨染，目似朗星，豐神雋秀；穿青綢短衣，青緞快靴，肋懸鹿皮囊，左手提一柄青鋼劍。在右首，第一人年在三十以上，面如重棗，重眉大眼；穿紫灰布褲褂，登扳尖魚鱗沙鞋，右手提一對點鋼狼牙穿。右首第二人，年當少壯，生得非常粗野；穿一身土布褲褂，抱一對鑌鐵雙懷杖。

這攔路五人倒有四個帶著旱煙袋。胡鏢頭看清來人，暗暗吃驚。尤其是這為首老人，氣象挺傲，兩手空空，不持寸鐵，更令人擔心。這老人吸著旱煙，不慌不忙，踱到對面切近處，便站住了。

鐵牌手向前緊邁了兩步，雙拳一抱道：「朋友請了，在下是振通鏢店的鏢頭胡孟剛，奉鹽道札諭，保解一筆鹽帑，路經貴地。是我們不知合字的垛子窯設在哪裡，未能投帖拜山。胡某這裡賠禮了。」話說得和婉有禮。

那豹頭老人微微一笑，拿眼把胡孟剛上下看了看，復往胡孟剛身後瞧了瞧；搖搖頭，又銜起旱煙袋來，不住的噴吐，那態度似乎沒把胡孟剛看在眼裡。只見他略一沉吟，臉上笑容忽轉成一團冷氣道：「哦！來的是振通鏢局胡孟剛胡老鏢頭麼？我久仰得很。我聽說胡鏢頭一對鐵牌，走遍大江南北，凡是江湖上的人無不欽仰大名。只可惜在下緣淺，久懷拜訪之心，未能如願。今日居然在此相遇，真乃三生有幸的了。」

說到這裡，那老人面色一正，立刻用手一指那趟子手金彪，向胡孟剛問道：「這十二金錢鏢旗，聞得名震南北，天下綠林無不另眼相看。我們這番來到江南，正要見識見識這杆金錢鏢旗，會會這位俞劍平俞大鏢客。今天僥倖，居然在這裡，瞻仰到十二金錢的繡旗。可是的，掌旗的這個主兒，又怎麼不見呢？……

「胡鏢頭，我聽說你們這次雙保鹽鏢，是打算把鏢馱子押到江寧。論理說，憑你一雙鐵牌的威名，再加上十二金錢的聲勢，沿路通行，正是容易得很。其實就憑你們二位的兩杆空旗，就滿能行得開；何況還有這些能人押護？但凡江南江北的綠林，誰也應得借道，莫非說真敢找死不成？可是今天想不到你們偏偏遇上了我！我在下不過生得一個肉頭，四根骨架，天膽也不敢劫你們兩家的鏢。況且又奉得是什麼鹽道札諭，又是什麼官帑！我更不敢胡為了。

「無如我慕名遠來，是要結識結識這位俞大鏢客的。俞鏢客既未在場，我只好暫把你這撥鏢，連他的金錢鏢旗，代為留存下來，就算是訪賢促駕的請帖。你只要把俞三勝俞大鏢頭請來一見，容我領教他的奇門十三劍和十二金錢鏢，無論是勝是敗，我定然原鏢奉還。缺少一百，我賠一萬。這便是在下今天出場的一點來意。這樣做法，不過是老夫念到胡鏢頭是條漢子；若遇見別個無名之輩，我就沒有這麼些廢話對他講了。」說完，把旱煙又裝上了一袋，緩緩的吸著。

胡孟剛聽罷，氣得面色焦黃。不用說這鏢銀被人截住，就是受人這樣的輕視，已經夠人受的。雙方湊近答話，也不過相隔四五丈遠。鐵牌手胡孟剛回頭一看，手下人早將鐵牌遞過來；將胸口一拍，冷笑一聲道：「哈哈哈，朋友！你的來意我明白了。我胡孟剛從十八歲上闖蕩江湖，從三十幾歲上開這鏢局，到如今我也虛度五十二歲了。若論能耐，會吃會喝，會屙會睡。我所以在江南混得上飯吃，不怕你老哥笑話，沒有一點真本領；只靠江湖上朋友多，肯幫忙。

「你老哥尋的是十二金錢俞劍平。且不管俞劍平在不在此；我們兩家鏢局既然雙保鹽鏢，他就是我，我就是他。你老哥既打算把這筆鹽鏢留下，好極了，何處不交朋友？我胡孟剛敢替俞劍平做主，你老哥只管拿去。不過有一節，我胡孟剛交朋友，交在明處；你先道個萬兒來，我胡某一定夠朋友，教你老哥稱心如願。」說著將手中雙牌一展，雙眸灼灼放光。

這時節，鐵掌黑鷹程岳已聽出來人指名要會他師父俞三勝，早將長衫鈕扣扯開，要上前答話。今聽胡孟剛答得軟中帶硬，鋒利無比，暗將大指一挑，卻又停步，觀看來人如何回答。

只見那豹頭老人一點神氣也不動，把手中旱煙袋的銅鍋向鞋底子上，輕輕磕了磕，抬起頭來，向胡孟剛有意無意，掃了一眼道：「罷了，胡鏢頭果然名不虛傳，你要問我的姓名麼？」

胡孟剛大聲道：「正要請教。」

那老人冷冷說道：「這倒不勞動問，俞三勝自然知道。我看尊駕卻也是個好漢，既然這麼說，我將這鏢銀只留一半，算是單扣俞劍平的鏢。你老兄盡可以通知他，教他速來領取。我在下言出法隨，不再更改。若依我的話，你我是江湖道上，後會有期。倘若不識風色，胡老鏢頭，你也是老江湖了，你且看老夫有沒有本領，把尊駕的鏢銀全數扣下！」說到這裡，聲色一振，又一瞥那十二金錢鏢旗道：「這杆金錢鏢旗，橫行大江南北，已有多年，也該歇歇了。煩你對俞劍平說，我此刻要把它留下。」

這麼一句話，觸動了鏢局的大忌。鐵掌黑鷹程岳「唰」的把長衫一甩，抗聲斷喝：「要想留下十二金錢鏢旗，卻也不難……」話聲未完，猛聽背後大吼道：「大膽匪人，攔路行劫官帑，事如造反，這還了得，難道不怕王法麼？」

鑾鈴響處，緝私營哨官張德功躍馬挺槍撲來；槍桿一揮，兩旁緊緊隨著兩個護兵、八名巡丁。黑鷹程岳急往旁一竄。這馬竟擦身而過，險被闖著。

這張德功是行伍出身，幼年曾考過武場，也拉得硬弓、也盤得劣馬，六合槍也學會幾路；性格粗魯，膂力剛強，現在年甫四旬，可謂正當壯年。這次解運鹽課，全營中挑選解官，只有張德功武藝出眾；雖是小小哨官，卻兼充教練官，也算得庸中佼佼了。

他也曉得近來路上吃緊，不想在此處果碰見一夥強盜；看人數不過三十幾個，心想鏢局夥計和緝私營巡丁不下六七十人，就趕也把這夥賊趕走了。又聽見胡孟剛答的話似乎太軟，他不懂江湖上的勾當，只覺得和央告一樣；暗道：「鏢行的本領不過如此麼？」頓時吶喊一聲，帶隊直衝過來。他心想：賊人膽虛，一見官兵出頭，就許嚇散。他一馬當先，護兵在旁，厲聲喝道：「現在緝私營張大老爺在此，你這般匪人阻住官道，太已混帳，快給我滾開！不然，拿你們剮了！」誰知他們盡嚷，對面賊人傲然不理。

張德功勃然大怒道：「弟兄們上！」兩腿一磕，這馬直闖過去。張德功手托大槍，照準為首賊人便刺。

那豹頭老人吸著煙，既不躲，又不抗；相隔丈餘，猛從強人隊中，竄出一條黑影，在馬前一晃，那馬直立起來。張德功急甩鐙勒韁，已經來不及；咕咚一聲，從馬上仰跌下去，長槍也丟在地上了。來人正是左首第二人，那個手執青鋼劍的白面少年。那把劍並未使動，仍在左手提著。右手已扯住馬嚼子，往外一帶，左手劍「啪」的扁拍了一下，這馬負痛竄過一邊去了。

張德功跌得渾身是土，頭上戴的得勝盔也摔掉了。到底虧他有些功夫，不待巡丁搶救，早已一滾身站起。他羞惱交加，忿不可遏，抽腰刀大喝道：「大膽匪人，毆辱官長，該當萬剮凌遲！」虎也似的掄刀砍來。

那少年劍交右手，略一抵拒，覺得張德功手下頗有幾分斤兩；便不與他硬碰，只盤住他，三繞兩繞，騰地一腳，把張德功踢倒在地。

張德功虎吼一般跳起；白面少年大笑著叫道：「張大老爺，領教過了，請回吧。」張德功拚死命的衝上去；當著鏢行這些人和手下兵丁，自己堂堂一個教練官，竟被賊人這樣玩弄，面子上太下不去。他大聲狂喊道：「張老爺跟你拚了。」把腰刀直上直下劈去。

白面少年閃展騰挪，專找漏洞；又交手八九回合，騰的一腳，道：「往東倒！」張德功撲地倒在左邊。

胡孟剛一看這情形，大叫：「張老爺快退下來，護鏢要緊，待我來。」那張德功口吐白沫，哪裡肯聽，爬起來，照賊又是一刀。白面少年略閃一閃，轉到背後，叫道：「張老爺往後躺吧。」順手牽羊，把張德功又扯倒了。

張德功兩眼瞪得通紅，惡狠狠一味猛砍直衝，不由把賊人招惱。這賊道：「怎麼給你留情，還不懂？」一個垛子腳把張德功踢倒，青鋼劍嗖地砍下去。「哎呀」

一聲，張德功左肩頭鮮血迸流，兩個護兵全都嚇跑，八個巡丁內有兩三個大膽的，把張德功搶起來，敗退下去。賊人並不追趕，立刻拭劍，狂笑歸隊。

鐵牌手胡孟剛一見哨官受傷，不由憤怒，雖說保的是客貨兩全，張哨官奉官差派，與己無干；但既有鏢局隨行，豈能坐視？胡孟剛急將鐵牌一分，便要上前。不想黑鷹程岳早已負怒，「唰」的一個箭步，竄到陣前。距那為首豹頭老人四五步遠，錯腳站定；先納住怒氣，雙拳一抱，叫道：「朋友請了。」

年老盜魁轉眼看時，見程岳紫色面皮，金睛隆準，年約三旬；上身穿青綢短衫，下穿青褲，打著黑白倒趕水波紋的裹腿，搬尖魚鱗沙鞋；體格雄偉，氣象豪壯，兩手空空，沒帶兵刃。這老人不禁注目，把程岳多看了兩眼；傲然自若，漫不還禮，口吸著旱煙，只將頭點了點。

程岳雙目一瞪道：「朋友，你既然身入江湖，便該曉得江湖道上的規矩。我們保鏢的謹守行規，對眾位沒有失禮。朋友你既上線開耙，想必看著我們兩家鏢局，不值當你的朋友。你一朝相，亮青子動手，自然是本領上分高低，我們並不怪你。可是你指名點姓，要找安平鏢局十二金錢俞老鏢頭跟你答話，似乎你跟姓俞的一定有梁子（怨仇）；朋友，你這就錯了。

「姓俞的不是無名之輩，你竟可鼓起勇氣，前去找他，何故動手行兇，刃傷護鏢的哨官？須知人家奉命差遣，與你無仇無怨。那俞老鏢頭在大江南北走鏢，只憑一杆鏢旗，用不著他老人家親自出馬。凡在江南江北開山立櫃的，全得閃個面子；這也是他老人家功夫強、人緣好所致。你既非找姓俞的不可，便該留名留姓，何故又藏頭蓋尾；豈不教江湖上好漢恥笑？至於十二金錢鏢旗，在江湖上果然也闖蕩多年；朋友既想留下，卻也不難，朋友你往這裡瞧！」用手將自己鼻頭一指道：「少鏢頭程岳情願雙手奉上，可是你得露兩手，給我們看看。」

那老人很耐煩的聽著，聽到末尾，哈哈笑道：「朋友，你今年幾歲了？姓俞的是你什麼人？」

程岳道：「呸！少發輕狂，你家少鏢頭今年一百歲，多咱不過多吃幾年飯。那俞老鏢頭，便是俺的恩師。你家少鏢頭雖小，卻是說得出、叫得響；姓程名岳，外號人稱鐵掌黑鷹。」說著，腳往前走了半步，雙拳一比道：「閒話休講，靜看你的。」氣勢虎虎，便待動手。

老人微微嘻笑，把煙管一晃；那邊突然躥過一人，厲聲喝道：「姓程的，我們當家的正要找你們師徒算帳；你要想跟我們當家的動手，你還早呢，且先嘗嘗我這對懷杖。」「嘩啦啦」一掄這對懷杖，往懷裡一抖，兩截仍合在一處；虎視眈眈，蓄勢以待。

程岳側目一看，是那粗豪少年；自己急往旁一閃，叫道：「強徒休得張狂！」腰間暗藏金絲藤蛇棒，伸手將如意扣鬆開，右手一拉棒梢，往前一帶腕手，「噗嚕」抖了個筆直。程岳把兵刃亮出來，那使雙懷杖的粗豪少年，不由往後撤了半步，曉得使這藤蛇棒的，必非弱者。黑鷹程岳丁字步一站，向敵手道：「朋友，你報個萬兒來。」

粗豪少年眼向為首老人一瞥，怪聲笑道：「你不用盤問姓名，你師父來了，我們自然把萬兒留給他。你就少廢話。咱們啞吃啞打，夥計撒招吧。」程岳見這人也是如此無禮，暗想：「他們故意和我安平鏢局作對，他們成群結夥，全為我師徒而來，我程岳今日寧教氣在身不在。」一聲冷笑道：「大丈夫講究光明磊落，到處留名；綠林好漢就是身背一百條命案，也不願改名換姓。你們這一夥強徒，看來也像漢子，原來雞鳴狗盜不如。還想截留我們的十二金錢鏢旗，真是不知死活。」

那使懷杖的少年勃然動怒，眼向四處一掃，倏將懷杖一分，立了個門戶，叫道：「少嚼舌，來來來！」

程岳隨手往旁一立，抱元守一，右手把金絲藤蛇棒一舉；立刻伸左手，撥棒梢，運用「太極生兩儀」之式，氣納丹田，提氣貫頂，達於四肢；屏思絕慮，把精神凝結，直注在對面敵手的身上。

當此時，門戶一立，外行看不出來，唯有那口銜煙管的老人暗暗驚異，心想：「這姓程的不過三十來歲年紀，論起真練功夫來，總得年滿十五歲以上，才能調氣練精練神，算來他最多也不過十幾年的功力。他這一亮式，神光充盈，英華內露，足夠二十多年的功力；這定是他師俞劍平教授得法，才會有這樣好的造詣。由此看來，俞劍平的技業，想必已到登峰造極的地步了。」

豹頭老人心頭轉念，也不過剎那之間；大堤之上，兩個敵手已然全換了架式。使雙懷杖的少年見黑鷹程岳緊守門戶不動，自己暗笑：「你這種太極門以逸待勞，想討便宜，你須向別人使去；今日遇上我，你卻枉費心機。」往前趕了一步，右手懷杖一抖，喝一聲：「打！」條帶勁風，向程岳頭頂上砸去。

程岳不慌不忙，看定敵人兵刃，離頭頂不到半尺，「唰」的往右一斜身。盜徒右手這支懷杖向下一沉，趁勢往下塌身，右腕挺勁，懷杖「嘩啦啦」一響，立刻撤回來，左手懷杖早又撒出去。這一手名叫「換巢鸞鳳」。

黑鷹程岳沉機觀變，要察看敵手的路數。見敵人左手鑌鐵懷杖又到，自己忙一提腰力，展「燕子鑽雲」的輕功，身軀憑空躥起一丈多高。等到身軀往下一落，早將金絲藤蛇棒用手一捋，立刻筆直，與鐵棒相似；腳才沾地，聽背後一陣寒風撲來，便知敵人暗算已到；單腳點地，向前下腰，身軀「嗖」的往左一偏。雙懷杖「啪噠」一聲暴響，砸在地上，將土地砸了兩道溝。

黑鷹大怒，這一招若被砸著，立刻骨折命喪。程岳忙翻身急轉回來，見盜徒正在撤回雙懷杖；他疾如電掣，把藤蛇棒前把一鬆，單手掄棒，猛向盜徒砸去。這一招叫做「摘星換斗」，直取敵人的頂梁。程岳還招迅巧，敵人收招不及，急中生智，硬往上一提氣，全身撲向程岳這邊；搶近一步，才得把左手懷杖的雙節，合到右手掌內；那藤蛇棒已到。盜徒喊一聲，使出十二成的力氣，將懷杖照定藤蛇棒硬砸。

鐵牌手在旁觀戰，暗叫一聲：「慚愧！這一手懷杖要是用實了，硬碰硬，任何人也得把兵刃鬆手。」

胡孟剛一思念間，鐵懷杖砸了個正著，只見那條藤蛇棒，軟軟地往下一沉，盜徒吃了一驚；懷杖撲空，不由身軀往前一栽。才待單腳用力，借勢旁躥；鐵掌黑鷹一招跟一招，焉能放走敵人？頓時「嗖」的一抽藤蛇棒，往後使一個敗勢，扭身打一個盤旋；手中棒如怪蟒吐信，早「唰」的纏在敵人腿上。舌綻春雷，喝一聲：「躺下！」程岳單腿坐勁，聽「撲登」一聲響，少年盜徒斜栽倒地上。

鐵掌黑鷹往旁一展身，軒眉冷笑道：「承讓，承讓，十二金錢鏢旗恕不奉送！」這個「送」字還未收聲，腦後突然一股涼風撲到。只聽一個沉著的聲音說道：「那也不見得，朋友接招！」

鐵掌黑鷹急急的縮頸藏頭，往下一伏身，「嗖」的一柄鋸齒刀掠過腦後，挾著強風直劈過來。程岳一換腰，斜竄出六七尺以外，這才扭頭細看來敵。這人正是立在老人左邊，那個四十多歲的黑面大漢。那使雙懷杖的粗豪少年一落敗，就地滾身站起，含愧歸隊。這黑面大漢頓時捺不住怒氣，橫刀暗襲過來。

鐵掌黑鷹一擺掌中藤蛇棒，厲聲叱道：「潛使暗算，還算什麼英雄？」黑面大漢雙目一瞪道：「試試你耳聽幾路，眼觀幾方？呔，留神接刀！」話到刀到，鋸齒刀揚空一閃，摟頭蓋頂直剁下來。

鐵掌黑鷹叫道：「來的好！」倏地往右一斜身，抖藤蛇棒，便往那鋸齒刀上纏。盜徒一見棒到，曉得這種兵刃以柔克剛，專拿對手的兵刃，一不小心，教它纏上，休想再撤回來。並且這藤蛇棒又是軟中硬，使用它全憑腕力。若是武功稍差，決不敢用；軟硬力稍用得手不應心，人反易為兵刃所累。名雖是棒，卻能當練子鞭用，這就是藤蛇棒難工易勝的出奇處。

這黑面盜徒一身很好的武功，識得藤蛇棒的招數；見程岳棒往上一翻，他便趕緊往回抽刀；倏翻手腕，用「反臂刺扎」，刀尖徑奔程岳軟肋點去。程岳頭招落空，知遇勁敵；未容對手刀到，急展藤蛇棒，「斜掛單鞭」，往外一掛；立刻向前錯步，棒隨身轉，亮出「鐵鎖橫舟」的招數；藤蛇棒竟奔盜徒，攔腰纏打。黑面盜徒一閃，抽招換式，竟然進步欺身，展開五虎斷門刀法，翻翻滾滾，一片寒光上下揮霍；劈，砍，截，挑，刺，扎，招招精熟迅利。

鐵掌黑鷹張眼凝視，認清敵人路數，自己忙把三十六路行者棒，霍地施展開。這條藤蛇棒盤前繞後，直如一條怒龍飛舞，和敵手那把鋸齒刀恰好抵住。兩個人旗鼓相當，鬥了二十餘招，盜徒的刀法沒有一點鬆懈。鐵掌黑鷹暗忖：「我若儘自跟他纏戰，天色漸晚，這鏢如何闖得過去？說不得，速決勝負為要！」程岳打定主意，立刻將藤蛇棒招數一變，改用太極棍法。

這一趟太極棍，是俞劍平鏢頭的絕技。當年俞鏢頭劍術沒有練到火候，自己不敢仗劍跋涉江湖；只用這一條太極棍，走了幾省。後來劍術精究，到了極詣，方才棄棍用劍。他因為程岳是自己頂門戶的大弟子，故將太極棍法傳給程岳，又給程岳特造了這條金絲藤蛇棒。程岳在安平鏢局走鏢數年，仗這利器，倒也得心應手；今日遇見勁敵，頓時把全副本領施展出來。

當下兩人出力酣戰，已到三十餘招。盜徒的招數也已變換，改用八卦刀；正跟程岳這趟太極棍有相生相剋之勢。這一對招，兩人未免又多見了二十餘手。黑鷹程岳怦然動念，暗想：「我滿憑真實功力，跟他分高下，眼見得難操勝算。」遂將招數略為放慢，故示武功根底不固，氣力持久不濟的神情，好引盜徒驕敵之心。

果然黑面大漢留神觀隙，漸見程岳棒法散漫，不禁心中得意道：「聞名不如見面！盡聽人說，這十二金錢俞三勝內功如何驚人，拳劍鏢三絕技如何出眾，以太極門擅名江南江北，鏢行無不讓他出一頭地，綠林無不退避三舍，今日雖不曾與俞劍平相遇，但看這姓程的是他掌門弟子，枉自手底下靈活，不料他後力竟如此不濟；他師父也就可想而知，是盛名之下，其實難副的了。」

這黑漢如此存想，程岳的棒法越加遲慢，彷彿只剩招架之功，沒有還攻之力，黑漢的刀法更為加緊，但見程岳勉強抵攔了幾招，黑漢眉頭一聳，心中大喜。

就在這時候，那盜群中為首的老人，雙眉一皺，猛然大喝道：「喂！二熊，小心了！」

喝聲甫罷，那黑漢展開「抽撤連環」的招術。程岳把頭一擺，藤蛇棒向外一崩，急翻身，走敗式，金絲藤蛇棒往右側一拖。黑面漢勢如飄風，「抽撤連環」三招急下，緊隨著一擰手腕，鋸齒刀倏奔程岳後背，程岳一反身時，早已防備，左腳往前上步，右腳往後抬起，等到往前一塌身，盜徒的刀正扎程岳的後心。

程岳勢本佯敗，眼光四照。黑面盜徒猶恐敵人逃走，刀才遞出來，右腳點地，左腳上提，身形向前一探，「夜叉探海」式，直撲上來。刀尖往外一送，只離程岳後心一二寸許，方喝得一聲：「著！」倏然間，程岳如電閃也似，擰腰往右一回身，左腳用力右滑，全身斜塌下去。盜徒刀尖落空，招數用老了，大吃一驚，急收招不迭。

程岳讓招還招，疾如狂風；右手腕一坐勁，抖藤蛇棒，「玉帶圍腰」，猛奔敵腰纏過去。「砰」的一聲響，藤蛇棒鞭了個正著。這一招冒險成功，陡然斷喝道：「躺下！」用渾身氣力，往右猛一帶，「撲登，嗆啷！」將敵人直摔出五六步，鋸齒刀甩開多遠。

鐵掌黑鷹收式旁竄，用手一指道：「這點能為，也敢在江南道上耀武揚威？」

程岳這一句話，說得犀利無比。那手擎煙袋的盜魁一聲狂笑，聲若梟鳴。程岳急擺藤蛇棒，閃目看時；但見豹頭老人笑聲才歇，面上籠起一層怒雲，雙目閃閃已露凶光，斬釘截鐵叫道：「摔得好！」

三個字迸出唇邊，從鼻孔中哼了一聲；唇吻微動，右手一展，便要下場擒拿程岳。陡見他身旁那個面如重棗、身穿紫灰衣褲的壯漢，捧鑌鐵點鋼穿，飛身直竄過來，厲聲叫道：「姓程的朋友，動手過招，輸贏是常事，也值得這麼賣狂麼？來來來，我來領教。」話到，人到，兵刃也到，一對鑌鐵穿，第一招徑向程岳胸前扎來。

程岳雙手揮棒，往外一封；立刻趁勢遞招，甩藤蛇棒，迎頭就打。盜徒立刻撤回鑌鐵穿，往外一掛；倏然換招，「雙風貫耳」，向程岳打到。程岳縮項藏頭，往下矮身，一個盤旋，順著旋身之勢，掄金絲藤蛇棒，往盜徒下盤雙腿纏來。

盜徒急掠空一縱身，把這招閃開，身往下落。程岳早將藤蛇棒抖得筆直，手起處，直照敵人的「氣俞穴」點去。這赤面盜徒閃展圓滑，趁著騰身往地上一落時，急蹲身軀，將掌中雙穿倏地一分，呈「鳳凰展翅」式，左手鐵穿向程岳丹田急扎。

黑鷹程岳隨撤藤蛇棒，兩手一捋，斜插柳往外一磕，立刻將敵刃彈開。那敵人卻也了得，一招才過，二招早來；右手鐵穿「霸王卸甲」，一反臂，直砸程岳的頭頂。這一招極快，絕無緩氣之功。黑鷹程岳微一偏頭，點鋼穿貼著臉掠下去，銳風撲鼻，險到十分。黑鷹程岳咬牙切齒，趁勢還招；藤蛇棒往外一展，刷地照敵人斜肩帶背打去。

這盜徒左手鐵穿往外一封。程岳的招數虛實莫測，倏然往回一撤招，猛往左一帶，藤蛇棒忽向敵人左肋打去，那盜徒急往下矮身藏頭，這藤蛇棒突如驚蛇怒蟒，又橫掃過來。閃躲不及，棒過處，早將盜徒頭頂皮掃了一下，掃去一塊油皮。

赤面盜徒嚇了一身冷汗，忙一縱身，往斜刺裡竄出一丈多遠。手捫頭頂，才曉得頭髮也被刮去一縷，立刻回身冷笑道：「姓程的朋友，咱們後會有期。」

黑鷹程岳嗤然笑道：「少鏢頭等你十年，快去訪名師，拜師娘，再來現眼。」

這時程岳早將生死置於度外，打定主意，要破死命，護鏢銀，保鏢旗，與群盜死戰。他略舒出一口氣，提棒揚眉，要再向那年老盜魁發話。哪知盜群那邊，已起了一陣騷動。眼見己方連敗三陣，都輸在程岳一人手上，氣得群盜人人躍躍欲動，勢欲群毆。只聽一個叫道：「活氣殺人，姓程的休要賣狂！當家的，咱們全上！」

那老年盜魁雙目橫盼，怒如火炬，「呸」的一聲道：「住口，你們要做什麼？」斥得群盜立刻肅然歸隊。這才見盜魁左邊，刺傷緝私營哨官的那個白面少年，手提青鋼劍，腳下一點地，已騰身躍起，輕快異常，往程岳面前一落，左手提劍，右手駢食指中指，一指黑鷹程岳道：「程朋友，果然有兩手，我很佩服；但何必徒逞口舌，我們是功夫上見高低。」劍交右手，揚了一揚道：「素仰俞門三絕技，太極劍也是一絕。在下也學得兩手笨劍，願意請教方家，你可有氣力，再跟我走兩招麼？」

黑鷹程岳仰面笑道：「莫說是你，你們全夥只管挨個齊上，看一看我們十二金錢鏢旗，究竟好摘不好摘？」將藤蛇棒一掄，又要發招，猛聽後面大叫道：「道上朋友講理麼？車輪戰贏了人，可算好漢？程賢侄且退，別讓你一個人拾掇完了，勻給我們這個吧。」

黑鷹程岳側身回顧，只見鐵牌手胡孟剛將雙牌擺了擺，似要上場。旁邊早見槍纓一閃，那振通鏢局的金槍沈明誼，已然一個箭步，搶到陣前。

沈明誼眼見程岳連勝三盜，心想：「人家安平鏢局可謂當場露臉，自己這振通鏢局，難道全是坐觀成敗的麼？」遂攔住胡孟剛道：「鏢頭稍待，大敵當前，你且留後押陣，待我把程少鏢頭替下來。」胡孟剛將身子一側，沈明誼提著金槍，一躍上前。

程岳雖說有真實功夫，可是人的氣力終究有限，此時鼻洼、鬢角已然微潤，樂得讓過一陣；遂向沈明誼說道：「沈師傅小心他們觀戰的人。」

金槍沈明誼點頭道：「曉得，少鏢頭放心。」說罷，往前進步欺身，已與敵人抵面；大聲叫道：「朋友，你們也該識趣；三陣見輸贏，是光棍趁早讓我們這號鏢過去，彼此各留情面。我振通鏢局自有心照領情的地方。若不懂江湖道的面子，在下只好挨個奉陪，車輪戰不算高招。」

白面少年冷笑道：「朋友何必賣乖？好鷹不趕乏兔，你們姓程的只管喘氣去。你們有本領，儘管來施展，我倒不怕車輪戰。借道的話趁早收起，咱們打著看！」

沈明誼說道：「好，動手何難，咱就打著看！」一晃掌中槍，那槍頭血擋「突嚕嚕」一顫，顫起二尺多的圓輪；順勢往前一遞，奔強徒的「華蓋穴」扎去。

白面少年劍交右手；左手駢食指中指，扣拇指無名指，一捏劍訣，往左側一斜身，劍走輕靈，步伐迅疾，把沈明誼的槍閃開。跟著一反腕子，「撥草驚蛇」，猛斬沈明誼的右腿。沈明誼一合槍，頓時現槍鑽，將盜徒的劍撥開；一旋身，槍鋒從左往後一領，唰地點奔強徒的右肋。這白面少年盜徒急用「跨虎登山」式，一跨右腿，身往左斜，立刻將槍閃開；隨即改式，「白鶴展翅」，劍削沈明誼的肩背。

金槍沈明誼用「斜插柳」，往外一磕，隨即展開「金槍二十四式」，槍纓亂擺，槍尖亂顫，鬥起來宛如騰蛇翻浪。那白面少年劍術上恰也精深駿快。輾轉進退，槍劍交鋒，兩人動手到二十餘合，不分勝負。

沈鏢師一面展開槍法，一面搜尋敵人破綻。連鬥了三十餘合，金槍沈明誼無論招數如何緊，敵手狡獪，守多攻少，自己總不能遞進槍去。沈明誼不禁著急，暗想：「程岳一個鏢行後進，竟連勝三敵；自己反連一個少年賊人戰不下，豈不替振通鏢局輸氣？」這樣存想，驟將槍法一變，未免求勝心急，欺敵過甚。這正中了盜徒的心機；白面少年也將劍招一變，施展出「八仙劍」來，翻翻滾滾，劍身合一。

眨眼間二人又戰了數合。突見盜徒挺身展劍，往外一封沈明誼的槍，似忘了護身的要訣，竟把一個前胸和下盤全露出來。沈明誼以為有機可乘，「唰」的一顫槍，「金雞點頭」，直向敵人丹田點去。這白面少年一個「旱地拔蔥」，躥起七八尺高，把這一招閃開。沈明誼見槍招落空，急扭身往左一個盤旋，用左手抓槍鑽，「唰」的一個「盤打」；掄得這杆槍悠悠帶風，猛向敵人打去。

這盤打的招數，極其厲害。槍長七尺，臂長二尺五，身回力轉，往外一橫掃，在一丈二尺以內，敵人再難躲開。而且旋身借勢，其力迅猛無比，用兵刃搪架，必被打飛。要防這一招，須用輕功提縱術「燕子飛雲縱」和「一鶴沖天」式，身不作勢，將雙臂往起一抖，憑空拔起一丈以外，方得閃過。否則急避不迭，終須落敗。即使頭招逃開，還怕對手再趕一招，連發兩個「盤打」。

這盜徒年紀雖輕，武功甚熟；見沈明誼槍法招中套招，施出這絕招來，微微一笑，竟不抽身逃走。他腳下一點勁，立刻疾如鷹隼，從沈明誼左肩頭上，飛掠過去。這一著大出沈明誼意料之外，急將招數收回，「怪蟒翻身」，一抬右臂，把金槍向上一帶，「太公釣魚」，直取敵人要害。

這一招來勢很急，那盜徒腳才落地，故賣破綻；耳聽腦後風聲已到，便背著身子，往左一錯步，剛剛讓過槍鋒，倏地一個「鷂子翻身」，掌中劍「倒打金鐘」、「三環套月」，連環招，劍走輕靈，刺咽喉，掛兩肩，其疾如風，其銳如箭。沈明誼招架不及，閃避不迭，暗道：「敗矣！」

第三章　飛豹留柬

哪知在沈明誼一回槍的工夫，猛覺得槍桿微震，又「嗆」的一聲；緊跟著一聲長笑，聲如洪鐘道：「沈師傅，見好就收，得了便了；老夫倒要見識見識這位朋友的劍術。」

沈明誼急一退步，鐵牌手胡孟剛擎一對鐵牌，如一道旋風似的，突然橫插在中間；然後右手牌一揮，左手牌將沈明誼的槍輕輕一隔。那少年盜徒猛然一竄，退出圈外。

金槍沈明誼滿面羞慚，一語不發，也拖槍竄出圈外。

原來鐵牌手見這少年劍術精熟，沈明誼求勝心切，深恐他貪功致敗；遂不敢再延，亮一對鐵牌，騰身往前一縱，用了手「平分春色」，右手鐵牌猛往敵人劍上一搭；「嗆」的一聲，那少年盜徒措手不及，竟被震出數步，險些寶劍出手。

這少年拿樁站穩，轉眼向胡孟剛上下打量。但見胡鏢頭早將長衫卸去。穿藍綢子短衣，白布高腰襪子，緊打護膝，腳登粉底綠座條福字履，兩隻肥袖高高挽起。鐵牌一分，昂然站定；面如紫醬，眉稜高聳，雙目炯炯，神情威猛。

少年盜徒看罷，心知來者是個勁敵，自己的劍術恐非其敵；但也不甘示弱，舉劍一指道：「這位鏢頭，可惜你還是江湖上成名的英雄，怎麼施這等卑鄙手法？來來來！咱們一對一，較量較量。」頓時一亮式，左手捏劍訣，往前一指，右手劍「舉火燒天」，嗔目喝道：「呔，進招！」

胡孟剛呵呵一笑道：「不才這對鐵牌，會的是江湖有名好漢，小哥你趁早閃開！」胡孟剛向那年老盜魁一揚鐵牌道：「換你們首領來吧。」少年面泛紅雲，怒不可遏，立刻把掌中劍一擺，急向前欺身進步；左手劍訣一領劍路，右手劍遞出去，「白蛇吐信」，徑向胡孟剛咽喉狠點。

胡孟剛穩立下盤，以逸待勞；容得敵劍切身，微微一偏頭，避開劍鋒；左手鐵牌疾如風發，往劍上一搭，立刻右手鐵牌向外一展，奔盜徒的「華蓋穴」打去。那盜徒稍轉身軀，一甩右手劍，「撥草尋蛇」，轉向胡孟剛右腿砍去。

胡孟剛撤右腿，蟒翻身，狂風掃落葉，雙牌齊下，直向盜徒砸來。牌沉力猛，少年盜徒不敢挺劍接架，連忙一彎腰，往斜刺裡一竄，剛剛讓開雙牌。胡鏢頭縱步前趕，右手牌一展，喝一聲：「著！」陡然背後厲聲喝道：「別追，看暗器！」一言甫了，早聽得「噹」的一下，鐵牌一展，將一支鏢打落塵埃。

胡孟剛雙牌交搭，哈哈一笑，忽聽賊人隊後一陣馬蹄雜踏聲，隊前斜列的彪形大漢，倏地往旁一閃，從背後又衝出五六名強徒。只聽一人振吭大叫：「當家的，我們先收拾這老兒，再去收拾鏢銀。」立刻有一個提虎頭雙鉤的，墊步當先竄到。

胡孟剛疾看來人，年約三旬，黑臉膛，橫眉巨目，凶狠之氣全從兩眼透露出來。這賊左手鉤一揚，右手鉤往下一沉，瞪目上前喝道：「胡鏢頭，你不到河沿不脫鞋，你的鏢銀今天走不開了！」胡孟剛眼看天色已黑，賊黨勢眾，不由怒叫：「鼠輩，胡孟剛跟你拚了。」往前一縱步，鐵牌隨著身勢，照盜徒頭頂便劈。

匪人叫了一聲「來吧！」身軀向前一撲，雙鉤往下一沉，向左一領。胡孟剛雙牌落空，盜徒的雙鉤已到，貼著右肩頭，向項上鎖來。胡孟剛縮項藏頭，向右急閃身，雙牌翹起，「斜劈華山」，朝盜徒雙鉤狠砸。

盜徒一個「繞步撩陰」，雙鉤斜探。鐵牌手急展右手牌，往外一封，兩下各自抽招換式。胡孟剛看敵人招術，是譚門真傳「十二路捲簾鉤」，勾、拉、鎖、帶、擒、拿、捉、提，手法確有獨到；自己鐵牌雖重，也不敢被他雙鉤拿上。盜徒若是高手，就能借力打力；鐵牌倘被捋住，勢將脫手。

胡孟剛忙展開「六十四路混元牌」，進攻退守，上下翻飛；一招一式，迅若飄風，專攻敵人要害。兩人拆到三十餘招，未能取勝；胡孟剛乘間賣一個破綻，雙牌左右一分敵鉤，前胸故意賣給對手。

這盜徒以為鐵牌手失招，急將雙鉤往裡一合，鉤鑽雙雙點向胡孟剛的「華蓋穴」。哪知胡孟剛正是要他這招，身軀往後一仰，「巧踹金燈」，右腳向敵人「丹田穴」猛然踢去。這一腳如果踹實，盜徒頃刻殞命。這盜徒貪功欺敵，身已迫近，見這招來勢凶狠，想躲是來不及了；忙向右一擰身，「噗」的被踹在左胯上。踉踉蹌蹌，竄出三四步；急用右手鉤一點地，方才倖免躺下。

胡孟剛一平身，掄牌追去。突見對面黑影一閃，捷如飛鳥，竄過一個人來；身軀往下一落，飄飄然墜地無聲。這時節暮色沉沉，胡鏢頭倏然收招，一挫身，向後倒退出兩步；雙牌護身，然後閃目細辨來人。

來人正是那豹頭年老的盜魁，身上依然不脫長衫，手上依然擎著煙袋；正當面前，悠然站定，向胡孟剛一指道：「胡鏢頭武功卓越，非比等閒；老夫不才，願在方家面前領教。來，請你賜招！」

胡孟剛將鐵牌一分，「大鵬展翅」，立住門戶，向這老人朗朗發言道：「線上朋友，你既然如此相逼，胡某只好獻醜，請你準備好了！」雙牌一錯，往前進了半步。豹頭老人微微一笑道：「好，你就請進招吧！」

胡孟剛復張雙眸，往敵人身上一瞥，又往下一掃，瞥見敵手空空，仍只握著那支煙袋。胡孟剛倏將雙眉一挑道：「呔，朋友，我胡孟剛浪跡江湖，縱橫數十年，從不敢小覷人，也不肯欺負人。朋友，你既不用兵刃，胡某焉能讓你空手對招？你要想過拳術，胡某只有也把兵刃收起。」說罷，一回頭，將雙牌交給鏢師戴永清；然後擺好架式，靜觀敵人動靜。

那豹頭盜魁微微點頭道：「胡鏢頭不愧英雄二字。」將手中旱煙袋，往前一遞道：「胡鏢頭，你來看，老夫的兵刃就是此物。老夫就憑這支煙袋闖蕩江湖，不值得換用別種兵刃。胡鏢頭，我還是請你亮牌進招！」

鐵牌手胡孟剛鬚眉皆張，勃然大怒，暗道：「我胡孟剛一對鐵牌，會過多少知名的英雄，想不到在此地，突然遇見這麼一個驕慢無禮的強人，竟把我視同無物！這未免侮人太甚了。罷罷罷！我就跟他拚了吧。」胡孟剛正要捻拳上前，戴永清急忙插言道：「鏢頭，掄牌上吧！不是咱們不懂情理，這是人家自己要賣弄一手。」

胡孟剛道：「對！」立刻昂起頭來，對那盜魁嗔目發話道：「朋友，你既然沒把我胡孟剛看在眼裡，要用這一支煙袋，來贏我的雙牌；這是你自己情願，休怪胡某無禮。」遂一回身，急從戴永清手中，接過雙牌，厲聲叫道：「朋友，你接招吧！」說到這一句，進步欺身，掌中鐵牌向前微推，將到敵人面前；倏舉左手牌，照那盜魁面門虛點，右手牌「力劈華山」，倏然砍下。

那盜魁不慌不忙，容得鐵牌堪砸到面門，微微偏頭，鐵牌走空。盜首隨手將煙袋杆，照胡孟剛的鐵牌上一搭，略往下一按，復又往外一推，立刻奔胡孟剛的「雲台穴」點去。胡孟剛鐵牌往下一沉，頓覺這老人的煙管力量頗為沉重。

胡孟剛兩膀一挺，至少也有五六百斤膂力，竟被小小一支煙管按下去，想見這老人腕力沉猛。又見他這煙管，竟向自己穴道打來，不由心中一驚：怪不得此老神情驕橫，果然是個勁敵；他不止於腕力強，原來兼擅打穴之術。胡孟剛這時已看明他這烏黑的煙管非竹非木，乃是純鋼打造。

胡孟剛越加小心，敵人煙管又到。胡孟剛急用「梅花落地」式，向下一撲身；隨即用「進步連環」，將身軀矮著，倏地一個盤旋；雙牌橫展，直向盜魁腿肚打去。

那盜魁摟膝繞步，「倒灑金錢」，向後一甩腕子，煙管挾著一股寒風，斜向胡孟剛「左肩井穴」打來。胡孟剛急將雙牌一撲，突照煙管猛砸過去，想要把煙管磕飛。這盜魁早已抽招換式，往旁一錯步，斜走偏鋒，照胡孟剛肋下再點來。

胡孟剛揮動雙牌，微微閃身，左手牌封住煙管，右手牌一展，直砍敵腕。這盜魁卻又收招反攻，直取上盤，鐵煙管「金蜂戲蕊」，奔胡孟剛咽喉下二寸六分的「璇璣穴」打來。

鐵牌手凹腹吸胸，閃過這一招；將雙牌往前一抖，「黑虎伸腰」，分向敵人兩肋急點。盜魁一翻身，一個敗勢，身隨勢轉，倏地由左一個旋身，已襲到胡孟剛的身後；鐵煙管照後心的「靈台穴」便點。

鐵牌手雙牌落空，頓知輸招，不待敵到，身向右一傾；左手鐵牌猛向外一甩，「白鶴展翅」，照鐵煙管磕去。盜魁見胡孟剛應招迅疾，暗暗佩服；便一退步，趕緊收招。

這一次胡孟剛不容敵人變招，身軀翻回去，往右一旋；右手鐵牌「鐵鎖橫舟」，向敵人右肩削來。胡孟剛這一招急如電火；盜魁倏地往左一撲地，鐵牌挾勁風，「唰」的擦頭皮而過。

盜魁勃然大怒，鐵煙袋趁勢往右一探，喝一聲「打！」直向胡孟剛左臍旁一寸五分的「商曲穴」點來。胡鏢頭忙將左手牌，往煙袋上一掛。不料敵人這一招虛實莫測，突將右腕微沉，改奔「命門穴」打去。胡孟剛身手矯健，極力的擰身繞步，直搶出好幾尺，才躲過這一招。鐵牌手胡孟剛驀地臉上一陣發熱。

那盜魁又一個箭步，緊衝過來；舞動這一支煙袋杆，倏上倏下，忽左忽右；忽地拿來作點穴钁用，專打二十四處大穴，倏又拿來五行劍用。突擊變化，迅捷莫測，煙管到處，全是直指要害。鐵牌手胡孟剛不敢大意，將一身絕技悉數施展出來：劈、砸、撥、打、壓、剪、捋、鎖、耘、拿，鐵牌一招一式，穩練沉著。那盜魁更是身形輕快，招術圓熟，吞吐撤放，撤步抽身，都非常犀銳無匹。

這種外門兵刃，練武的人罕見運用；這盜魁卻能把這一支小小煙袋杆，舞弄得風馳電掣。胡孟剛提起全副精神，狠命撲鬥，卻只和盜魁打個平手。他滿心想將煙管磕飛，只是磕不著。

這時天色越發晚了，也就是剛辨得出人的身段來。一鏢頭，一盜魁，各用純熟的招術，你攻我拒，戰到三四十合，不分勝負。

鏢行這邊，除九股煙喬茂、雙鞭宋海鵬，在後面保護鏢銀、轎車外；前面是鐵掌黑鷹程岳、金槍沈明誼、單拐戴永清等人。盜群那邊，人數出沒不定，約有三四十人。雙方副手都持兵刃，立在圈子外，聚精會神的觀戰；提防對方的暗算，照護自己的首領。

胡孟剛與那盜魁，又鬥了一二十合；忽聽竹林中，吱吱地又起了一陣呼哨聲，聲聲淒厲。胡孟剛雖則久經大敵，但到這種境地，天色已經很晚，勁敵又復當前，苦戰不下，不由心中有些惶急起來；在黑影中舞動雙牌，力持鎮定，竭力來抵擋這個盜魁。又戰過二三十合，盜魁功夫精熟，毫無破綻，而且氣充神定，應付裕如。胡孟剛心中焦急，可是仍不示弱，把雙牌運用得霍霍生風。

盜魁這一支煙袋管更是神出鬼沒，一招緊似一招。又鬥了一刻，鐵牌手雙牌翻飛，專尋對手的破綻，只是不得下手處。忽然見對手也似焦躁起來，用了一手「金雞點頭」，煙管虛向胡孟剛面門一點。胡孟剛覺得有機可乘，急用雙牌一封。不意盜魁虛實並用，變幻無常，驀地將煙管往回一撤，復往後一斜身；「大鵬展翅」，煙管突向胡孟剛的「分水穴」點去。

胡孟剛雙牌已封出去，急切間緩不過招來；見敵招已到，避重就輕，連忙一擰身。這盜魁真個厲害，將招就招，往前一送，煙袋鍋直點胡孟剛左股「浮稀穴」。

胡孟剛雖不精點穴，卻久涉江湖，又聽老友俞劍平講究過；自己一招撲空，驟見敵人辣手已到，眼看受傷，便倏然往外一掙；可惜閃避稍遲，頓覺左股發麻。胡孟剛自知失利，忙將雙牌虛晃，轉身旁退。

豹頭盜魁陡然喝道：「哪裡走！」煙袋鍋「金龍探爪」，又向後心「志堂穴」點來。胡孟剛已受微傷，左腿不靈，再想閃退，力不能及；被這盜魁的煙袋鍋順手一落，在「志堂穴」上，又點了一下。胡孟剛急急閃腰不迭，猛聽耳畔大喝道：「躺下！」他腳步踉蹌，向前撞出四五步。到底胡孟剛武功不弱，能勝能敗，身軀晃了晃，立刻挺腰往旁一退，竟未躺下。那盜魁早已一陣風追到。

這一邊，鏢師金槍沈明誼、單拐戴永清、鐵掌黑鷹程岳，一齊大驚，連忙縱身飛躥上前，接應鏢頭。不想鏢行中人一擁上前，那群盜也一擁上前；黑影中各挺兵刃，捉對兒廝殺。

群盜中突有人連打兩聲呼哨，立刻竹林中，有人接了兩聲。

呼哨響過，頓時一片馬蹄聲響，從那竹林後面，又闖出一彪馬賊。暮煙濛濛，分不清是多少人，人影綽綽，蹄聲「得得」；盜群中火光連閃，有胖瘦二老，手舉孔明燈，當先開道。馬上強人彷彿全是短衣裝，小打扮。另有幾個領隊的強人，騎著馬，手持明晃晃利刃，指揮黨羽，分兩路撲奔鏢馱子，包抄過來。

當此時，護鏢的眾鏢師，鏢行四十名夥計，以及緝私營巡丁，一見強人全夥撲出，不由得個個紅了眼。眼睜睜見到鏢銀即將失落，身家性命攸關；大眾暴喊一聲，各亮兵刃，往前迎堵。先是緝私營兵開弓放箭，跟著雙鞭宋海鵬、九股煙喬茂揮刃上前；怎擋得來人是馬賊，往前一衝，雙方立刻迫近，混戰起來。強人中有幾個好手，把宋、喬二鏢師，先後包圍。

鐵牌手胡孟剛被敵人打中穴道，雖則閃避得快，負傷不重，卻也腰胯酸疼。幸得戴永清、程黑鷹搶上來，拒住敵人；胡孟剛退過一邊，急急順著穴道，舒運血脈，調停呼吸。只是一看見群盜率眾奪鏢，自己一世英名即將葬送，還恐身家性命不保，不由得急怒交加；把腳一跺，顧不得傷輕傷重，掄牌大叫：「老兒，你不顧江湖義氣，竟敢恃眾奪鏢；我胡孟剛有三寸氣在，跟你拚了！」他咬牙切齒，奮身重上。

那盜魁嘻嘻冷笑道：「胡孟剛，你要放明白些。既留下你的鏢銀，便不願傷你的性命。你若不度德量力，我只好教你躺躺了！」手中煙管一揮，立刻撲過四五個盜徒，迎面一擋。那盜魁口銜煙袋，往旁一退，從煙鍋內閃閃吐冒火星，好像沒事人一樣。

胡孟剛氣生兩肋，更見手下鏢行捨命拒敵，連倒下好幾個，他自己怎麼能再惜性命？頓時怒吼如雷，揮動雙牌，嗖嗖地亂砍，又奔盜魁撲去。群盜一聲呼嘯，立刻圍過來，將胡孟剛困在核心。

那一邊，黑鷹程岳見禍到臨頭，金睛吐火，直豎雙眉，抖藤蛇棒，一語不發，照那盜魁後背便砸。盜魁霍地一撤步，讓過了金絲藤蛇棒，用手中煙管一指道：「小夥子，莫看你連敗我手下三個人，那都是我的徒子徒孫，你妄想在我面前逞能，小夥子，你休要做夢！」

黑鷹厲聲怒叱道：「老賊休要誇口，少鏢頭今天跟你有死沒活，接招吧！」話到棒到，「玉帶纏腰」一抖。

那盜魁滑步旁竄，右手擎煙管，左手一指，欺身進招，直向程岳「華蓋穴」點來。黑鷹側身讓過，趁勢換招，「金針刺蟒」，棒點咽喉，盜魁不慌不忙，把煙管往外一封；身勢一動，已繞到黑鷹身後。黑鷹程岳急向下一塌身，「繞步旋身」，金絲藤蛇棒「老樹盤根」，回向敵人下盤纏來。

盜魁使「旱地拔蔥」，閃過這一招，立刻將鐵煙管施展開；輕點重打，橫掃直扎，忽然用作五行劍，忽又變作點穴钁，身法疾若飄風，招術變幻莫測，黑鷹程岳竟有點應接不暇。

程岳本是俞劍平的掌門大弟子，武功頗得門徑，今與盜魁交手，頓然相形見絀。自己也明知不敵，抱定拚命之心，更不計勝負存亡，施展平生絕技，竭力與敵相持。兩人一來一往，鬥到三十餘合，漸漸被敵手搶了先著。那盜魁精神煥發，越戰越勇，招數越展越快；掌中煙管攻守進退，步步緊湊。程岳勉強招架，幸未落敗。

猛回頭，見黑影幢幢，燈光閃爍，在奔騰喧雜中，那鏢馱子已被群盜包圍，眼看要被劫走。程岳急怒交加，欲往馳救，又被盜魁纏住，一步也閃不開。程岳喊一聲，猛攻驟退，虛展一招，剛待竄出圈外；陡聽斷喝道：「著！」黑鷹躲閃不迭，右臂「曲池穴」，已被盜魁點中了一下；立覺全臂發麻，藤蛇棒險些鬆手墜地。

程岳咬咬牙，急一擰腰，縱身旁退，又一迭步，剛要逃出鬥場。那使鋸齒刀的黑面盜徒一眼瞥見，捨了圍陣中的胡孟剛，颼地一個箭步，竄到這邊；一橫身將去路阻住，大叫道：「少鏢頭，你還想走麼？趁早躺下！」

黑鷹程岳身陷絕境，雙眉一聳，舌綻春雷喝道：「不是我，就是你！」把藤蛇棒往後一領，只覺臂軟筋麻；緊接著用盡氣力，將棒掄起，惡狠狠向敵人砸去。黑面盜徒趕緊往旁一錯步，閃開藤蛇棒，鋸齒刀「順水推舟」，往外一推；鋒刃犀利的鋸齒刀堪堪剁在程岳的項上。同時，「格登」的一響，從背後襲來一支冷箭。黑鷹程岳急一斜身，僅僅閃開了暗箭，右肩頭被劃三四寸長的一道刀傷，鮮血迸流出來。

黑鷹陡地打個冷戰，咬緊牙關，往旁縱身，直竄出一丈多遠，臉色倏然慘變。那強徒又一抹的追到，鋸齒刀一舉。黑鷹程岳人雖受傷，雄心仍在，急將右手藤蛇棒一提，卻已施展不開了，不禁哼了一聲。鋸齒刀已挾銳風，劈到面前。猛聽一人呼喝道：「住手，這人也是條漢子，不必傷他的性命。」鋸齒刀應聲收招，復又竄出去，與同夥重把胡孟剛圍住。

黑鷹退出核心，急撕衣襟，紮住了傷口，凝神向黑影中望去，鐵牌手胡孟剛和戴永清，被幾個強徒走馬燈似的，緊緊繞住，死戰不得脫身。金槍沈明誼力鬥二敵，身已負傷，拖著那支斷槍撤下來，坐在路邊喘氣。

那護鏢的四十名鏢行夥計和二十名緝私營兵，傷了十幾個人，沿著范公堤大路，橫躺豎臥。其餘未傷的，也不知潰散到哪裡去了。那護車的鏢師雙鞭宋海鵬和九股煙喬茂，連轎車中的舒鹽商和緝私營張哨官，也不知去向。

五十個騾馱子，正被騎馬的強人，持刀催逼著騾夫，遙向竹林後驅趕過去。官堤大道上，時見賊人手中的孔明燈，忽遠忽近，一閃一閃，奔馳發光。鬥毆場上，人影綽綽，兵刃叮噹亂響。各處要道，全有步騎的強人把住。但凡鏢行的人受傷倒地，倒也不再加害，卻不能往一塊湊，只一挪步，立刻有人竄過來，持刀阻擋。

黑鷹程岳目睹一敗塗地，心如刀割。眼見胡孟剛猶與群盜拚鬥，自己不能上前接應。自己本以掌門弟子，代師護鏢；二十萬鏢銀今竟被劫，十二金錢鏢旗從此威名掃地！思念及此，慚恨交迸。他將身軀一挺，重欲上前，加入混戰；不料稍一移動，左臂疼不可忍，頭上汗出。

程岳緊咬牙關，強力支持，把藤蛇棒抖了抖，剛剛活動幾步，黑影中竄過一人來，喝道：「朋友，還是躺下歇歇吧。」程岳急一側身，陡覺「三里穴」一陣發麻，不禁失聲，栽倒地上。原來那年老盜魁，依然在旁監防著呢！

盜魁已將護鏢人等戰敗，指揮手下人分頭做事；將這二十萬鏢銀掃數劫走。立刻打一暗號，竹林一帶，「吱吱吱」連響了三聲呼哨，催告方圓左右的把風同夥，做案已經得手，該收縮防線，準備撤退。

那一邊，鐵牌手胡孟剛舞動雙牌，鏢師戴永清舞動鋼刀單拐，兩人背對背，抖擻精神，猶拚死拒戰。群盜卻也歹毒，看破胡孟剛有攻無守，意在拚命；只採取包圍的招數，將兩人緊緊裹定，東一刀，西一刀，西一矛，一味滑鬥。到底群盜人多勢眾，胡孟剛年屆五旬，身已負傷，手腳運展頓慢。那鏢師戴永清腿上也著了一下，血流及踵，仍是咬牙熬戰。

趟子手張勇掌著鐵牌鏢旗，金彪掌著金錢鏢旗，與群盜混戰，身負輕傷。二人忽見到胡孟剛被圍，程岳負傷，便知大勢已去。兩人不約而同，虛砍一刀，抽身敗走。不意賊人滿不按江湖道的規矩，竟趕盡殺絕追了過來。張勇叫道：「朋友，我們已然認栽了，何必苦苦相逼？」

盜徒不理，那個白面少年騰身一竄，掄掌中劍，直奔金彪而來。金彪正要上馬落荒逃走，已被盜徒追上。青鋼劍明晃晃一閃，金彪待挺刀迎敵，突然肩頭著了一下暗器，栽下馬來。少年盜徒揮劍竄到，金彪滾身要起，已被踏住腰眼。

金彪閉目等死，哪知劍鋒只在脖頸上猛拍了一下，火光一閃，跟著背上的十二金錢鏢旗被盜徒拔去，卻將一個小匣丟在金彪面前。少年盜徒對金彪喝道：「朋友，不要裝死，我們捨不得殺你，還留你的腦袋傳話呢。這個小匣，煩你轉交你們安平鏢局的俞鏢頭。匣內有好東西，你們鏢頭見了必然高興。」說罷，用劍又在金彪頭上蹭了蹭，一抬腿，連連縱躍，已然撲到年老盜魁的面前；手打火折，把鏢旗一展道：「當家的，我已將十二金錢鏢旗借到，那封柬帖也交給他們的趟子手了。」

盜魁接過鏢旗，借火折的光，凝眸一看，又信手招展了一下，仰面長笑道：「久仰此旗威鎮江南，今天卻出賃了。」口打呼哨，叫過幾個騎馬的強賊，問道：「手下的活完了沒有？」

一個馬賊答道：「一切都收拾好了，只有二師兄，還帶人和鏢行纏戰呢。」

盜魁揮手道：「收！」

馬賊豁剌剌前後奔竄，盜魁立刻一翻身，撲到戰場，對那圍困胡孟剛的黨羽喝道：「收隊，你們不要傷他老命！」群盜聞聲，立刻往兩邊一分。

胡孟剛用力過度，雙牌錯舉，喘吁不堪。那鏢師戴永清竟縮作一堆，蹲在地上，下半身濺成血人。

盜魁喝住群盜，手指胡孟剛道：「胡鏢頭，萬分對不住了。但老夫此行，得會江南名手，實在也是幸事。敬借尊口，轉告俞劍平，二十萬鹽鏢暫為保存，有膽的教他快來親領！」又將手中鏢旗一展道：「這十二金錢鏢旗，也暫借一觀。你我後會有期！」說到此，微一抱拳，側轉身對手下傳令道：「走！」腳下一點地，騰身而起；捷若飛鳥，迅若飄風，率領著黨羽直沒入竹林之中。

鏢銀盡失，盜群已去，胡孟剛手擎雙牌，立在那裡，目瞪口呆。眼見盜魁旁若無人的氣概，更惱得渾身打戰。金槍沈明誼已經扶傷過來，惶愧無地的說道：「鏢頭，我們栽了！恨我們無能，枉自吃鏢局的飯，緊急之時，一點不可恃。老鏢頭，我們真真對不住你！」

胡孟剛心如刀劃，身上血漬斑斑，臉上慘無人色。他心想：二十萬鹽鏢掃數被劫，振通鏢局從此牌匾砸了，一世聲名也付於流水！想到此，恨不得死於敵刃，倒落個痛快。他一見沈明誼前來抱歉，便「咳」的一聲長歎道：「沈賢弟，不用難過了，這是我弟兄技業不精之過。」

趟子手張勇、金彪，一看事已過去，忙招呼潰散的夥計們。這些夥計散散落落，也集攏來二三十人，其餘的不知敗逃到哪裡去了。這招集來的一夥人，幾乎個個帶著輕重的傷；僥倖沒受傷的人竟很少。

眾人從馬上解下幾盞燈籠，點著了；先顧不得救死扶傷，齊跑到胡孟剛面前，請示善後，聽候吩咐。這些夥計個個唉聲歎氣，罵不絕口；胡孟剛心緒如灰，一籌莫展，環顧手下鏢客，發話道：「你們都在這裡了，諸位不要難過，你們各位都帶著傷，總算對得起我胡孟剛。那護車的喬茂、宋海鵬往哪裡去了？」又頓足道：

「鹽商舒大人和緝私營張哨官，也不知是生是死。諸位老弟，二十萬鏢銀，好些人命，你想還有我的活路麼？」

張勇忙說：「鏢頭別著急，我看見舒大人的轎車，往北逃下去了，我找找他去。」說罷，遂與趟子手金彪騎上馬，挑著燈籠，一路尋找下去。

戴永清坐在地上，一面呻吟，一面說道：「我看這夥強人，必非近處的草寇。鏢頭請暫放寬心，不要急壞了。我們既然把鏢銀失落了，沒有別的，我們設法找鏢，跟蹤躡跡，別教他們走脫了。」胡孟剛浩然長歎，張眼向四面望了望；黑忽忽暗月無星，只有那沒受傷的夥計，挑著四五盞燈籠，吐出暈黃的光來。四面悄靜，但聞風吹竹動，發出蕭蕭瑟瑟的吼聲。

胡孟剛說道：「你們幾位能掙扎動的，先替我察看察看受傷的人，有救的快救；我那馬上有藥，拿油紙包著呢。還有人家安平鏢局，已經收市了，憑白教我拉出來。鏢旗被拔，程賢侄又負重傷，我拿什麼臉，去見俞大哥啊！」

黑鷹程岳慢慢蹾了過來，強忍著滿腔羞憤，向胡孟剛說道：「老叔，咱們算栽到家了，總恨小侄藝業不精。況且人家是單找我們金錢鏢旗來的，老叔何必引咎？剛才戴鏢頭的話很是，我們還是綴下去，跟蹤設法追回鏢銀為妙。至於家師那一面，小侄自然連夜趕回去，面求他老人家，出山找場，好歹給老叔順過這口氣來。」

胡孟剛搖頭歎道：「程賢侄，我算完了，一世虛名，敗於一旦！老侄傷勢怎樣？」他借燈光看了看，肩頭綳紮的斷襟，已然滲出血來。胡孟剛忙命手下人，取過藥來，親替程岳裹傷，一面說道：「賢侄，我真真對不住你了！請你趕快回到清流港，替我婉言上覆令師。我這次萬不得已，請令師幫忙，焉想到遇到這夥強徒，真有驚人技藝；反害得十二金錢鏢旗跟著被拔，鏢銀全失，我還有何顏面，重回海州？俞仁兄面前，務請你代我婉致歉意。我若不把鏢銀、鏢旗尋回，我就不回海州了。我現在一切都不能顧了，你先回去吧。」

胡孟剛說到這裡，淚灑衣襟，又對眾人一揖到地道：「諸位賢弟，多多寬恕我吧，咱們後會有期！這裡一切善後，全靠沈、戴二位鏢頭安排。程賢侄傷勢不輕，你們要好好的把他送回去。」說罷，從地上拾起雙牌，拔步便走。

胡孟剛這一席話，說得真是英雄末路，十分悲涼。程岳、沈明誼諸人俱各感愴落淚，連忙上前攔阻。戴永清也掙扎起來。眾人齊聲叫道：「老鏢頭慢走！」

胡孟剛道：「諸位攔住我，打算怎樣？」

沈明誼、戴永清道：「要找鏢，咱們大家同去，我們怎肯讓老鏢頭一人犯險？」

胡孟剛歎道：「二位身負重傷，怎好去得？」

沈明誼道：「老鏢頭這樣一來，我們心中更下不去了。養兵千日，用在一朝。我們弟兄叨承老鏢頭重待，今日遇上事，竟不能拒敵護鏢，我們自恨無能。況且老鏢頭傷勢不輕，年非少壯，我們無論如何，也不能退縮。你老還是從長計議，先紮好傷處，再議別的事。就是現在非去找鏢不可，咱們也是有福同享，有禍同受，斷不容你老一個人獨去涉險。至於我們的傷，全不是致命所在，很不要緊。」

黑鷹程岳也在旁苦口勸阻；他心中另有主見，此時恨不得立刻飛回清流港，向他老師求救，尋賊奪鏢，好吐這口悶氣。

胡孟剛聽了眾人之言，沉吟一回，見戴永清刃傷左股，步履艱難，便道：「也罷。戴賢弟，你是動彈不得了。你與程賢侄暫且留後，我和沈賢弟前去踩訪。誰要再留我，就是逼我死了。」胡孟剛說完這話，擺一擺手，伴同沈明誼，各提兵刃，直向竹林那邊追去。

二人也就是剛走了兩三箭地，陡聽竹林內一聲冷笑，頓時發出兩道黃光；這光像車輪般一掃，把胡、沈二人照個正著。倏然穿林射出一支響箭，跟著暴聲喊道：「對面站住！再往前走，可要放箭了！」

胡孟剛吃了一驚，強人果然厲害。劫鏢已隔好久，他們斷後的人依然沒有撤退。既已到此，欲罷不能；胡孟剛、沈明誼各亮兵刃，硬往前闖。

忽聽背後大叫：「胡鏢頭慢走，胡鏢頭慢走！」又聽一個焦急的聲口叫道：「胡老鏢頭，你別走了，快回來吧！」

沈明誼心知前有強人放的卡子，兩個負傷的人必然闖不過去，趁勢強拖住胡孟剛，勸道：「老鏢頭，我們還是暫先回去，看看到底是出什麼岔頭了。綴鏢的事，可另派人繞道暗綴。」

胡孟剛正自遲疑，只見背後兩點燈光、數個黑星，忽高忽低，一面喊叫，一面追來。一霎時趕到面前，卻是趟子手張勇、金彪，打著燈籠，引領那舒鹽商，從後面趕到。這鹽商由他那個聽差和一個車夫，左右攙扶著，深一腳、淺一腳搶來，且追且叫道：「胡鏢頭，胡鏢頭！」聲音慘厲，直似鬼嚎。

當群盜已占上風，調動竹林埋伏，動手劫鏢時，那雙鞭宋海鵬、九股煙喬茂立刻亮兵刃，一先一後，上前護鏢。舒鹽商在黑影中看不清勝負，卻聽得一片呼哨之聲，夾著馬蹄奔馳、刀鋒砍殺之音，突奔前來；早就嚇得骨軟筋酥，不住口的催那車夫，把轎車調轉頭來，拚命向來路逃走。他不曉得劇賊劫路，輕易不傷客人。動手做案，卻定然布卡巡風；案沒做完，斷不容失主逃出線外。

這轎車一路狂奔，昏夜不辨路徑，走出不多遠，竟翻了車。來路口上，早被強人搬石頭擋住了。由聽差和車夫，把舒鹽商救出車外，兩人攙架著，還想往前跑。路旁陡竄出幾個強人，持刀斷喝道：「回去！」嚇得三人又抹頭回逃，只得往橫路上落荒逃走。橫逃不遠，又看見孔明燈閃爍，也有強人把住。三個人只好爬到麥壟中隱藏。

趟子手張勇、金彪挑著燈籠，往四面尋叫，這才將三人搜喚出來。一陣瞎跑，舒大人腳下只剩一隻鞋了。

張勇、金彪又在鏢馱子被劫不遠處，尋著了雙鞭宋海鵬，兩支鞭只有一支緊握在掌心，那一支卻拋出兩三丈以外。宋海鵬倒臥在血泊中，胳臂上被賊刺通了一個血洞，血流滿地，後背也被砍傷了一處；雖非致命傷，卻是失血太多，只支持著竄出幾步，就暈倒在地上了。

趟子手忙將宋海鵬背了起來。那九股煙喬茂，卻叫遍不見蹤影。舒鹽商仍由聽差和車夫攙著，一步一哼，走了出來，頭一句話便問：「活嚇死人，賊人走了麼？」

張勇忙安慰他道：「賊早跑了，舒大人放心吧，沒事了。」

舒鹽商緩緩遛了幾步，才把精神提起來。他睜眼四望，黑沉沉一片荒野，什麼也看不清。走上大路，才看見前面鏢行那幾隻燈籠閃閃擺動著。更兼受傷的護鏢人等，有躺著嘶喚的，有坐著呻吟的；氣象陰慘，令人看著心悸。舒大人簡直嚇破苦膽，且走且問：「這夥強盜真厲害，怎麼這些人啊。難為你們怎麼把他打跑的！你們諸位真是好漢，你們那位胡鏢頭呢？」

張勇道：「胡鏢頭就在前面，你老快走吧，咱們湊在一處，好商量商量，今晚怎麼辦，在哪裡投宿呀？」

舒大人連連點頭道：「可不是，我都嚇癱瘓了，真該找個店歇歇，誤一天限不要緊。」張勇、金彪聽了，暗暗歎氣，這位舒鹽商還做夢哩！

不一刻，走到燈籠前面。胡孟剛已和沈明誼，搶向竹林那邊綴訪去了。這裡只剩下黑鷹程岳、戴永清一行，正自垂頭喪氣，找出金創藥、鐵扇散來，給別個受傷的人敷治。

那傷重走不動的，也都攙的攙、抬的抬，倒換著舁過來，湊合在一處。

舒鹽商一到面前，程岳、戴永清只得答話道：「舒大人，我們衛護不周，教您受驚了。」說著話，趟子手金彪、張勇將雙鞭宋海鵬輕輕放下。地上已有人鋪好馬褥子，大家忙著救治宋海鵬，又讓舒鹽商坐下。

舒鹽商打著寒噤說道：「咳！我真嚇壞了！諸位鏢頭真可以，竟為護鏢，身受重傷；只要把鏢銀解到江寧，我回去對公所說明，必有一番心意，酬勞大家。」這番話說得戴永清、程岳，四目對看，臉上發燒。兩人不覺低下頭來，無言可答。

舒鹽商又張眼一巡，胡孟剛不在面前，不禁失聲道：「那位胡鏢頭呢？難道……他受了傷麼？他哪裡去了！」

戴永清咳了兩聲道：「這胡老鏢頭麼，他追下去了。」

舒鹽商忙道：「什麼！追下去做什麼？只要鏢銀不失，也就算了。何必跟這一群強盜嘔氣。」

戴永清和程岳只好說道：「舒大人，我們這次栽給人家了，我們的鏢銀已被人家劫去。就是我們拚命護鏢，無奈賊黨人多勢眾。」舒鹽商一聽這話，頭頂轟了一聲，頓時目瞪口呆，幾乎暈過去。猛從馬褥子上站了起來，搖搖欲倒；聽差連忙把他扶住。

程、戴見這情形，好生難堪。舒鹽商喘息著，忽將胳膊一甩，把聽差推開，直瞪著眼，對鏢師戴永清等喊道：「什麼？鏢銀丟了，鏢銀都丟了麼？你們是管幹什麼的？」說到這裡，見眾鏢客血跡滿身，噎了口氣道：「那胡鏢頭呢？……」猝然喊叫道：「胡鏢頭，胡鏢頭！」

戴永清忙道：「舒大人別著急，我不是說過了，我們胡鏢頭剛才追鏢去了。」

舒鹽商閉目搖頭道：「那不行，我得找他說話，你們得給我找他去！二十萬鹽鏢，非同小可，這是官帑哪！」說完渾身打起寒戰來，不住口的催戴、程二人，快把胡鏢頭追回。戴、程二人心亂如麻，無法應付；忙命趟子手張勇、金彪，順路急趕。胡孟剛、沈明誼沒有走出多遠，舒鹽商竟扶著聽差和車夫，一步一喊，也跟著追下來。

鐵牌手胡孟剛也正由沈明誼勸回。兩方見面，舒鹽商劈頭叫道：「胡鏢頭，你這可不對，你怎麼扔下就走？這二十萬鹽帑，數目太大，非同小可，我可是擔當不起。胡鏢頭，沒別的說的，你多辛苦吧；你得跟我回海州，交代這場事去。你就這麼想走，可不行！」

胡孟剛聽鹽商這話，真是恥憤填胸，哈哈的冷笑道：「舒大人，這是什麼話！你不用不放心，我們保鏢的，自然沒有多大的家當；可是我們既敢應買賣，就擔得起來。丟了鏢銀，設法找回，那是我們分所當為。就是鏢銀找尋不著，我們還有保在，也能夠把舒大人的責任卸開了；我胡孟剛甘心認頭，賠鏢銀，交官帑，決不能有半點含糊。舒大人你說不行，你看著辦吧！該怎麼辦，就怎麼辦，我胡孟剛靜聽你的。」

舒大人聽胡孟剛話中有刺，又見他圓睜二目，氣勢洶洶，不禁倒害怕起來。他心想：「保鏢的這一行業，說他是好人，就是好人；說他是歹人，也就是歹人。目今鏢銀一失，他們已經丟人現眼。他現有鏢局在著，自然不能甘心栽這跟頭，他自然百般設法找鏢。若是逼勒急了，萬一他一翻臉，就許把我殺了，丟下一跑，我往何處訴冤去？」

舒鹽商也是久涉世路，能軟能硬的人，立刻把面色緩和下來，對胡孟剛極力敷衍。他心中已暗暗打定主意，無論如何，須教胡孟剛轉回海州去，好脫卸自己的干係。當下故意歎了口氣道：「胡鏢頭，別多心。我也是當事則迷，乍聽鏢銀失落，不由著起急來。其實查找鏢銀，乃是正辦。老鏢頭身上負傷，尚且不辭勞苦，我還感激不過來呢。不過咱們總該慢慢想法，現在夜已很深，停留在荒郊野外，究竟不是事。我說胡鏢頭，我們先找個地方投宿，明天白日再打主意，你看好不好？這些受傷的人也該安插一下，人家給咱們拚命護鏢，咱們也該找個地方，給人家調治調治。老鏢頭，你看怎麼樣呢？」

胡孟剛道：「我們當然得找宿身之處。」

舒鹽商答訕著，放眼尋找緝私營張哨官。只見面前盡是些鏢行中人，並沒有那位張哨官。舒鹽商只好向胡孟剛詢問。

趟子手張勇插言道：「張老爺也受傷了，現時在後面堤坡歇息著呢。」

舒鹽商暗暗點頭，心想有他在場，總好多了，便道：「咳，這是怎麼說的，這夥強盜真是膽大妄為已極。張老爺在哪裡？我還得安慰安慰人家去。」

此時張哨官傷處，早由鏢局夥計代他敷藥裹好；人坐在馬褥子上，不住的歎氣、謾罵。旁邊插著一隻燈籠，面前七站八坐，圍著十幾個巡丁，有受傷的，也有沒傷的，人數已經不齊了。

舒鹽商挨過來，勞問數語；又向受傷的鏢師、夥計，逐個慰問，神情語氣懇切和藹。黑鷹程岳拿眼看了看他，低頭並不言語。倒是胡孟剛見舒鹽商如此殷勤，自己反覺羞愧。那鹽商隨後便和張哨官坐在一處，兩人低聲談話。胡孟剛暫拋一切不談，先安置受傷的人。

這一場血戰，鏢馱全丟，鏢師、趟子手人人掛彩，四十名鏢行夥計半數輕傷，重傷的共三個，又短少了兩人，真是一場慘敗。胡孟剛指揮眾人，救傷裹創；便與沈明誼、戴永清、程岳匆匆商計。對面賊卡未撤，敵暗我明，敵強我弱，今欲當場派人暗綴賊蹤，勢必不能，只可先行投宿。把趟子手張勇叫來，胡孟剛問道：「我們是就近尋宿，還是往回翻一站呢？」

張勇道：「老鏢頭若想先落店，我們還是找就近的村鎮，胡亂暫宿一夜，明天再趕奔驛站。老鏢頭覺得怎樣？」

胡孟剛道：「就這麼辦吧，天太晚了，可是奔哪裡好呢？」

張勇道：「咱們日間從范公堤經過時，老鏢頭可看見靠東有一股岔道？過去那裡，不到半里地，就是一個小鎮甸，叫做于家圩，也有一二百戶人家。我們到那裡，倒可以歇下。」

胡孟剛點頭說：「好！」立刻分派夥計，把受傷的人架在牲口上。受重傷的數人安置在行李車中，內中一人便是鏢師宋海鵬。沒傷的和輕傷的，全在地上走。前行的，挑著燈籠。舒鹽商和張哨官共坐一輛轎車。臨行前，胡孟剛重行點名查數，才知其中實短了四個人。兩個是緝私營兵，一個是鏢局夥計，另外一個竟是振通鏢局鏢師九股煙喬茂，一場劇戰之後，竟然失蹤。

胡孟剛心中著急，趕緊再派夥計，往四面尋喚。夥計們打著燈籠，照遍了各處，喊破了嗓子，也沒有尋著蹤跡；又向東面麥壟稻田裡踏尋一回，依然尋不見人。

金槍沈明誼忙把鏢局夥計，全叫到面前，細問出事時，可有人看見喬茂的動靜下落？夥計們互相詢問，這才曉得胡孟剛、程岳、沈明誼、戴永清四人，與強徒拚命拒戰時，九股煙喬茂和雙鞭宋海鵬，奉派管守鏢馱，兼護鹽商的轎車。等到竹林哨響，馬賊出陣，全夥混戰劫鏢，雙鞭宋海鵬立刻掄鞭上前迎敵。

喬茂起初是站在舒鹽商的轎車旁邊，持刀相護。後見宋海鵬被圍，騎馬的盜賊竟威脅馱夫，把五十號騾馱全數趕起來，便要運走，九股煙喬茂不由眼紅了。又回頭一看，他身後的轎車早在喊殺聲中，調轉頭往來路逃走。喬茂不禁罵道：「去你娘的吧！我看你跑得開麼！」他立刻挺單刀，向群賊衝殺過去。

喬茂仗著身輕如葉，縱躍如飛，倒也傷了兩三個笨賊，全是小嘍囉一流人物。他正在得意縱殺，卻驚動了包圍宋海鵬的群盜；立刻竄出兩人來，只幾個照面，把喬茂殺得手忙腳亂。喬茂支持數合，忽見包圍宋海鵬的群盜，倏然陣勢一散；那雙鞭宋海鵬已被砍倒，群盜齊向喬茂這邊衝殺過來。

喬茂大吃一驚，急忙虛砍一刀，縱身一躍，從敵人頭頂直躥出去，一翻身便跑。其中一賊探鹿皮囊掣出暗器；一甩手箭，正打中喬茂後臀。九股煙喬茂負傷拔箭，連跳帶滾，滾到麥壟之中。

在當時，鏢行這邊的人，勢已落敗，各自掙命敗退，誰也顧不了誰。等到群賊劫走鏢銀，連那騾馱腳夫，也被裹走，忙亂中，大家更不曾理會。如今點名查問起來，乃知喬茂竟已失蹤。

胡孟剛不住的搖頭歎氣，又到行李車旁，詢問雙鞭宋海鵬。宋海鵬吃了些定神止痛的藥，已能言語；只是問起喬茂的行蹤來，他也不曉得。胡孟剛頓足道：「這個人到底是生是死，往哪裡去了呢？」說著親自喊叫了幾聲，無人答應。

金彪道：「鏢頭不必找了，也不必替他擔憂。在混戰那時候，咱們各自顧命，誰也照應不來誰。這位九股煙喬師傅，哪會死的了呢？人家多聰敏，多伶俐，一準溜了。本來鏢銀已失，這場麻煩吃不了，兜著走。若跟大家同回鏢局，就得跟著找鏢原案，說不定再遇風險。老鏢頭，你還指望著喬師傅回來麼？」其餘的鏢局夥計，也都紛紛議論，說喬茂這人一定躲了；催胡孟剛趕快投店，不用找他了。

胡孟剛悵然說：「我到了這步田地，什麼話也不用說了，只怨我自己不能血心交友。現在誰走，我也不能說別的。我只怕他受傷過重，鑽到偏僻角落裡，自己走不出來；我們拋開他一走，太對不住朋友。他若是真躲了，那倒沒什麼。事到如今，我還能找真麼？」眾鏢師聽了，默默不語。

當下大家趕緊收拾燈火，起身投奔于家圩。這一次趕路，雖然燈籠火把，仍舊照耀著走，像一條火龍一般；卻是鏢銀被劫，人們受傷的受傷，失蹤的失蹤，決不是來時的情景了。

胡鏢頭身雖負傷，仍將自己的馬，讓給傷重的夥計；自己步下走著，雙眉緊皺，反覆尋思辦法，其餘大眾也都神情沮喪，在這昏夜曠野，雜踏的走著，人人心中覺著悽惶。走了不久，已從范公堤，轉向堤東岔道。這股道形勢也夠險惡，路徑窄狹，一片片的竹塘把麥田遮斷，風吹竹動，沙沙作響；倏遠忽近，時發怪嘯。

胡孟剛身臨險境，陡生戒心；可是轉念一想，鏢銀已失，除了這條老命，還有什麼值得牽掛？想到此，又復坦然了。其實這都是境由心造，彷彿風聲鶴唳，草木皆兵。

胡孟剛放膽前行，傷處隱隱作痛。程岳傷在肩腰，道路坎坷，馬行顛頓，也是說不出的難過；他咬緊牙根，絕不呻吟，恨不得一步撲到店房。

趕到于家圩，已近三更。鄉莊上的人睡覺都早，這小小鎮甸差不多燈火全熄。

眾人用燈籠且走且照，哪有什麼店房？一條土路上，只有參差不齊的竹籬茅舍，也不能容這許多人投宿。

胡孟剛心上著急，六七十個傷殘敗眾，投到這麼小的鎮甸上，若沒有歇息處，那可怎好！卻喜趟子手張勇熟識這條路，遂當先引領著，直奔村鎮南頭。果然快出南口，路東有一家，兩扇車門緊閉，門前挑著一個笊籬，一望而知，是座荒村茅店。

張勇挑著燈籠，上前叫門；叫了好久，才有一個店夥，掩著衣襟，惺忪睡眼，出來開門。突見門前站著這些人，各帶兵刃，血濺滿身，不禁害起怕來；進去告訴了櫃上，竟拒說沒有空房。鏢行人眾疲殆已極，滿腔怒火，聲勢洶洶的，非住不可。緝私營巡丁更威嚇著，力催騰房，這一搗亂，店中人全起來了。問明是官面和鏢行，在中途遇劫，與強人動了手；這才無奈，招呼各屋併房間，騰地方。

這小店倒有大小八九間房，共只住了不到十個客人。忙給騰出五間房來；卻只有一個小單間，其餘四間全是通鋪；又將櫃房也給讓出來。六七十人勉勉強強，擠著住下，又現搭了幾個板鋪。舒鹽商和張哨官在櫃房住下，胡孟剛等五個鏢師就住單間，趟子手張勇、金彪在地下搭鋪。

店夥們現給燒水，淨面泡茶，打點做飯。這做飯又很麻煩，須由客人自己買米起火，灶上可以代做。由那緝私營巡丁和鏢行夥計，帶著店夥，分頭到米鋪、雜貨鋪，敲門購買。直忙了半個更次，由自己人幫著，才將飯做熟。多虧鏢行身上，多少都帶乾糧，又將店中剩飯勻來，兩下添補著，未致挨餓。

鹽商舒大人也將自備的火腿、小菜、點心之類，拿出來供眾。餵飲騾馬倒很現成，店中頗存乾草，夥計們鍘了，拿稻草做料，餵了牲口。

飯後，給受傷的人重新敷藥裹創，安排他們先睡了。其餘人等有的睡下，有的睡不著，有的就講究賊情，有的肆口謾罵。櫃房中，舒鹽商和張哨官，秘商了一回，兩人已將主意暗暗打好。

小單間中，雙鞭宋海鵬、單拐戴永清和黑鷹程岳，用藥之後，挨個躺在床上。趟子手張勇、金彪，坐在鋪板上喝茶、說話。鏢頭胡孟剛和金槍沈明誼，自行裹傷之後，先到受傷各位歇處看了，又問了問傷勢；然後獨到櫃房，和舒鹽商、張哨官，談說明天應辦之事。

舒鹽商是怎麼說，怎麼好，一味順著胡孟剛，概不駁回。只口氣中，仍勸胡孟剛速回海州，邀請能手，設法找鏢。張哨官卻說，明天要派人到地方上報案，並關會沿路鹽汛，一體搜緝賊蹤，查找鏢銀。這是人家的公事，胡孟剛當然不能攔阻。

胡孟剛另有他鏢行的打算，按著江湖規矩，遇盜失鏢，向不驚動官面，只憑自己的能為尋討。胡孟剛強打精神，談了幾句；便回到單間，和沈明誼、戴永清、程岳、張勇、金彪等人，商量找鏢入手的辦法，揣摩強人來歷和下落。依著胡孟剛，先派幾個機警的夥計，熟悉范公堤一帶情形者，明早沿路踩訪下去；再派幾個人，拿振通鏢局和自己的名帖，投給范公堤附近武林中的朋友，托他們代訪賊蹤。好在盜首的相貌、口音，都已知道，或者不難訪得形跡。

只有一節，這盜魁武功驚人，黨羽甚多，卻來去飄忽，江南道上從沒聽說有這樣一個人物。若不預先邀好能手，就算查訪著他的下落，也不易奪回原鏢。所以沈明誼、黑鷹程岳，都勸胡孟剛趕快翻回海州，到清流港，敦請俞劍平出馬，才是正辦。

胡孟剛卻很恧顏，甚以安平鏢局早經收市，自己強人所難，硬把鏢旗借出。當時本許下大話：「寧教名在身不在，也不辱沒十二金錢的威名。」哪知結果竟出了這大閃錯，不但二十萬鹽課掃數劫光，連人家鏢旗也被拔走。自己若不設法找回鏢銀鏢旗，更有何顏再去麻煩俞劍平本人？固然劫鏢之賊口口聲聲，要會俞劍平，顯見是與俞劍平有隙。可是自己若不借旗，賊人未必找上俞門；也與自己無干了。因此大家儘管相勸，胡孟剛總是搖頭不決。

沈明誼卻以為賊人既指名要會俞鏢頭，胡孟剛如此引咎，也算過分。其實冤有頭，債有主，很可以把實話告訴俞鏢頭。俞氏為討已失鏢旗，自必拔劍出山，尋賊答話了。沈明誼這樣存想，當著程岳的面，又不好挑明；遂繞著彎，徐徐往話上引。其實這樣看法，眾人也都明白，那豹頭老賊明明是衝著十二金錢來的；鐵牌手「借旗助威」，倒弄成「燒香引鬼」了。

大家又猜想群賊的來路，看那盜魁口銜煙管，黨羽們說話粗豪，多半是遼東下來的。但俞劍平生平浪跡江湖，走遍江南河北，卻從未聽說到過遼東。這是胡孟剛、程岳全都知道的。一個山南，一個海北，如風馬牛不相及，竟想不出怎會結了怨。再說半年來，江南鏢行迭遇風波，究竟盡是這人一手所為，還是綠林道另有能人出世？這豹頭盜魁是發縱指使之人，還是受人邀請，專尋鏢行搗亂找場的？這些都令人猜想不出。

大家七言八語的講著，趟子手金彪忽想起一事。他見屋中並無外人，忙從懷中取出小小一隻木盒，送在胡孟剛面前，低聲說道：「老鏢頭，這是那夥強盜留下的。你老看看，這裡面必有文章，或者能猜出一些線索來，也未可知。」

看這木盒，像一隻小小拜匣，用黃銅小鎖鎖著，看樣子，裡面裝得必是名帖信束之類。

胡孟剛接過來，用手掂了掂道：「這是什麼東西？是你拾得他們的，還是他們丟給你的？」

金彪道：「是他們劫完鏢，交給我的。」

胡孟剛詫異道：「他們交給你一個拜匣做什麼？是什麼時候交給你的，他們還說什麼沒有？」

金彪悄聲說道：「就在劫鏢之後，一個強徒持劍追趕我，先從我背上拔去金錢鏢旗，隨後就把這木匣硬塞給我。他說：『裡面有好東西，留給你們俞鏢頭。』當時咱們正忙亂著，我也沒對老鏢頭說。」

沈明誼、戴永清聽了，俱各愕然，齊看那隻拜盒。胡孟剛憤然道：「他們把鏢劫了，還留他娘的什麼拜匣，這不是誠心戲侮我麼？」

金彪答道：「正是這話，所以我沒當眾拿出來。」

鏢師沈明誼偷眼望著程岳，搖頭說道：「據我看，這未必是戲弄胡老鏢頭的吧？我看賊人必是瞧見金師傅背著十二金錢鏢旗，錯把他認做是安平鏢局的人了。老鏢頭且將這拜匣打開來看看。」

胡孟剛暗暗點頭，心想賊人太也膽大，竟敢公然留下名帖，這一來指名尋對，倒好辦了。他將拜匣劈開，就燈光下一看；竟不是名帖，也不是信柬，乃是一張素紙，粗枝大葉畫著一幅畫。畫的是「劉海灑金錢」，金錢個個散落地上；並不像尋常「劉海灑金錢」那種畫法，半灑在天空，半散在地面。在這畫的左角，又畫著小小一隻插翅的豹子，作回頭睨視狀。在這畫右上角，還題著十四個字：「金錢雖是人間寶，一落泥塗如廢銅。」語句很粗俗，畫法也似生硬。

胡孟剛反覆看了，又將拜匣也細加察看，除這幅畫外，更無別物。胡孟剛忿然丟在一邊道：「這是什麼玩意！」

沈明誼道：「老鏢頭，別忙，等我數數看。」他接過畫來，用手指點畫上散落的金錢，數一數，整十二個。沈明誼抬起頭，目視胡孟剛道：「如何，果然是十二個！」

胡孟剛道：「十二個又有什麼稀奇？……」說至此，忽然省悟過來，道：「哦，我明白了，原來這拜匣真不是給我的。但是，這插翅豹子又是何意呢？」

沈明誼道：「老鏢頭還不明白麼，這插翅豹子一定是那劫鏢留柬人的名號了。」

胡孟剛不由揚手一拍道：「著，一點不錯！」卻忘了這一掌拍下去，正拍著自己大腿上的傷，不由「哎呀」了一聲，皺起眉來。

黑鷹程岳此時側臥在床上，似睡未睡，聽沈明誼連說十二個、十二個的話，忙側身坐起道：「沈師傅，是什麼畫？勞你駕，拿來我瞧瞧。」

沈明誼拿眼看著鐵牌手胡孟剛，胡孟剛點點頭；沈明誼遂將這幅畫，遞給程岳道：「少鏢頭，你猜一猜，這畫兒是什麼意思？」

程岳把畫取過來，看了一會，頓時雙眉一挑道：「胡老叔，沈師傅，這有什麼難猜？這是衝著我們師徒來的。平常畫的『劉海灑金錢』，哪有畫十二個金錢的？這明明是譏誚十二金錢威名掃地。我現在不管諸位回海州不回，我明早一定即刻動身，翻回雲台山清流港，力請家師，親自出馬，找這一群強賊算帳。看看十二金錢到底是上天，還是落地！」程岳口說著，直氣得面皮焦黃。這怒氣一沖，傷處頓覺火刺刺發疼，卻咬牙忍住，一聲不哼。

沈明誼和趟子手張勇、金彪，一齊勸道：「少鏢頭何必掛火，我們還是從長計議。倒是少鏢頭說：回去敦請十二金錢俞老鏢頭出馬，這是很對的。怎麼說呢？賊人既然拔去金錢鏢旗，留下這一幅畫，諷刺俞老鏢頭，猜想情理，必是他從前吃過俞老鏢頭的虧。現在也許練好了武藝，也許找出好幫手，特來尋釁找場，這倒是江湖上常有的事。畫上這一隻插翅豹子，什九是這個主兒的綽號。俞老鏢頭自然一望而知。這便可以測出賊人的來蹤去影，我們就能著手討鏢了。」

黑鷹聽了，略略點頭，頗覺難堪；翻著眼，暗自揣摩：「這『插翅豹子』到底是何等人物？因何與老師結怨？怎麼我從沒聽老師念叨過呢？」

那沈明誼看胡孟剛手托下頦，坐在床邊發愣，因道：「老鏢頭，你以為怎樣呢？」

胡孟剛道：「我麼，我想程賢侄既要回雲台山，請他令師出馬，事到如今，只可這麼辦了！我們本不知賊人來歷，現在賊人膽敢留下這插翅豹子的暗記；我剛才細數江南綠林，竟想不出有這麼一個人物，但俞老哥他一定知道。程賢侄回去問一問，若能尋出蹤跡，這便好著手了。不過還是那句話，我們是有福同享，有禍同受。

「此次失事，在程賢侄想，總覺強人是專跟你們金錢鏢旗過不去。但看賊人那種驕豪神氣，實把我們江南整個鏢行視同無物。況且這麻煩是我給令師找的，我們自該合起手來，找賊算帳。程賢侄何必難過呢？現在我想派幾個人，先下去踩訪一下。」對趟子手張勇、金彪道：「咱們夥計中，有誰熟悉此地情形？」

張勇、金彪想了想，想出于連山、馬得用兩人，都是此地人。張勇自己也熟悉附近地理。鐵牌手便派這三人明早出發，密訪賊人下落。好在他們裏去趕騾馱的五十個腳夫，人多顯眼，或者不難察訪出行蹤來。又派出幾個夥計，持振通鏢局和自己的名帖，分邀武林至友，相助找鏢。內中有那交情深、武功好的，胡孟剛並邀他速赴海州，以便抵面協商辦法。當晚議妥，也就歇息了。

到次日天還未亮，趟子手張勇忠人之事，急人之難，早已率領于連山、馬得用先行動身，追訪賊蹤而去。鐵牌手派夥計，就近雇了兩輛車，教受傷的人乘坐，即刻由于家圩起程，先折回漣水驛。

一到漣水驛，尋找寬綽的店房；那舒鹽商和緝私營張哨官，便鬧著疲勞過甚，要好好歇一夜再走。兩個暗中卻已秘密佈置了，先派出幾名巡丁，說是要到各鹽汛報案，並通知地面，一體緝賊。張哨官也親自扶傷騎馬離店，悄到鹽汛，調來緝私營巡兵數十名；明說是沿途防護意外，暗中是監視胡孟剛，恐他畏罪潛逃，案子沒法交代。

這一天，舒鹽商格外的客氣，張哨官臉上露出沉默神色來。胡孟剛滿心懊惱，並沒想到別的；只是鏢銀已失，又派這些兵來做什麼？官場的馬後炮未免可笑，殊不知人家別有用意。

歇了一天，依胡孟剛的意思，想把受傷的人先送回海州；自己要在漣水驛等候消息，並往近處訪詢熟人。誰知到了這時，張哨官和舒鹽商又催促起來，雖沒翻臉，卻力勸胡孟剛速回海州，請俞鏢頭出馬尋鏢，最為良策。黑鷹程岳也願立刻折回。胡孟剛更料到賊人武藝高強，就算訪實下落，自己仍然敵他不過；當下想了想，也就一同起身。

走了一站，忽見背後追來三個騎驢的人，一面追，一面叫喊。大家愕然回顧，原來這三人正是那已經失蹤的鏢行李夥計和兩個緝私營兵。

動問三人當日的情形；才知出事時，這三人本分兩處，潛藏在麥畦裡，一路爬行，逃出半里多地。兩個人在土谷祠藏了一夜，一個人蹲在土堆後，因此落後。直到天亮，三人碰在一處，這才雇驢逃了回來。因不知大眾退到于家圩，沿途打聽，直到此時才追上大幫。

胡孟剛問他們，可曾看清賊人的去向。他們是完全不知。又問可看見九股煙喬茂的屍體沒有，三人也全答說：「天亮時曾到失事場所，尋找過一趟；那裡只隱隱有幾片血跡和遺落下的血襟碎布，並沒有死屍和傷重不起的人。」

胡孟剛不禁長歎，對沈明誼道：「想不到這位李夥計還能追尋回來，這喬師傅竟捨我而去了，人情真如此薄法！」歎息一回，大家仍舊趲行。

當天進入新安地界，迤邐行來，到了陳塘灣。路上片片碧柳成行，麥畦吐綠，竹葉含青，農人們很悠閒的在田中做工；運糧河帆船來往，漁舟張網捕魚，漁夫口唱謳歌；景色清幽，令人心曠神怡。胡孟剛鏢頭卻心血如沸，對景感懷，一陣陣出汗。

走了一會，江南春早，赤日當午，眾人負傷力疲，愈覺心浮舌燥。那新調來的幾十名緝私營兵，素常沒有走過遠道，被這柳岸春風一吹，覺得瞌睡。恰好到一丁字路口，棚蔭下有一座茶攤，大家商量著，要歇一歇；便紛紛下馬，在柳堤上散漫落座，喝了一回茶。

胡孟剛抱膝對岸，目送帆影，心生感喟。忽然聽得一陣馬走鑾鈴響。眾人扭頭尋看，迎面岔道上遠遠來了兩匹駿馬。

前行一匹白馬，馬上是個綠衫少年。走近了看，此人年約二十一二歲，頭上翠絹包頭，露出一點鬢角來。生的圓臉，蘋果腮，柳葉眉，兩隻大眼皂白分明，鼻如玉柱，口若含櫻，細腰窄臀，個兒不高；身穿墨綠綢長衫，腰束白絲巾，端然騎在馬上，露出藍綢中衣，足蹬一雙青皮窄靴，踏在黃澄澄馬鐙上。這人左手攬轡，右手持鞭，露出潔白的手腕；馬鞍上掛著一口劍，綠鯊鞘，金什件；一隻鹿皮囊，裡面不知裝得是什麼；馬走如龍，直趨柳堤。迫近茶攤，這馬上少年忽然垂眸側顧，把馬放慢，上眼下眼打量胡孟剛這一夥人。

這一夥百十多人，緝私營兵穿著號衣，個個掛刀持仗，散坐在土堤上。鏢行中人也都穿短裝，拿兵刃，倒有二十幾個人裹著傷、包著頭，有的腿上捆著紮包，有的胳臂上絡著套兒；身上血跡早已拭淨，可是有幾人面無血色。這情形令人一望，便覺可異。初看像是官差押罪犯，細看又都不戴刑具。馬上少年「咦」了一聲，連連看了幾眼，又扭頭向後望，然後策馬，緩緩走了過去。

緝私營兵丁直了眼看著；等到馬去稍遠，頓時紛紛講究起來。這馬上少年打扮穿著好生怪相，看生得模樣，什九是一個年輕姑娘，卻又佩囊帶劍，穿著長袍；舉止神情既昂藏，又瀟灑，不像江湖上跑馬賣解的女子。

大家正在猜疑，那後面一匹馬也已從岔道上，走上柳堤。胡孟剛迎面看去，但見馬上是一位老翁，年近六旬，髮已卸頂，只剩不多的花白短髮；童顏修眉，長鬚拂胸，兩眼炯炯有神。這老人身穿古銅色綢長衫，黃銅大鈕，肥袖短襟，二藍川綢褲，白布高腰襪，在膝下緊繫著襪口，腳穿青緞雲履。他一手提韁，一手持鞭，騎的也是匹白馬；馬並不高，趨走穩快，乃是川省名產。

這長眉老人行經茶攤，略望了望，便驅馬走過；轉眼間，走出兩箭多地，追上那個少年女子，兩馬並轡而行。隱聞對語，一齊回頭；那女子忽然勒韁，翻身下馬，自走到柳蔭下，拂地一坐。長眉老人調轉馬頭，又翻回來，直到胡孟剛一行面前；甩鐙下馬，將馬韁向銅過樑上一掛，把馬拍了一下；這馬嘯了一聲，竟與女子那馬，同奔草地啃青。

緝私營兵全都看呆，以為這無疑是賣解的父女了。

長眉老人竟慢慢踱到茶攤，也買了一碗茶，緩緩喝著，兩眼不住打量胡孟剛等人。鐵牌手胡孟剛見老人去而復返，也覺奇怪，站起來，要上前搭話。

忽聽背後「呀」了一聲；長眉老人放下茶碗，眼光直注到胡孟剛背後，大聲說道：「我說，這不是沈賢弟麼？」

胡孟剛回頭看時，金槍沈明誼早已站起身，搶行幾步，雙拳一抱，叫道：「哦，哦，原來是柳老前輩！」

長眉老人拱手還禮，哈哈大笑道：「久違了，久違了！我一見諸位，就猜想必是武林同道。我在這裡看了一晌，誰知我年衰健忘，只覺沈賢弟面貌很熟，我竟不敢冒認。我真不濟了。沈賢弟，江邊一別，倏已十多年，賢弟一向可好？我聽說你在海州振通鏢局，跟那鐵牌手胡鏢頭合手做事，這幾年想必不錯。卻為何在這前不著村、後不著店的地方歇著？這些官人又是幹什麼的？」

沈明誼搖頭長歎道：「一言難盡。我且給二位引見引見。這一位就是振通鏢局的胡老鏢頭，官印孟剛。這一位是江湖上久負盛名的鐵蓮子柳兆鴻柳老英雄。」

胡孟剛一聽「鐵蓮子」三字，立刻想起二十年前，江東兩湖一帶，有一位威鎮武林的俠客；生平浪跡風塵，既不保鏢護院，也不設場授徒，更不屑涉足綠林，做那殺人越貨的勾當。他仗著一身驚人技業，和囊中幾粒鐵蓮子，到處遊俠，專找尋綠林中的出名強盜。

遇著強人劫得大宗財貨，鐵蓮子柳兆鴻橫來相干，要從中抽頭。好說，便硬提去四成賊贓，專要細軟之物。如果翻臉，他就亮雁翎刀，撒鐵蓮子，硬把財貨全數劫留。因此綠林道上，無不畏之如虎，恨之刺骨的。並且他為人嫉惡如仇，到處仗義任俠，一生尤其痛恨開黑店的強賊。如遇見他，必然拔刀剪除，將黑店中人盡殺不留；臨走放一把火，把店房滅跡。

在距今二十年前，真是轟轟烈烈，做出許多驚人的奇績，草野客聞而咋舌。近十餘年來，鐵蓮子突然匿跡，江湖上久已不聞此人行蹤，多有人以為他是死了。

胡孟剛從前也曾久聞鐵蓮子的盛名，只是一個在兩江，一個在兩湖，無緣相會。此時一經引見，胡孟剛打起精神，上前施禮道：「久仰老俠客的英名，今日幸會之至！」

柳兆鴻欣然還禮道：「老朽也久仰鐵牌手的威名，久懷親近之心。今日適值我從東台訪友歸來，路經范公堤；因見諸位在此歇腳，又看見內中有負傷的人，不由勾動好奇心來。正要探問，又嫌冒昧；不想得遇沈賢弟和胡老鏢頭。」柳兆鴻說著，手捋白鬚，眼望沈明誼道：「究竟你們諸位是保鏢事畢，路過此地？還是信步閒遊，或是別有貴幹？這六七十名巡兵又是幹什麼的，可是跟你們一路麼？」

沈明誼眉峰一皺，意欲披訴實情；他道：「我們哪有心情閒遊？正是遇著一樁逆事，在這裡歇歇腳。」說到這裡，眼望著胡孟剛。

胡孟剛眼珠轉動，看神氣疑疑思思的。沈明誼不便冒昧，改口道：「我們現在正要趕回海州，小弟欲奉屈老前輩，找一酒館，暢談一番。胡老鏢頭你看好不好？」

沈明誼這話，便是暗向胡孟剛示意。胡孟剛恍然省悟的說道：「正是。在下久仰俠風，時思親炙，今天得識荊，正想快談一日。何不就近找一酒館，我們小飲三杯。我們沈賢弟和在下，正還有話要領教呢。老俠客可肯賞臉麼？」

鐵蓮子柳兆鴻哈哈笑道：「胡鏢頭過於抬愛，我應當拜領才是；只是，胡鏢頭請看……」鐵蓮子用手一指那柳蔭下坐候著的綠衫女子道：「因為有這小孩子隨著我，囉囉嗦嗦。目下我正要奔魯南，不便耽擱。胡鏢頭，我看你二位神色上似乎有什麼疑難。你我神交，一見如故，不妨就此談談，何用另尋酒館呢？」又向沈明誼道：「沈賢弟，有話儘管說，不必客套。」

胡孟剛心中一動，暗想：「此人乃是當代大俠，若求他相助一臂，或者不難尋回鏢銀。只是和人家素不相識，萍水相逢，便拿這二十萬的重案相煩，怎好開口呢？」他心裡作難，臉上神情便顯露出來。

柳兆鴻久涉江湖，還有什麼看不出，便又轉面，向沈明誼問了一句。

沈明誼臉色一紅，正要開口，胡孟剛已經答言道：「我們倒也沒有別的事，我跟你老人家打聽一個人。你老可曉得江湖道上，有一個叫做插翅豹子的麼？這個人大約六十來歲，豹頭紅臉，善會打穴，拿著一根鐵煙袋當兵刃。老俠客可曉得此人的姓名、來歷麼？」

柳兆鴻手捫額角，愕然說道：「拿煙袋當兵刃的，會打穴的，叫做插翅豹子。唔，這是什麼人呢？我卻從來沒聽見過。」

胡孟剛聽了，不禁嗒然失望。他這三人在此立談，那緝私營哨官慢慢踱了過來，一言不發，在旁傾聽；其餘眾人也都站了起來，往跟前湊。柳兆鴻向四周瞟了一眼，仍是敲著額角尋思道：「插翅豹子，這像個外號呀，我怎麼想不起來有這個人呢？他是幹什麼的，胡鏢頭和他有什麼過節麼？」

胡孟剛道：「也不過閑打聽打聽。」

柳兆鴻便不再問，眼光一閃，向眾人瞬了瞬；扭轉頭，向那綠衫少女看了一眼，遂對胡孟剛、沈明誼說道：「既然我們不便暢談，那麼改日再會吧；小孩子還等著我呢！」

沈明誼忙道：「老前輩現時住在何處？多年不見，幸得相會，我們正要領教。請你老留個地名，我們改日登門拜訪。」

柳兆鴻笑道：「老弟，吞吞吐吐，有什麼話，難道還有什麼不方便說麼？」眼角向巡兵一瞥，又道：「我此刻行蹤不定，有點小事纏身。你如找我，可到鎮江大東街，路南第五門，姓魯叫魯鎮雄的便得，那是我的一個徒弟。」說罷，向鐵牌手胡孟剛舉手道：「再見，再見！」往後退了三兩步，右手將兩唇一撮，口打呼哨，「嗤」的一聲響，那匹啃青的駿馬，竟聞聲雙耳一聳，從草地上竄跳過來；到了面前，四蹄一立，紋絲不動。

胡、沈二人在後拱手相送。這位鐵蓮子柳兆鴻，把馬的後胯一推，這馬立刻四足放開。柳兆鴻往前一墊步，騰身而起，輕輕躥上馬背，穩坐在鞍頭；然後回身抱拳，向胡、沈一舉道：「請，再會！」雙腿一磕，那匹馬如飛的馳去。

遠望柳蔭下那少年女子，玉腕連招，把坐驥喚到，立即捷如輕燕，飛身上馬。把馬一盤旋，容得柳兆鴻馬到近前，便連轡而行。這老少二人又扭頭向鏢行這邊望了望，一抖韁放開了馬。一陣黃塵起處，老少男女兩人疾馳而去。

這鏢局一行人也便忙著登程。在路上，大家紛紛議論，這老頭兒精神飽滿，武功必然可觀；尤其是他還會馴調走獸，把馬調教得比猴還靈。沈明誼終將己意對胡孟剛說出：「打算奉請此老，拔刀相助。」

胡孟剛眉峰一皺說道：「到底這鐵蓮子柳兆鴻，跟賢弟交情如何？」

沈明誼道：「若論交情，卻也泛泛。只在十幾年前，我曾因一件事上，與他相處過十幾天。不過這人豪氣干雲，慣抱不平；如有強凌弱、眾暴寡的事，我們只要煩到他，他必推誠相助。這人又有一種怪脾氣，他如果看著你這人順眼，肯拿你當朋友，那麼你就不求他，他也許自告奮勇；若是你和他不投機，雖經堅求，也許袖手不管。剛才我見此老再三詰問，看神色頗有顧盼之意，我本想當時對他說明失鏢的情由；因見老鏢頭面色遲疑，所以不便開口。」

胡孟剛道：「咳，我何嘗沒想到這節？只是初次見面，邂逅相逢，便貿然啟請人家，我真有點說不出來。況且這劫鏢的主兒叫什麼插翅豹子，人家又不知道；便煩他，也恐無從下手。人家又帶著女眷，在路旁相候；所以我幾次想透透意思，又咽回去了。且等回到海州，找俞劍平老哥，問明插翅豹子的來歷，那時我們斟酌情形，備下禮物，再煩賢弟專誠奉請，你道如何？」金槍沈明誼想了想，點頭稱是。

胡孟剛又道：「剛才那個綠衫女子，可是柳老英雄的女兒麼？」

沈明誼道：「據說是父女，又有人說實在是侄女兒過繼的；還有人說，是他的義女。他這女兒也是一身好功夫。因她名叫柳研青，又好穿墨綠衣衫，叫白了，人都稱她為『柳葉青』，在江湖上也頗有名聲。這鐵蓮子柳兆鴻武功，已傾囊倒篋，教給了他這女兒。大概此女現時已有二十二三歲了吧，聽說還沒有嫁人。」

（這話是沈明誼早年聽說的，如今柳葉青快做新嫁娘了。這幾年他父女為擇東床，頗惹起許多波折。就是父女這番出門，也是為了尋找逃婚的愛婿玉幡杆楊華；聽說楊華別戀新歡了。）

鏢局眾人往前趕路。這一天行距海州還有二三十里，早有振通鏢局的夥計，聞耗趕來迎接。胡孟剛強打精神，吩咐前邊引路。又走了一段路，已望見海州城門，只見城裡開出一隊兵弁；一見眾人，突然紮住。張哨官立即下馬，和領隊官答話。那領隊官湊上來，跟舒鹽商低低說了幾句話，拿眼看了看胡孟剛，一言不發，帶隊跟著進城。

胡孟剛心中嘀咕，也說不得，只好垂頭喪氣進城。依胡孟剛的意思，要將鏢局負傷的人送回鏢局，安插一回，吃過飯，再赴鹽綱公所。那緝私營張哨官和舒鹽商，到了這時，毫不客氣，一齊攔阻道：「胡鏢頭，咱們先得交代公事，沒別的，你先辛苦一趟吧。」

胡孟剛面色一變道：「我難道還跑得了麼？」

舒鹽商哈哈笑道：「胡鏢頭，話不是這樣講法。你也是老保鏢的了，咱們失了鏢，能不先交代一下麼？況且這是官帑啊。」

胡孟剛無法，遂吩咐眾人，自回鏢局。這時金槍沈明誼和趟子手金彪俱都擔心，一齊答道：「鏢頭放心，我們自然先教別位將戴、宋二位送回鏢局，我們倆先隨老鏢頭到公所去。」

程岳不甘落後，也跟了去；遂由緝私營七八十名巡丁擁護著，來到鹽綱公所。公所門前，已有好些個官弁出入。舒鹽商下了轎車照樣客客氣氣，把胡鏢頭一個人讓進去。沈明誼和程岳、金彪等人，全被阻在門外，連個存身等候的地方也沒有。

沈明誼歎了口氣，遂引程岳諸人，到斜對過一個小雜鋪門前，由金彪搬了條長凳，在外坐等。少時見一個官人，帶著四個差官模樣的人，匆匆從公所拉出五匹馬來，立刻扶鞍上馬，急馳而去。

又過了一會，忽見海州官差押著一輛大車，來到鹽綱公所門前停住。又過了一會，見兩乘大轎從街南走來；到公所門前，止轎挑簾，轎中出來兩個人，袍套靴翎，職官模樣。前面那人，是個紫臉胖子，五十多歲年紀，白面微麻，生得不多幾根鬍鬚。沈明誼、金彪久在海州，熟識各界人士，已看出後面那人便是鹽綱公所的綱總，姓廉叫廉繩武。隨後緝私營統帶趙金波，率著一個營弁也來了。

沈明誼對程岳說道：「我看我們胡鏢頭這事，有些可慮。」

黑鷹程岳雖也保鏢有年，倚仗著他師父俞劍平的威名，從沒經過多大的風險，對沈明誼說道：「丟了鏢，設法找鏢。我們又有保單鋪保，人又沒走，怕什麼？」

沈明誼搖頭道：「商鏢一賠了事。這是官課，又是二十萬，怎保沒事呢？」

兩人說著話，直候了快兩個時辰，忽然鹽綱公所正門大開，擁出許多官弁差役來。沈明誼、程岳急忙站起來看，公所門口差役已提著馬鞭，驅逐閒人。沈、程二人偕同趟子手金彪，站在鋪門台階上，往公所裡邊張望。只見人役簇擁處，鐵牌手胡孟剛胡老鏢頭，已由七八個官役，左右攙架，從公所出來。數十名巡丁持刀帶仗，在旁押護；一出門，便在大車前後，分排立好。沈明誼、程岳、金彪一見這情形，心上突然亂跳。

那胡孟剛雖還沒上刑具，卻已不能動轉，被眾人架胳臂擁上大車；然後將大車開走，由官役、巡丁押著。後面跟隨著兩乘轎，內中一乘便是舒鹽商；那緝私營張哨官，此時也騎馬跟隨在後。胡孟剛滿面愧喪，低頭上車。

沈明誼、程岳容得大車行近，叫了一聲：「老鏢頭！」

胡孟剛抬頭尋看，淒然慘笑道：「我教人家給押起來了！……」只說得這一句話，旁邊官役已然阻止道：「胡鏢頭，咱們可都是朋友，你老別教我們為難。」

胡孟剛兩眼望著沈明誼、程岳、金彪，把頭搖了搖。沈明誼、程岳忙大聲說：「老鏢頭放心，外面一切，都有我們……」話未說完，早被人喝止道：「閒人站開！」沈明誼低頭看時，這吆喝他的，是個熟人，衝著沈明誼暗使眼色，口中低聲說道：「有話到州衙去說。」

第四章　鏢師下獄

鏢頭胡孟剛竟被蜂擁著送入州衙，押追鏢銀。鏢師沈明誼、程岳倉促不遑別計，先教趟子手金彪，火速追到州衙，替胡孟剛打點一切，並摸探底細。

沈明誼本想在鹽綱公所，找一個管事的，探問一下。無奈此時綱總正和那緝私營統帶趙金波，商量失鏢事體，一切閒人概不接待，沈明誼竟被門房拒絕出來。二十萬鉅款一旦被劫，況又刃傷護鏢的官弁，這事情已經鬧得滿城風雨，所有文武官廳頭一天已得噩耗。鹽綱公所和緝私營，先期接到押鏢的舒鹽商和張哨官的急足秘信。秘信內說：

「……振通鏢局鏢師胡孟剛，押護鹽課，中途忽然無故改變路線，改走范公堤。職員等以范公堤並非赴江寧正路，且地極僻靜，又復繞遠；曾令仍循原道，免誤限期，而防意外。詎該鏢頭堅持私見，必欲改道；更謂責在保鏢，應擇穩路，若不聽其改途，遇變彼不任咎。職員等無可奈何，姑從其說。詎於行經范公堤途中，猝遇大幫匪徒，持刀行兇，攔路邀劫。緝私營兵護鏢者，雖有二十名，奈眾寡不敵，死傷累累。所有鹽款二十萬，竟被掃數劫走，並騾馱腳夫亦均裹去。似此狂逆，目無法紀已極！該鏢頭事先既無防範，事後更借詞尋鏢，意圖他往。經職員及緝私營哨官張德功，嚴加監防；並調到巡丁四十名，中途監護，幸將該鏢頭絆回海州。

「該鏢頭此次奉諭押護官鏢，固執己見，無故改途，卒致遇匪失事；其中是否別有用意，抑或與匪暗有勾通，職員等未敢擅疑。唯該鏢頭既已承攬護鏢，一旦失事，自應查照保單，交官押追，嚴加比責，以重公帑……」云云。

秘信語句非常嚴重。這便是舒鹽商和緝私營張哨官秘商的結果，把全副擔子都擲給胡孟剛了。至於胡孟剛身率鏢局人等，拚死命拒盜護鏢，以致一場血戰。鏢師五個受傷，一個失蹤，鏢局夥計也多名受傷的話，被舒鹽商筆桿輕輕一掉，全給埋沒了。而且秘信字裡行間，又將通匪劫鏢的罪名輕描淡寫，影射出來，這用心也就夠歹毒了。

舒鹽商只教胡孟剛一人，進了鹽綱公所大廳，把其餘的人都拒在門外。舒鹽商和緝私營張哨官，又將胡孟剛留在大廳，他二人一直入內。胡孟剛在心中暗打草稿，預備見了綱總，委婉說明失鏢的情由，申請具限找鏢。至於貽誤之處，胡孟剛責無旁貸，情願認賠受罰，也說不得。

胡孟剛正想處，進來兩個聽差，向胡孟剛說道：「請胡鏢頭內客廳坐。」胡孟剛跟了進去，只見內客廳太師椅上，坐著兩個人。上首便是緝私營統帶趙金波，下首相陪的是綱總廉繩武。在兩旁茶几左右，也坐著四五個衣服麗都的人，都是鹽商和有功名的紳士。他們把胡孟剛叫進；胡孟剛上前施禮，這些人板著面孔，連一個打招呼的也沒有。

緝私營統帶趙金波直著眼，看了胡孟剛一會，突然問道：「你就是振通鏢局胡孟剛麼？」

胡孟剛應道：「是。」

趙統帶道：「胡孟剛，你承保這二十萬鹽款，應該如何小心從事，你怎麼把鏢銀丟了呢？你知道你擔多大的責任？」

胡孟剛答道：「大人，這不是我胡孟剛自己掩飾，大人營中，也派有護鏢的官弁跟隨。委實因強賊人多勢眾，武藝高強，我們拚命抵禦不過，以致受傷失鏢。小民既然奉鹽道札諭護鏢，心知這半年來地面不很平靜，也曾推辭過。如今說不得了，小民是照鏢行買賣規矩，請求大人恩典，和公所諸位大人格外容情，許我具限找鏢。好在小民已經派出人，四外打聽，不久就可以訪著賊人的下落。」

趙統帶哼一聲道：「好一個不久就訪著賊人的下落！你們原講究什麼江湖上結納的勾當，你們鏢行和江湖的綠林是怎樣情形，我素日也有個耳聞。你若找賊，自然一找就找到！但是，我只問你，你們走得好好的，你為什麼無故要改道？放著通行大路不走，你偏繞遠走僻道，這其中難保沒有情弊！」

一句話把胡孟剛噎了個張口結舌，忿氣塞胸。胡孟剛正因看出鏢銀被賊綴上，方才改道；不料反而做成了通匪的嫌疑。胡孟剛冤苦難伸，聲音抖抖的說：「諸位大人，我們吃鏢行飯的，全仗眼力。一看見前途情形不穩，改途保重，乃是不得不然。況且我們在和風驛，便被匪人綴上，舒大人和張老爺也都在場親眼看見。」

說到這裡，一位鹽商插言冷笑道：「舒大人自然看見了，不看見還不覺得奇怪呢！我老實問你，怎麼你偏偏改了道，反偏偏遇上賊呢？」

趙統帶也含嗔斥道：「胡孟剛，你實在是江湖上一個光棍，我早有所聞。你敢如此大膽，不但二十萬鏢銀拱手奉送賊人，還害得隨你們押鏢的張哨官身受重傷；我部下巡丁也死的死，傷的傷。你們鏢局究竟是管幹什麼的？你還有王法麼？」

胡孟剛越聽越覺話往歪處問，氣得手足冰冷，強將怒火按了按，說道：「諸位大人在上，我們保鏢的，也是一種生意，全靠信用當先。多大的鏢局子，多有能耐的鏢頭，也不敢說一輩子遇不上意外事。不過既敢應鏢，就有打算。丟了鏢銀，我們具限找鏢。到了限期，找不回鏢，我們有原保在；幹鏢局的人自然破產包賠，哪能說到別的上頭！諸位大人話裡話外，硬把一個通匪的罪名給我安上，諸位大人請看！……」

說著，胡孟剛把腿上的傷一指道：「我若通匪，匪人還能傷我麼？我若通匪，我還回來做什麼？難道等著過堂問罪麼？況且諸位大人也不是地方官。保鏢、丟鏢、找鏢、賠鏢，這都是買賣道，沒有犯法。至於改道反遇上強賊，那也不是改道之過；乃是賊人拉的卡子太長，我們沒有闖出去；並非我故意自投羅網，自找倒楣。大人營中的官弁受傷，那也是他們應盡之責。他們老爺遇見了賊，自然要動手，動手就不免受傷。我們鏢局子的人，受傷的比大人部下的人更多，我能怨誰呢？我保的是鏢，不是保緝私營諸位老爺！」

緝私營趙統帶勃然大怒道：「好一個刁民，竟敢跟我頂嘴！我和公所諸位大人問問你，也是打聽明白了，好設法子緝盜追鏢。你這東西竟敢譏誚我開堂審問你了。你說我不是地方官，不能問你，是不是？好，來呀！」

立刻簾外一陣應，走進來七八個官人，往前打千一站。

趙統帶厲聲道：「把這東西捆起來，送海州衙門！」這七八個人「喳」了一聲，過去便要動手。

胡孟剛往旁一側身，雙目一瞪，雙手一封道：「大人，且慢！大人要送我，大人且把我的罪名說出來。大人說我通匪，請拿出通匪的憑證來。大人要曉得：保單上開的是誤了限認罰，丟了鏢認賠；沒有個丟了鏢，便替賊打官司的。」

趙統帶越發震怒，拍案催喝道：「捆上，捆上！這東西太已狂妄了！你看他丟了鏢，還有這些理。」

這趙統帶乃是武人，他因部下受傷，掃了他的臉；丟了鏢銀，還想替部下開脫責任。且聽張哨官一面之詞，說匪人出掠，鏢行退縮不前；還是自己首先驅殺，被賊包圍受傷。那些巡丁們又從旁作證。事實上，又確是張哨官先跟賊人動手的。因此趙統帶很惱怒，定要把胡孟剛扣押起來。

那綱總廉繩武卻另有心意，只重在找回鏢銀，不重在加罪鏢客。此時他起身勸道：「趙大人暫且息怒，不必與他嘔氣，必與他公事公辦。」轉對胡孟剛說道：

「胡鏢頭，這是沒法子的事。鹽課已失，匪徒糾眾傷官劫帑，事體非常重大。你就是能找鏢，也決不是私了的事。胡鏢頭，你無論如何，必須到州衙走走。我們也不為難你，快過來謝過趙大人。」

當下廉繩武極力敷衍了一回，趙統帶才強納住氣；遂將胡孟剛送到州衙，卻也沒有上綁。

趟子手金彪追蹤趕到海州州衙，其時早已過午，將近申牌。金彪連飯都沒顧吃，到了州衙，內外打點。振通鏢局在地方上素來聯絡得不錯，州衙內頗有熟人，已將鹽綱公所報案原稟和緝私營的諮照，全都托人抄來。

金彪又要求和胡孟剛見面。監獄說：「現在不行。因為第一，還沒有歸押；第二，這二十萬鹽課是非常重案，州官已經傳諭，即刻要升堂訊問；有什麼話，明天再說。此刻看著素日的面子，先給胡鏢頭通個信倒行。」

金彪將上下打點明白，許下明天先送些錢來：「今晚無論如何，諸位要多照應，不可委屈了胡鏢頭。我們胡鏢頭還沒有吃午飯呢！」

監獄很客氣，說道：「金爺只管放心，有我們哥幾個，決難為不著他。我們早給胡爺叫來一份酒飯了，你不用多囑。你們還是趕快想法子，找門路，疏通鹽綱公所。州衙這裡很不要緊，都是自己人，有什麼動靜，我們自給鏢局送信去。」

監獄又特為安慰金彪，頓時叫來一個夥計說：「王頭辛苦一趟，去給胡鏢頭傳個信去，就說鏢局已經打發金爺來瞧看他了，問問胡鏢頭有什麼話沒有？」

王頭答應著走出去，不大工夫回來，對金彪說：「胡鏢頭剛才說，教你們諸位同事多偏勞，趕快給雲台山的俞鏢頭，和雙義鏢店的趙化龍趙鏢頭送個信去，請他們快來。胡鏢頭家裡，也煩你們派人去一趟，好教他們放心。」

金彪聽了，又問：「還有別的話沒有？」

王頭道：「胡鏢頭說，鏢局此時暫停營業，一切事拜託沈鏢頭、帳房蘇先生，跟金爺你們幾位照應著。好在明天你就可以跟他見面了。」

金彪點頭稱是，又謝過了眾人，連忙奔回振通鏢局，時已掌燈。

鏢局中人三三兩兩，聚在一處，七言八語的講論，裡裡外外亂作一團。雙鞭宋海鵬、單拐戴永清和幾個夥計，受傷最重的，已延請外科醫生調治。

這裡只剩下沈明誼、程岳兩位鏢師；還有振通鏢局兩位鏢客，是新近才從南路保鏢回來的，一位叫黑金剛陳振邦，一位叫追風蔡正。幾位鏢師匆匆吃了飯，只有黑鷹程岳是客位，身又受傷，把他留在櫃房歇息。其餘三人全忙著分頭找人，送信，托情；就是鏢局夥計，也派出六七個。到晚飯時，眾人先後回來。

雙義鏢店的趙化龍鏢頭，和胡孟剛交情很深；此時一聞噩耗，早不等人請，已先趕到，並邀來幾位同行。問明了失鏢情由，兔死狐悲，不禁都代胡孟剛扼腕。

恰好趙子手金彪從州衙回來，把打聽來的情形，細說了一遍；又把抄來的鹽綱公所稟稿，拿將出來，眾人參詳了一回。大家見那稟稿措詞，竟是依著舒鹽商的秘信，裝頭加尾；意思之間，暗指胡孟剛有通匪之嫌。把他中途改道的事，故意說得很支離，彷彿別有用意似的。大家看了，一個個氣忿不過；遂照胡孟剛的話，公推沈明誼做主。沈明誼向趙化龍討主意。

趙化龍這人武功有限，交際很廣，在海州官紳兩面都叫得響。他手拿那張稟稿，沉吟良久道：「我想這事解鈴還須繫鈴人。除了大家趕緊設法追尋鏢銀以外，第一步還得托人，到鹽綱公所和州衙裡疏通一下，教他們放寬一步，先把胡大哥保釋出來；把這個通匪之嫌的罪名洗刷了去，以後再說別的。」

這計較，眾人都以為然。遂決計先找個狀師，擬具稟稿，內說：「振通鏢局素有信用，此次失鏢實出意外。鏢頭胡孟剛拚命護鏢，與匪苦鬥，勢力不敵，身受重傷；其情殊堪憫惻，決非押護不力。仰請恩准取保暫釋，俾令勒限尋鏢，以完公絡。」下面具稟人名，留下空白，由趙化龍、沈明誼明天出去，轉煩當地紳董，懇請聯名公稟，向州衙投遞。另由振通鏢局具名，給鹽綱公所的值年綱總廉繩武，去一封私信，懇他從中轉圜。

這信由趙化龍拿著，預備親見廉繩武，當面遞出。又教司賬蘇先生，先預備幾百兩銀子，以便使用。又派人到胡鏢頭家中，安慰胡奶奶。

程岳對沈明誼說，自己決計明早動身，趕回雲台山，敦請老師十二金錢俞劍平，出來找鏢；這話大家當然贊同。

到了次日黎明，黑鷹程岳顧不得創痛，騎上那匹白尾駒，急馳而去。他臨行說：「多則五天，少則三日，必將家師請來。」

沈明誼送出街外，再三囑咐，務必快來。那匪徒留下的「劉海灑金錢」的圖畫，程岳也要了去帶著。

沈明誼和趙化龍帶了銀兩，先去探監；見了胡孟剛，細問過堂的情形。那州官頭一堂倒也沒有難為胡孟剛，只是再三叮問他：為什麼中途忽然改道？又問他：既然自承能夠討限找鏢，是不是確知賊人的下落？至於失鏢的情形，和賊人的聲勢，只聽胡孟剛的申訴，並沒有細問；倒是賊首的相貌、年齡、口音，詢問的很仔細。

沈、趙二人把外面的打算，一一告訴了胡孟剛。胡孟剛點點頭，精神很是頹唐。兩人安慰了一陣，急忙離開州衙，到各處托情。

這些紳董們聽說是二十萬鹽課遇劫，個個吐舌，不肯出名具稟；又關礙著情面，不便當面謝絕。有的說，教他們轉煩馮翰林去；有的說：「等我找馮敬老、紀隱翁商量商量再講。」其中也有一兩個紳士，慨然答應出名；卻又資望不夠，只能副署，不能領銜。

趙化龍是個爽快漢子，氣得直罵。只得人上托人，好容易從鹽道衙門，找著了那位最拿權的總文案李曉汀；由這人暗中使力，再轉托紳士，這才有人肯聯名上稟。事情雖已經耽擱了三天，還算辦得急速。州衙內上上下下，倒是呼應靈便；只要鏢局把鹽綱公所對付好了，州衙這裡滿沒難題。

因此這個稟帖上去，暫時留中，未能批下來。只等鹽綱公所放鬆了口氣，州衙立刻可以掛牌出批，准其取保暫釋。鹽綱公所雖是商辦，頗有官勢；錢可通神，地方官沒有不敷衍他們的。趙化龍也很明白，仍煩鹽道衙門裡的李曉汀師爺，暗中疏通；與其將胡孟剛押在監牢，莫如放他出來，教他具限找鏢。這樣說法，那值年綱總廉繩武倒也微有允意；不過還須和別位商量，這不是一個人能作主的。

沈明誼原想：聯名具保，並非難事；倒是俞劍平身經退隱，又不在城內，恐怕他三五天內未必肯來，就來也不能很快。卻不道江湖上的人，義氣最重；黑鷹程岳當天晌午回到清流港，第二天未到晌午，十二金錢俞劍平，便已身率三個弟子，策馬趕來急難；並邀來一個朋友，也是武林中知名的英雄，便是那鷹游山的黑砂掌陸錦標。

十二金錢俞劍平，自從大弟子程岳押著鏢旗，相助鐵牌手，偕赴海州去後，逐日指教面前的三個弟子，習練武技，倒也沒把這事擱在心上。忽一日，門前啼聲「得得」，跟著「啪啪」一陣亂敲門環。俞劍平在屋門口，側耳傾聽。過了一會，長工持著名帖進來。還沒等稟報，早自後面跟進來一老一少兩個人。那年長的人手裡提著纍纍墜墜幾個包兒，一面走，一面亂嚷道：「俞劍平俞老兄弟，俞劍平俞老兄弟，哥哥來看你了。」

俞劍平抬頭一看，不禁嗤然笑了，雙手一拱道：「老陸，我一猜就知是你來了。狗大的年紀，硬要裝老大哥！」

這陸錦標今年四十六歲，比俞劍平小著七八歲。他生著滿臉絡腮鬍鬚，見人專好自居老大哥。朋友比他小的，他就管人家叫小兄弟；比他歲數大的，就管人家叫老兄弟。四十多歲的人，興致很好，歡蹦亂跳；生得矮矮的，黑黑的，練得一身好本領。綽號叫做黑砂掌，掌下頗有功夫。

當下他大笑著走了進來，回頭叫著那個少年後生道：「快走呀，小傢伙，快見見你大哥。吥，錯了，快見見你大叔。」又向俞劍平嚷道：「老兄弟，我把我的小子帶來了，給你們爺倆引見引見，你們往後要多親近親近。」

俞劍平皺眉道：「什麼話！亂七八糟的，給我滾進來吧！」遂一拱手，把陸錦標父子讓到客廳。陸錦標將手中拿的東西，隨便放在凳上，伸了伸腰，一屁股坐在上首椅子上，手拍大腿道：「老俞，我給你找麻煩來了。」

俞劍平吩咐長工，打洗臉水，泡茶，並讓那少年後生坐下。這少年後生也就是十三四歲，生得胖胖的，圓頭圓臉，兩隻眼也圓溜溜的；站在一邊，樣子很怯生，一句話也不說，就坐在凳子上了，兩隻眼只管東瞧西看。

俞劍平笑指少年道：「陸賢弟，這是你的令郎麼？今年幾歲了？」

陸錦標看著兒子，對俞劍平道：「不是令郎，是他媽的小犬！十三歲了，人事不懂，比你可差多了。」

俞劍平笑道：「胡說八道，跟你是一個模子，他叫什麼名字？」

陸錦標道：「就叫陸嗣清。我說小子，見了你俞大叔，怎麼也不磕個頭，就坐下了？」

陸嗣清羞羞澀澀的站起來，爬在地上就磕頭。陸錦標在旁數著說：「一個頭，兩個頭，三個頭；夠了夠了，多磕了一個了。」

俞劍平伸手拉起陸嗣清來，讓他坐下，對陸錦標道：「陸賢弟，你不在家中納福，帶著令郎，找我來做什麼？莫非又教弟媳給攆出來了麼？」

陸錦標把手一拍道：「老兄弟，真有你的！你一猜，猜個正著。可是又對，又不對。」

俞劍平道：「怎麼又對，又不對呢？」

陸錦標道：「我告訴你吧，我那大孩子，一出門十多年，毫無音信，也不知生死存亡。我就剩下他一個了，不免把他嬌慣了一些；只教他念了三四年書，就跟著我練點功夫。誰知這孩子，剛剛學會了巴掌大的一點能耐，便滿處給我招災惹事！常常黑更半夜，偷偷拿著一把刀，跳牆出去，偷人家的東西；誰要是惹了他，他晚上必到。淨偷也罷了，又常常拿鍋煙子，給人家塗鬼臉。再不然他就出去好幾十里地，管閒事、打抱不平。

「人家婆婆管童養媳婦，他也不答應；人家兩口子打架，他也要問問。不時教人家找上門來告狀。好在都是老鄰舊居，也沒鬧出大笑話來。哪知這孩子越鬧越膽大，前幾天不知為什麼，彌勒寺的和尚惹著他了，他竟把人家大殿上的銅佛像，偷來一尊。這一下子，教你弟媳看見了，又打又罵，又要拿繩子勒死他。我去勸解，連我的臉也教她給抓了。」

俞劍平聽了，不禁哈哈大笑；細看陸錦標的臉，果有兩道血痕。又扭頭看那陸嗣清，低了頭，不住挖指甲。俞劍平笑道：「就抓一下子，也不要緊。你找我來幹什麼？」

陸錦標道：「她又何止抓，她還罵哩！」

俞劍平道：「罵兩句更不要緊，那還不是家常便飯麼！她罵你什麼？」

陸錦標道：「她罵我什麼，那還有好聽的話麼？」

俞劍平道：「哦，我明白了。罵你爺們是賊根子，賊腔不改，對不對？」

陸錦標把鼻子一聳道：「真有你的，你一定是我太太肚裡的蛔蟲。怎麼她的話，你全知道了呢？你的耳朵好長啊！」

俞劍平越發狂笑道：「有其父，必有其子。」手一拍陸嗣清道：「我的好侄兒，你真是肖子啊！」

陸嗣清把眼瞪了一瞪，口中嘟噥了兩句。

俞劍平回頭又問道：「老陸你受了太太的氣，大遠的找我來，意欲何為？莫非邀我去打抱不平。給你出氣麼？」

陸錦標道：「你那點能耐，還不夠挨我太太的一棒槌呢！我找你來，是想把這孩子送在你這裡，替我規矩規矩他；就算拜你為師，也省得我在家受氣。你要曉得，我天不怕，地不怕，就怕你弟婦指著孩子罵賊種；讓街坊聽見，實在不雅！」

俞劍平看了看陸嗣清，搖頭道：「我這裡也不要小賊。」

陸錦標道：「那可不行，你非得留下不可！你若不留下，你可提防我的。」

俞劍平含笑不答，把陸嗣清叫到面前，細細看他的骨格神氣，覺得是個外面渾實、心裡有數的孩子；眉目間頗露出幾分秀氣，體質健強，倒是可造之材，只不解他為何生有賊癖？便拉著手，緩緩的盤問他。這孩子臉皮一紅，一字不說。

俞劍平心想：「越這麼問，他越不肯說。倒是小孩見小孩，必定肯說實話。」遂把四弟子楊玉虎、六弟子江紹傑叫來，教他陪著陸嗣清，到箭園玩玩去；暗中命楊玉虎、江紹傑，設法套問他。

黑砂掌陸錦標看俞劍平已有允意，便要預備香燭，施行拜師之禮。俞劍平道：「這不忙。我得先考察考察你這位令郎的秉性，和他愛偷東西的病根。我能夠管得了他，我才敢收呢！」

陸錦標道：「你這個老滑賊，辦事真老辣就是了。你要考學生，我也不管。反正你得給我收下。」

四弟子楊玉虎、六弟子江紹傑陪著陸嗣清，各處玩耍。少年人見面，心情相近，言語投機。東說說，西講講，果然不到半天，陸嗣清便說出自己在家的行藏。

陸嗣清在家孑然一身，遊戲無伴，又受著父親的寵愛，便由著性子往各處亂竄。他又讀過幾年書，識得些字，見家中老僕時常拿著一本閒書看。陸嗣清起初磨著老僕，講給他聽；後來便自己看，這一看便入味了。少年原富好奇心，他飽讀過《水滸傳》、《俠義傳》、《綠牡丹》等這些說部之後，頓然起了模仿之心。他又是武士門風，髫齡習武，又略會飛縱輕身術，所以就想到處遊俠，要做個飛行俠盜。

他父陸錦標少時曾失身綠林，中年才洗手不幹。他現在這位太太姓張，乃是續弦，今年才三十歲，比陸錦標小著十六歲。次子陸嗣清，便是續弦夫人所生。

陸錦標的原配，乃是江湖上有名的女賊蔡白桃，只生下長子陸嗣源，便猝遇仇敵；一場苦戰，將仇人殺卻，她自己也負傷而死；拋下陸嗣源，年已九歲。

陸錦標後來改業，受朋友慫恿，續娶張氏。那時陸嗣源已經十六歲；他卻追念亡母，不願父親續娶。後來繼母入門，這陸嗣源竟悄悄出走，一去十多年未歸。

這張氏本是良家之女，進門第二年，便生了陸嗣清。後來才曉得丈夫是綠林出身，這婦人好生難過；生米做成熟飯，卻也無法。後見丈夫果已務正，她也撥開愁懷。不意陸嗣清小時還規矩，到十一二歲，忽然好起偷來。這婦人不由恨怒異常，苦苦的打罵，又罰跪，又不給飯吃，定要把兒子的賊癖管掉才罷。

陸錦標因長子失蹤，本已心傷；次子挨打，他又護犢。兩口子每每因此嘔氣。他那太太御夫有術，年齡又小，陸錦標又覺理虧，處處容讓著她。陸錦標在江湖上跳浪一世，反而被娘子軍制伏了。

楊玉虎、江紹傑和陸嗣清一面玩耍，一面閒談，才知道陸嗣清的賊癖不是天生的，乃是模仿的。陸嗣清說：「像咱們這大年紀，練好了功夫，難道要著好玩不成？我們必定要到處遊俠，偷那不義之財，打那強橫之漢。二位哥哥別看我小，我莊上那個收租的沈順兒，他無故打那個拾柴的老鍾；我過去跟他評理，他竟罵我：『小渾蛋混開，看我踹死你！』我就忍不住了，教我躥上去，一個嘴巴，給打破鼻子。他這東西很壞，他不告訴我爹，單告訴我媽，教我挨了一頓打。我能饒他麼？」

楊玉虎笑道：「不饒怎麼樣呢？」

陸嗣清道：「怎麼樣，我第二天晚上，就去偷他，還拿大磚把他的鍋砸了。」

楊玉虎、江紹傑聽了，不由失笑。

陸嗣清又道：「可是這行俠仗義，也不是容易事。告訴你二位哥哥：我有一回看見一個女孩子，打一個小男孩，打得直哭。我就過去嚇唬她，不許她以大欺小。誰知教那丫頭片子唾了我一口。她說：『這是我兄弟，你管的著麼？』我就說：就是你兄弟，也不該欺負他。這工夫，那個小男孩反倒抱著他姐姐的大腿，哭著罵起我來。我一想，還是人家有理，我就溜了。」

楊、江二人把這話一一對老師說了。俞劍平笑了笑，覺得這也是小孩頑皮的常態，如是正確引導，很容易調教。這陸嗣清見有楊、江兩個少年在此學藝，他倒有了玩伴，比在家裡不時被他母親查考，倒還有趣得很，因此很願留下。

俞劍平說：「老侄願意在我這裡很好，你可得把好偷的毛病改改。你看楊、江二人，年紀都比你大，功夫也比你好，他倆還不敢出去胡鬧。你這時正該好好練功夫，不可務外。練功是很刻苦的事，要持之以恆；下一二十年苦功，等到技藝學成，也懂得人生道理，再出去施展，就不致幹蠢事吃虧了。你要悶得慌，自有楊、江二人和你作伴，也可以出去玩耍，但不許生事。」

陸嗣清低頭應了一個「是」字。

陸錦標便催他給老師磕頭，並認師兄。

俞劍平道：「陸賢弟別忙，現在先把賢侄留在這裡半年，看他真收得下心去，咱們再認師。不然的話，他住兩天，忽然想家，倒麻煩了。你要知道，他才十三歲啊！」遂引陸嗣清拜見俞夫人。俞夫人丁雲秀也出來見過陸錦標。

從此，陸嗣清便留在清流港，和江紹傑住在一個屋裡；兩人有說有笑，很是熱鬧。見了俞劍平和別的生人，還是生辣辣的，沒有什麼話。每天早晨，在箭園學藝；他倒也很聰明，也肯用心。陸錦標放心不下，也住在俞鏢頭家中。他的意思，是人老愛子，要住個半月二十天，看陸嗣清能夠不想家，他才回去。

這一天午飯已罷，江紹傑和陸嗣清在箭園舞刀試劍。俞劍平、陸錦標坐在客廳裡，面前擺著象棋盤，兩人聚精會神的下棋。陸錦標連戰敗北，已輸了六七盤；越輸越上火，越要下。俞劍平想要歇歇，陸錦標只是不依。俞劍平皺眉說：「越是輸棋越難纏，一點不錯；我都頭暈了，陸大爺，你饒了我吧！」

陸錦標說：「不行，別說頭暈，就是天塌了，我也得撈回來。瞧著點，我可要踩象了。」

俞劍平撚著長髯，捨命陪君子似的，繼續下棋。正下處，忽聽院內有人說道：「呦，大師哥回來了，你這是怎麼了？」

俞劍平愕然道：「楊玉虎，你跟誰說話了？」

楊玉虎一面跑，一面說道：「師父，大師哥回來了。您瞧瞧他吧，他也不知是怎麼了？」

俞劍平吃了一驚道：「他怎麼回來得這麼快？」說著站起身來。那黑鷹程岳滿面流汗，遍體黃塵；挑門簾走了進來。俞劍平一看：程岳面色發黃，精神憔悴，渾似大病初起。俞劍平忙問道：「程岳，你怎麼了？」

程岳慘笑了一聲，叫道：「師父！」過去彎腰行禮，俞劍平伸手扶住，正要問話。程岳「哎呀」一聲，往後倒退，右手忙把左肩頭護住道：「師父，咱爺們栽了！」

俞劍平變色道：「你說什麼？敢是你受了傷，在路上遇見事了麼？」

這時陸錦標戀戀不捨的離開棋盤，說道：「程老侄，你從哪裡來？」

程岳回頭，忙請了一個安，道：「是陸大叔，恕弟子無禮，我受了傷，不能給你老磕頭了。我是才打海州趕回來。」轉身對俞鏢頭說道：「師父，二十萬鏢銀在范公堤被劫，我和胡老叔全都受傷。現在胡老叔已被海州衙門押起來了。咱們的十二金錢鏢旗當場被群賊拔走，指名要會會你老人家。」程岳一口氣說完，鞍馬勞頓，支持不住，身子往椅子上一靠，隨即坐了下去。俞劍平驟聞失鏢，把腳一跺說道：「胡二弟糟了！」更聞鏢旗被拔，立刻鬚眉皆張道：「好孩子，難為你押護鏢旗，你越長越抽搐回去了！」

黑鷹程岳罕受師責，乍聞此言，面色倏然一變；微哼了一聲，頭側身斜，往椅子下溜去。陸錦標大吃一驚，急忙上前架住，回頭鬧道：「看他這樣，你不細問問，還抱怨他！」

眾弟子一齊上前救護；半晌，程岳才緩過氣來。

俞劍平暫收急怒，上前撫視，勸道：「程岳，是我一時氣急，錯怪你了。你不要著急，你折在外面，我一定給你做主，把面子找回來。」

程岳不由含淚說道：「師父，弟子無能，有負重托，您就責備我，也是應該的，我還能往心裡擱麼?弟子著急的是，現在海州急等師父前去設法找鏢，我已經答應人家。從今早我一口氣跑回家來，連一口水也沒喝，我又受著傷。師父一聽鏢旗被劫，自然發怒。你老還不知那夥強盜的氣焰，夠多麼恨人呢！這強盜劫取鏢銀，指名要會你老；並且口口聲聲說，因為有咱們十二金錢鏢旗，才一定要劫。弟子一看這情形，才捨命和賊交手，一連戰勝他們三個。

「無奈為首老賊武藝驚人，黨羽又多；六個鏢師人人受傷，弟子也被他打中穴道，又教他手下人砍了一刀。賊人劫完鏢，單把我們的金錢鏢旗扣下，臨走還留下柬帖，指名要面交給你老本人。弟子力雖不敵，沒有輸口。弟子因看出賊人是專為我們師徒來的，所以唯恐給你老丟臉，當場就大包大攬，允許敦請你老人家出山，尋鏢報仇。你老看該怎樣？……」說著，程岳從身上把那「劉海灑金錢」的圖畫拿出來，呈到俞老鏢頭面前道：「師父請看。」

俞劍平一字不漏聽完，忙把柬帖接來一看：是一幅畫，畫著十二金錢落地，旁立一隻插翅的豹子，作回首睨視之狀。俞劍平略一過目，便已了然；立刻眉峰一挑，面色如鐵，嘻嘻的連聲冷笑道：「十二金錢落地？哼哼，十二金錢落地不落地，這還在我！」手捏這張畫，仰面沉思，半晌不語。

黑砂掌陸錦標也聽明白了，過來拍著俞劍平的肩膀，叫道：「老兄弟，這插翅豹子又是誰呀？」

俞劍平憬然說道：「插翅豹子？插翅豹子？」口中叨念著，只是想不出來。因

陸錦標叩肩連問，就信口答道：「我也記不清這插翅豹子是何許人物？程岳，我問你，這為首賊人既已劫鏢，可曾留名？」

程岳道：「沒有，他只在我受傷倒地之時，由他手下人將我們金錢鏢旗，從趙子手金彪背後奪去；然後丟下一個拜匣，裝的就是這張畫。初交手時，弟子也曾問他『萬兒』，再三拿話擠他，他們不說；只說回去問你師父，自然明白。莫非師父也不知道麼？」

俞劍平搖搖頭，問道：「這盜魁怎樣個長相，多大年紀，哪地方的口音，看來派像哪一路的？」鐵掌黑鷹一一說了，俞劍平更覺得惶惑，思索道：「會點穴，使鐵煙袋，六十來歲，豹子眼，遼東口音，真真怪道，我何嘗到過關東？」

陸錦標也很納悶道：「也許是你手下的敗將，特邀來能人，跟你找場的？」

俞劍平道：「那就說不定了，胡鏢頭現在怎樣了？」

程岳答道：「下在州監了。趙化龍趙鏢頭正忙著具保，還沒辦好哩。」

俞劍平沉吟了一會，把那張畫看了又看，忽然往桌上一丟，厲聲叫道：「李興！」

長工李興慌忙應著進來，俞劍平斬釘截鐵說道：「教老吳備馬！明天我帶人到

海州去。」轉回頭來，對陸錦標道：「陸賢弟，你若閑在，明天陪我同去一趟。那鐵牌手胡孟剛現在難中，你不衝著他，也得給我幫個忙。」

陸錦標道：「我這才是自投羅網！我不去，你也不能讓我歇著，咱們說走就走。老兄弟，我曉得你的金錢鏢旗教人家拔了，你一定要去找場。你倒說得好聽，又為搭救胡孟剛了。別看我從前跟胡孟剛有點過節，我還是一定要幫幫他，我可不是衝著你。可有一節，我那孩子怎麼樣？你收他不收？你若不收，我就不去。」

俞劍平心中怫鬱，顧不得和陸錦標鬥口，信口答道：「收收，一定收。」他遂把程岳臂傷親自解開，驗看了一遍；幸而創痕雖重，未傷筋骨。俞劍平拿出自家特配的刀創藥，重給敷治。程岳意欲隨師，重返海州。俞劍平再三勸阻，教他在家好好養傷，隨後趕去，也不為遲。好在這一去，哪能就先用武，自然先保救胡孟剛。

俞劍平回到後宅，對妻子丁雲秀說了。丁雲秀也猜不出這插翅豹子是何等人物；便忙著預備充裕的盤川、簡單的行囊，應用兵刃也都打點好了。晚飯以後，俞劍平略將家事安排了一回；遂命管事先生，寫了幾封信，特遣專人，送在江寧、鎮江。

這一夜，俞劍平和陸錦標、程岳，同宿在客屋，把劫鏢的幾個賊人的年貌、兵刃、口音，詳細問明；又講論了一回，隨即安寢。

次日天色未明，俞劍平邀著陸錦標同行，另帶二弟子左夢雲、四弟子楊玉虎、六弟子江紹傑。那陸嗣清因新來年幼，便教俞夫人丁雲秀留在家裡，即由師娘教他武功。俞劍平心急有事，策馬疾行，未到晌午，已進了海州城。

沈明誼恰隨趙化龍，出去奔走營救，振通鏢局內只有戴永清、宋海鵬兩個受傷鏢師。其餘夥計，有的派出去送信託人，有的躺在床上睡午覺；整個鏢局冷冷清清，已被慘霧籠罩。

俞劍平直到鏢局下馬，恰有個夥計看見，忙報進去。戴永清裹創出來迎接，司賬蘇先生也上前照應；自有別的夥計，將馬牽過去。俞劍平讓黑砂掌陸錦標先行入內。歸座遜茶之後，戴永清道：「某等無能，坐令鏢銀被劫，又累得賢徒負傷，十二金錢鏢旗被拔。老鏢頭在家納福，平白給你老添煩，很覺得對不起。我們正想老鏢頭為人慷慨，急友之難，此次必然親自出馬。今早沈明誼大哥還算計日數，估摸你老總得後天才能趕到。沒想到你老一聞噩耗，拔腿便來，無怪江湖上俱都頌揚你老人家義氣干雲。」

俞劍平正在遜謝，黑砂掌陸錦標已然發話道：「老俞，你在這裡敘話，我出去遛遛。」

戴永清忙說：「這位貴姓？恕我眼拙，失於接待。」說著站起來。

俞劍平說道：「我也忘給二位引見了，這就是鷹游山的黑砂掌陸錦標，這位是戴永清戴鏢頭。」

戴永清聽了，訝然暗想：「原來這人就是黑砂掌，此君與胡鏢頭素有舊嫌。今日到來，莫非是俞鏢頭邀出相助的麼？」他恭恭敬敬，抱拳行禮道：「久仰陸老英雄武功超越，今日幸會。」

陸錦標把手一伸，學著戲詞道：「免禮落座！」戴永清不由愕然。俞劍平笑道：「戴鏢頭不要理他。他是個半瘋，受太太的氣折磨的。」

陸錦標翻眼道：「什麼話！你敢在生朋友面前泄我的底？我倒沒聽說，你又成了慷慨人了。」

俞劍平道：「算了！算了！咱們談正經事。胡二弟被押在監，鏢銀還沒有訪出線索，我們要趕快設法。我想先到州監看看胡賢弟去。」

戴永清道：「老鏢頭遠來辛苦，用過飯再去。你老稍等一等，沈大哥和趙鏢頭，也快回來了。」

司賬蘇先生忙吩咐人，叫來一桌酒席，讓陸錦標、俞劍平上座，俞門三個弟子分坐兩旁，戴永清等在下首相陪。正吃著酒，那沈明誼已和趟子手金彪匆匆回來，跑得滿頭大汗。進門來，一見俞劍平已到，沈明誼把滿腹煩愁俱都撥開；忙上前見禮，跟著坐下，一同吃飯。敘問起來，才知雙義鏢店的趙化龍鏢頭，今日已親去拜訪綱總廉繩武，還不知結果如何。

飯後，沈明誼陪著俞劍平，到州監探看胡孟剛。監獄頗有幾分照應，竟沒給胡孟剛上刑具。胡孟剛見俞劍平來得這麼快，心中感慚交迸，含淚說道：「俞大哥，我真真對不住你！」

俞劍平忙拉著他的手，溫言慰藉良久。談了一會失鏢的情由，議了一回托情的辦法。俞劍平力勸胡孟剛安心靜候：「我俞劍平，就是給人挨門磕頭，也得把賢弟先保出來。因為這強徒是指名衝著十二金錢來的。胡賢弟，你望安，滿有我呢？」

鐵牌手扶傷入獄，又經氣苦，雖只幾天，人已瘦削一半；聽了俞劍平一番話，心境頓開，便問：「俞大哥，這找鏢的事，你可有頭緒麼？」

俞劍平道：「倒是這查找鏢銀、追緝賊蹤，怕要大費手腳。那插翅豹子，程岳一回去，就對我說了。我卻再三尋思，竟猜不出這麼一個人來。胡賢弟你當知我素日為人，在江湖上固然屢經風險，卻未敢多結怨仇，綠林道中也交下不少朋友。年輕時世情不透，無意中或者得罪過人，但事情得了便了。中年以後，更未作過絕情事，凡事都留著餘地。怎麼偏偏在我歇馬之後，忽然冒出這麼一個勁敵來？我實在覺得離奇。」

俞劍平手捫額角，又道：「為了這個緣故，既然憑空跳出這麼一個無形無影的仇人來，倒教我一時感著無從下手；只好保出賢弟之後，我們再下心去訪。好在二十萬鏢銀被劫，五十個騾夫被裹，這是棉花中包不住火的事，必不難踩訪；賢弟儘管放心。但不知出事之時，你派人跟蹤綴下去沒有？」

胡孟剛道：「我本想當時跟下去，無奈那押鏢的鹽商怕我跑了，直把我鰾回海州來。出事第二天天沒亮，我就派了趟子手張勇，和熟悉范公堤附近情形的兩個夥計，跟蹤訪下去了。」因問沈明誼道：「他們三人也去了好幾天了，可有資訊麼？」

沈明誼懼然道：「可不是，這幾天竟忙著托情保救，把找鏢的事丟在腦後了。張勇三個人至今還沒回來，也沒有信。你老請想，他們得往各處亂摸，沒有十天、八天的工夫，怕回不來。咱們現在還是第一步先辦保釋，等著討限具保的事辦妥，一切都好下手了。」

俞劍平連連稱是，續談了幾句話，告辭出監；又重托了衙門中的人，然後親赴各處，拜訪朋友。海州有名的紳士馬敬軒，曾受過俞劍平的好處，俞劍平特去找了一趟。

到了下晚，俞劍平回到振通鏢局，那雙義鏢店的鐵槍趙化龍坐候已久，正和黑砂掌陸錦標談得熱鬧。兩人本是舊相識，又同是戲迷，交情最好。陸錦標一生逢人便開玩笑，獨對趙化龍，還算客氣；因趙化龍的大師兄，是陸錦標的姑丈人，論輩分陸錦標還是晚輩。

趙化龍見俞劍平進來，慌忙前迎了幾步，抱拳道：「俞鏢頭，一年多沒見了。你看胡二爺一生厚道，不想遭這逆事！老鏢頭在家納福，竟也為朋友遠道赴難，真是令人可佩。」

俞劍平歎道：「我自顧年力漸衰，方才歇馬。沒想到臨收舵，到底遭這一場風險；把十二金錢鏢旗也教人拔了，還弄得胡二弟身陷囹圄。這都是命裡註定，該著受累著急！」

趙化龍道：「俞鏢頭老當益壯，這一次仗劍出山，為的是江湖義氣。在下願聞高見，該如何下手？」

俞劍平道：「自然先保人，後找鏢。我聽說趙鏢頭連日奔走，頗有眉目。小弟在此人地生疏，呼應不靈，我靜候你老兄的指教。好在彼此全不是外人，有主意大家參酌。」

黑砂掌陸錦標嗤道：「哪來的這些酸文假醋。你趁早脫了褲子放響屁，來個痛快吧！胡孟剛還在監裡蹲著呢。」

趙化龍看他一眼，將雙肘拄著桌子，對俞劍平說道：「現在別的倒好說，就難在保釋上面了。我今天晌午，拿著振通鏢局的信，親去拜訪值年綱總廉繩武；連去兩趟，他才肯見。看那意思，他倒也不一定願把胡二哥扣在監中，他仍願意早早把鏢銀找回來；說是素日與胡孟剛無嫌無怨，何必非押他不可？

「只是，據說胡二哥和緝私營統帶吵起來了，才把事情弄僵。緝私營老趙是個老粗，倒也好說。不過綱總那一面，七嘴八舌，人心不一。內中有一個譚綱總，跟押鏢的舒鹽商是親戚，堅持要把胡二哥扣監追賠。這裡面還關礙著地面上的責任，因此有人授意給州官，要往通匪罪名上問。幸虧州衙裡，胡二哥素有熟人，州官為人還算明白，所以現在還能挽救。不過一入州監，再想放出來，必得公事上有個交代。鹽綱公所那面，也必定疏通好了才行。

「我和沈師傅裡裡外外，忙了這幾天；他們的意思，以為若把胡二哥放出來，教他具限覓鏢，一者怕他跑了，二者他們也信不及胡二哥有找回鏢銀的力量。廉綱總說得很明白，胡某若有奪回鏢銀的能為，這鏢銀就不會失落了。說來說去，煞費唇舌，廉綱總直到末了，才吐出口風來：必須地方上有力紳董出名擔保，還得我們鏢行中知名人物出頭，代擔找鏢的責任；如果逾限追不回鏢銀來，必得有保人認賠。若能辦到這幾樣，廉綱總才肯轉向別位綱總商量。我當時已經全答應下了，他教我明天晚半天聽信。」

俞劍平聽罷，慨然說道：「在江寧我倒認識不少的紳董，在海州熟人不多。我剛才倒也托了一兩位。至於鏢局本行的保人，趙鏢頭和我，也就是義不容辭。我還可以另邀兩位朋友。就請趙鏢頭費心奔走吧！」當下議定，趙化龍告辭。

到了次日，俞劍平等候趙化龍回話。趙化龍沒有來，海州和勝鏢店的楚占熊帶過話來，說明天才能聽準信。直到隔天過午，趙化龍方到振通鏢局，一見面就搖頭道：「想不到這事竟這麼難辦！廉綱總親領我去見各位綱總，他們說：『這回胡某人的鏢局一敗塗地，信用全失；你們就說出天花來，我們也不敢信他能找鏢。』後來我說：已邀出江寧安平鏢局俞老鏢頭，相助找鏢。他們就說：『這回具限找鏢保單，必得俞鏢頭出名，跟地方上紳商聯保。』我想這就可以了，我就立刻答應下來。

「誰知又有一位綱總從旁出來挑剔，說是空空一張保單，恐怕二十萬鹽課太沉重了，擔保不起來吧？這時那位譚綱總就說：『這樣辦，把姓胡的暫時釋放出來，把他的家眷放在監裡作押；如此一來，我們就有把握了。』俞鏢頭，你說這夠多麼可惡！」

陸錦標勃然大怒道：「這些鹽商真真可恨！不用他們臭美拿捏人，我今晚找到他家，一人給他一把火，燒他娘的！」

俞劍平攔道：「你可別生枝節，這不是動粗的事。由我出名立保單，我也幹事到如今也說不得了。只是這押扣家眷的話，還得趙鏢頭設法斡旋一下，這太拿咱們不當人了。」

趙化龍喟然歎道：「卻也難怪，這半年來，鏢行迭次失事，至今多半沒把原鏢找回來的，這些鹽商自然有一番顧慮。」

俞劍平點頭道：「不過此事你我不好作主，我們問問胡二弟去。」又對陸錦標說：「你大遠的來幫忙，你也看看胡二弟去麼？」

陸錦標搖頭道：「你們去你們的，我自己聽戲去。這時我去探監，倒教胡老二難堪，好像我故意奚落他似的。反正到了找鏢的時候，你們教我到哪裡去，我就哪裡去；教我幹什麼，我就幹什麼。」遂叫著俞門弟子左夢雲、楊玉虎、江紹傑道：「小夥子，大爺帶你們聽戲去。」左夢雲恐怕師父臨時有事差遣，推辭不去。陸錦標披上長衫，飄然自去了。

俞劍平和趙化龍再到州監，見了胡孟剛，將具限找鏢、須押家眷的話，委婉說明了。胡孟剛雙目一張，心如刀扎，半晌不言語。俞、趙也是一陣淒慘，但事已至此，不得不辦。胡孟剛道：「我的事全憑二位主持，我此時方寸已亂；我一天出不去，一天沒法子辦。」於是趙化龍又到鹽綱公所；那海州紳士馬敬軒，也坐小轎，親去了一趟，趙化龍好話說了許多，才算大致定局。

俞劍平換上衣服，由趙化龍與和勝鏢店楚占熊陪著，一同面見值年綱總廉繩武。廉繩武很是客氣。俞劍平說到自願開具保單，廉繩武回手拿出兩張草稿來，一張上面寫著：「具保單人某某等，今因振通鏢局鏢頭胡孟剛，承保鹽帑二十萬，於某年某月某日失事，鏢銀全失。立保單人情願具限代找鏢銀，言明限期由某日起十五天。如逾限不能找回，具保單人情願與胡孟剛變產掃數照賠，決無拖延……」上面具保單人空著三個人名，下面「與胡孟剛變產照賠」一句，不知是誰，用墨筆把「與胡孟剛」四字圈去。俞劍平心知這是他們把立保單人責任加重的意思。

另外一張草稿，上面開著幾個條款：一、限期半個月，逾期應由具保單人照數賠償。二、中保人須三位紳董，九家連環鋪保，須擇殷實商家。三、保單應呈州衙立案。四、胡某釋出找鏢，應由伊家屬代為押監；一俟鏢銀全數找回，再行報官開釋。五、尋鏢時，須稟請州尊，派得力捕快，跟同踩訪。

這幾個條款非常嚴苛，俞劍平和趙化龍四目對視，簡直無法接受。廉綱總反倒勸道：「俞鏢頭，這是沒有法子的事，我們公議辦事，就是這麼麻煩，不能全由我一人作主。我也知道這鏢銀數目如此之巨，劫鏢的必是非常大盜，半個月限期，未必找得回來。但是到了半月，諸位再請展期，想必不難。」

趙化龍皺眉道：「不但這限期太短，就是這保單，由我和俞鏢頭、楚鏢頭三家出名，也不算什麼。所難的就在這九家連環鋪保。我們海州殷實的商鋪，才有幾家呀？到外郡去找，這事又很緊急。廉大人，你老務必從中為力。我們也是給朋友幫忙，辦得通才敢辦呢！」

趙化龍又對俞劍平、楚占熊說道：「昨天講得好好的，不知怎麼又變了？」

廉綱總心中自然明白，仰著頭想了想道：「你們三位先將保單立好，你們儘量找鋪保去，就是差三家兩家的，到臨時我再設法疏通。」

俞劍平仔細盤算了一回道：「這半個月限期，實在展不開工夫。廉大人請想，失事地點在范公堤，匪徒未必就在附近。范公堤距此就是四天的路，來回便是八天；還剩下七天的工夫，如何找得回鏢銀來呢？剛才廉大人說得很聖明，劫鏢的必是非常大盜，屆時好好討出固妙；不然的話，就得武力奪回，那豈是幾天能辦得了的？」

廉綱總搖頭道：「我也不是不知，無奈我一個人也拗不過他們的意思呀！」說到這裡，將聲音放低道：「你們只管找保去；保限先空著。依我想，還是趙鏢頭拿著這個草底，找一找鹽道的李師爺和馬敬老。有他們一句話，公所裡、州衙裡，都不能駁他們的面子。咱們都是熟人，我決不是推託；我身在局中，說話反倒困難。必得外面有人提倡，我再一敲邊鼓，他們也就沒得說了。」

趙化龍尋思著，這話也很對；遂和俞劍平拿了保單底稿，辭了出來。

俞劍平親去找當地著名紳士馬敬軒，趙化龍便去托鹽道總文案李曉汀。雙管齊下，果然由這兩人親到鹽綱公所，囑託了一番，得將限期改為一個月。這私下裡打點妥帖，然後又到州衙，把保單托衙門內的當案師爺，轉呈州官，並通了細情。

果到第二天，便將紳董先遞的那張公稟批示下來；無非說：「據稟已悉，準將胡孟剛暫予釋出，限於一個月內，迅將鏢銀如數追回；仍將該鏢頭之家屬，暫行寄押在監。一俟該鏢局於一個月限期內，將鏢全數繳清，即行取保開釋。」

到了開釋胡孟剛的這一天，鹽綱公所的值年綱總，親到州衙。鏢行這邊，也由俞劍平、趙化龍、楚占熊三個鏢店的鏢頭，和兩位紳董、六家鋪保，偕同到了州衙，將所立的保單，當堂呈案。多虧了鹽道李文案和馬敬軒的情面大，把寄押家屬的話，說得含混些，胡孟剛的髮妻才免了牢獄之災。只由胡孟剛的一個兒子、一個侄兒，替他收在監內。

一切事情預備舒齊，州官這才升堂，從監中提出胡孟剛，當堂交保人領出。胡孟剛這一出來，他的一子一侄，立刻收到監中。可憐胡孟剛在江湖上闖蕩這些年，也算飽嘗世故的了，目睹嫡親的子侄，代他入獄，也不禁老淚滂沱，精神沮喪。

胡孟剛的兒子名叫胡同華，今年才十七歲，生得很單弱，並不會武功，是在一家商店學徒。侄兒名胡同英，今年二十五歲，生得強壯粗豪，膂力方剛，頗有他叔父的氣派，武技也頗可觀；此時含笑入獄，氣度昂然。胡同華戀父情殷，含著淚叫道：「爹爹放心，你老只管安心找鏢，不用惦念我。」

胡孟剛點了點頭，已經說不出話來。俞劍平忙勸道：「胡二弟，抖起英雄氣概來，咱們趕快把鏢找回要緊，你不要心亂。」

俞劍平這人，越逢艱難，越能鎮靜；當時把胡孟剛送回振通鏢店。胡孟剛與趙化龍商議，先擇要緊的紳董家，去了三四處，道謝道勞。其餘的地方由趙化龍、沈明誼代去。又在海州會芳樓，備了酒宴，普請具稟的紳董、作保的商人和所有奔走出力的人。應酬已畢，把個胡孟剛累得滿頭出虛汗。因為他身上傷痕並未好，又坐了幾天監。

到了下晚，這才在鏢局中，設了幾桌席，把這些出力的鏢行同業，自俞劍平、趙化龍、楚占熊、陸錦標以下，以至本鏢局的沈明誼、戴永清、金彪諸人，都邀入座中。俞劍平再三勸阻，說是自己人，用不著這些。胡孟剛搖頭道：「禮不可缺，咱們也有好些話，要聚合商計。」趙化龍也以為然。這一次陸錦標來得很漂亮，胡孟剛才回鏢局，他就忙搶過來，拉著手問話，很親熱了一回。俞劍平也將陸錦標相助找鏢的話說出，胡孟剛強笑著稱謝。

酒宴擺好，時將黃昏，胡孟剛便請陸錦標上座。陸錦標人雖詼諧，卻熟練人情，堅讓俞劍平上座。酒過數巡，胡孟剛向眾人稱謝道：「小弟無能，遭此逆事，承諸位兄台破死力保救，幸得洗去通匪的罪名；這裡面還有遠道趕來慰助的。我胡孟剛粉身碎骨，感激不盡。只是說到查找鏢銀，限期只有一個月，還得拜求諸位兄台鼎力幫忙，拔刀相助。應當怎樣入手，也請諸位仁兄指教。」

趙化龍忙道：「胡二哥，咱們用不著客氣，這是咱們自己的事。據我拙想，劫鏢賊人武藝出眾，顯見是個勁敵。他竟敢持刀傷官，將二十萬巨金一舉劫走，他那垛子窯必很僻險，查找自然不易。我們大家既然群策群力，來找鏢銀，就該推出一位首領，做一個主謀，我們大家全聽他的調遣。誰訪得消息，誰挖出門路來，都報知這個首領。就是誰想出好主意，也得跟這一位接頭，如此方不致群龍無首，亂作一團。」

趙化龍還沒說完，大家哄然誇讚道：「好！」俞劍平剛要推舉人，那黑砂掌陸錦標搶先叫道：「我推老俞！他這小子眼皮寬，耳朵長，手爪子又硬。」

俞劍平和陸錦標本是並肩坐在上首的，俞劍平眉頭一皺，伸出二指，向陸錦標肋下一觸。陸錦標「哎呀」一聲，跳起來道：「好東西，你怎麼動手動腳的？當著這些人，你也不怕人家笑話，越老越不正經了。」引得大家不由哄笑起來。

趙化龍道：「陸四爺，這可該罰你三杯，咱們說正經的。」

陸錦標道：「我還是推老俞，老俞是老兄弟麼。」

俞劍平道：「我看這件事，還是請胡二弟主持，我們全聽他的。」

趙化龍道：「不然，不然，你老千萬別推辭，這個軍師非得你當不可。我們胡二哥現在好像就是劉先主。出主意，調派人，全得聽您的。怎麼說呢？咱們都是自告奮勇，來幫胡二哥的忙的，咱們鏢行是禍福同享。胡二哥是個主體，可是臨到遇上事、調遣人的時候，他可就不大方便了。我們必定從咱們這些幫忙的人中，推出一位來，由他支派誰，誰就得幹。這位必得武技驚人，年高有德，足智多謀，交遊廣闊才行。」

趙化龍的話，暗中就是要推舉俞劍平。

俞劍平聽了，方要站起來說話，陸錦標早在椅背後，伸雙掌一按道：「哈哈，老兄弟，乖乖的坐著吧。這是你的事，你辭不開，別裝蒜。」

俞劍平道：「放手，你又要使你那一手鐵砂掌麼？偌大年紀，還像小孩子一樣，我可要管教你了。」說著把一隻筷子，捏到手中，向陸錦標一點。

陸錦標道：「來了，來了！」趕緊鬆手閃開。

武夫性情直率，俞劍平略為遜讓幾句，便也答應了。大家一面喝著酒，一面商量分途查鏢，分擔職事。鐵槍趙化龍有言在先，他自己武功不濟，鏢店又離不開人，一面抱歉，一面說明派師弟鐵矛周季龍替他。

這周季龍正在壯年，可說是趙化龍的師弟，也可說是趙化龍的徒弟。周季龍為人很英悍精強，一向就在雙義鏢店做事；雙義鏢店的字號便是這樣取的。俞劍平等都知道趙化龍是個交際好手，做鏢行買賣也得訣竅，只是武功早已擱下了。他和他的師弟就好像一文一武似的；既有他師弟出來相助找鏢，比趙化龍自己出馬還得用。

俞劍平便將海州留守的事，託付了趙化龍，讓他不時到振通鏢局走走。在眾人出發之後，各處如有報信來的，統請趙化龍和振通鏢局因傷留守的宋海鵬、戴永清等，妥商辦法。並就近應付州衙、鹽綱公所，怕他們不時來催促，好有人答對他們；訪得的情形，也好通知他們，省得他們不放心。出發的人每到一地，也必留下落腳處給趙化龍。

頭一批出發找鏢的人，就是俞劍平、陸錦標、胡孟剛、楚占熊、周季龍、沈明誼、蔡正、陳振邦，共八位鏢師，和俞門三個弟子左夢雲、楊玉虎、江紹傑；即日馳赴淮安府范公堤附近，查訪已失的鏢銀。

第二批出發的，是黑鷹程岳、雙鞭宋海鵬、單拐戴永清等，一俟傷癒，再行趕去。胡孟剛、沈明誼兩人也都負傷，連日憂勞奔走，本已不支。但因一者是主體，二者是當場目睹賊蹤的人，所以必須偕往。俞劍平就留他稍歇幾天，他們也不肯。

至於張勇一行，綴鏢未返，現在也不等他了；何時回轉，再催他們趕來。另外又從當日在場的鏢行夥計中，挑選了幾個年輕善走、地理熟悉的人，以便跟隨作眼，並傳送資訊。

大家商量了一個更次，大致辦法已定，決於次日出發。那州衙派來的捕快二名，當日拿著公文來到；自然說是相助緝盜尋鏢，實在是鹽綱公所請來的監視人。胡孟剛把這兩個捕快打點了，說了幾句客氣話。俞劍平又請胡孟剛，把司賬蘇先生請來，預備了筆墨紙張，教胡孟剛、沈明誼口念，蘇先生筆寫，寫的是范公堤劫鏢盜首和他那幾個副手的年貌、口音，所用的兵刃和嘍囉人數，另外注上失事的地段和月日。一共寫了三五十張，拿著分散給楚占熊、周季龍等人；凡是失鏢時沒在場的，都有一張。這倒不是專給楚占熊等人預備的，假如他們輾轉托別人代訪，便用得著這單子了。

黑砂掌陸錦標等著大眾分派已定，便對俞劍平說：「你們這一夥二三十口子，一哄趕到范公堤，沒的不打草驚蛇。我是不跟你們去的，你多給我兩張單子，我單人獨馬，自己向別處踩訪去。你們也不用問我往哪裡去，我也不用帶眼線，反正咱們定規一個地方接頭就是了。」

俞劍平笑道：「本帥大令已下，不許你攪鬧大堂；不然的話，我把你趕出去。」

陸錦標道：「不用你趕，我說溜就溜。」

俞劍平道：「那不行，我還沒說完呢！趕出去之先，還得捆打四十軍棍哩，趁早給我歇著吧！咱們到了出事地點，查訪好了；自然大家分散開去找。你此時忙什麼？」

黑砂掌陸錦標圓眼珠翻了翻，也就不言語了。

次日破曉，大家起來，各帶隨身兵刃，一齊上馬。趙化龍、戴永清等送出門外。趙子手金彪一馬當先，在前引路，眾位老少英雄策馬緊隨其後。十二金錢俞劍平身佩三尺八寸利劍，暗藏十二隻錢鏢，跨追風白馬，身披藍綢袍，腰繫醬紫帶；蒼鬚飄灑，精神矍鑠，回身向趙化龍、戴永清舉手。趙化龍道：「但願老鏢頭此去，馬到成功。」

俞劍平含笑道：「謝你吉言，多則一月，少則二十天，我們一定設法尋回鏢銀。」說罷作別，拍馬馳去。

曉行夜宿，沿途訪問；逢店打尖，鏢頭們便趁空找店夥攀談；也有的到店外，跟街頭閑漢，拿話引話，套問賊蹤。

但這二十萬鹽鏢失事，早傳遍了蘇省，官廳緝捕文書，已經傳下來。鏢行忙著尋鏢，地方官也忙著緝盜，並且懸出賞格來。各地居民在鄰裡間，固已傳為談資。但若有異鄉生人打聽，立刻答說：「不知道。」再問就說：「我們這裡很平靜，從來沒有鬧過賊。」因此訪探賊蹤，反多了一層困難。

俞劍平告誡各鏢師：「不可逢人亂問。最要緊的，還是找江湖上的同道，他們眼睛也真，口舌也實，決不會拿影響之談，來貽誤我們。」眾鏢師稱是。

不一日來到漣水驛，便是失鏢地方的前站。當晚落店，胡孟剛對俞劍平說：「我們是奔阜寧，直往范公堤踩訪下去；還是往大縱湖左近，打圈掃探呢？」

俞劍平想了一想，道：「據沈明誼鏢師說，此賊恐怕不是水寇；他既在范公堤劫鏢，他的垛子窯，未必就在近處。我們先吃飯，這須仔細核計一下。」

漣水驛並不是大地方，也沒有鏢店，只有兩位會武的人。一位設場授徒，數年前曾在俞劍平江寧安平鏢局住過閑。另一位，現給一家當鋪護院，舊日受過胡孟剛的照應。俞、胡親找這兩人，想打聽一些消息。這兩人雖粗通技擊，卻與綠林道向少交往，問他是任什麼不知道。

俞、胡索然失望，回居店中。

到了晚飯以後，商量分途踩訪的路線，各鏢師都湊到一處。唯有黑砂掌陸錦標，拉著俞門弟子楊玉虎、江紹傑，又說又笑，正談得熱鬧。說的全是陸錦標少年時淘氣惹禍的故事，引得兩個少年睜大眼睛，喜滋滋的聽。

俞劍平請他過來談話，陸錦標躺在床鋪上搖手道：「還是那句話，你教我怎麼著，我就怎麼著。我不愛聽你吹鬍子瞪眼睛的講道。你們商量你們的，商量好了，告訴我就結了。」他還是拉住楊玉虎、江紹傑不放，並且掏出棋子來，逼著兩個小孩陪他下棋。

俞劍平無法，只得不理他，且同別人商量正事。他們商計就由漣水驛分路：鏢頭楚占熊、周季龍、沈明誼三位，帶幾個夥計，徑訪鹽城、東台一帶，再折回來，往濱海之區查訪下去。黑砂掌陸錦標和鏢師蔡正、陳振邦，跟趟子手金彪，帶幾個夥計，從漣水驛奔淮陰、淮安，往南踏訪，至高郵，折向東行，到興化州一帶。然後兩路齊到鹽城聚會。因為事情緊急，踩訪須快，暫定十天為期，不論訪得與否，要先派人回來報信。

俞劍平和胡孟剛兩人，多帶鏢行夥計，專踩訪失事地點的四周；由阜寧縣境起，到鹽城縣境終，東到范公堤以東，西到大縱湖。總而言之，楚、周、沈訪東線，陸、蔡、陳訪西線，俞、胡二位專訪中路。俞門三個弟子，只有左夢雲技業可觀，堪當一面。楊玉虎、江紹傑只是十幾歲的孩子，沒有多大閱歷。俞劍平便派他三人，偕同鏢局夥計，到各府州縣碼頭，一來投信，二來打探，順便邀請江湖上好友，前來助訪鏢銀。

商定，次早由店房動身，遍找黑砂掌陸錦標，蹤影不見。

楚占熊微笑道：「這位陸四爺別是溜了吧？」

俞劍平道：「不能呀！他這人雖然嘻皮笑臉，卻一向待人熱誠，哪有中途撤腿的道理？」

周季龍道：「就怕他單人獨騎，自己尋訪下去了。」

沈明誼道：「著啊，快看看他騎的馬在不在？」

果然到馬房一尋，陸錦標騎的那匹烏騮駒，已竟沒有了；而且楊玉虎、江紹傑的兩匹馬，也不見了。

俞劍平著急道：「難道這兩個孩子，也教他給蠱惑走了不成？」急招呼店家盤問。

店夥抄著手說道：「四更的時候，那位黑圓臉的達官跟那兩位少鏢頭，騎著馬先走了。還給俞老達官留下了話：他們先行一步，十天以內，準在鹽城見面。」

眾人聽罷，俱各愕然。胡孟剛更覺不悅，因為他素與陸錦標有過嫌隙。俞劍平也很不快，忙叫過二弟子左夢雲來，細問他兩個師弟，可有什麼話透露出來沒有？

左夢雲道：「沒有，只是前昨兩天在路上的時候，陸叔父一味誇說他年輕時冒險的行藏，並且說：『像這回查鏢銀，若在我十七八歲的時候，我早就偷訪下去了。』楊玉虎師弟好像聽著很動心似的，江紹傑師弟也露出躍躍欲試的神氣。我曾聽他說：『陸叔父您別小覷我們呀！』弟子當時曾私勸過師弟，教他不要胡鬧。江師弟只笑笑說：『我沒有胡鬧呀！』」

俞劍平咳道：「得了，陸錦標這個搗亂鬼，一定拐著兩個孩子，自去尋訪鏢銀去了。萬一出了閃錯，我如何對得起江、楊兩家的父兄啊！這陸老四真真不是東西，一向慣會無事生非。我若不因他心腸熱，功夫好，也不敢邀他出來幫忙。誰知他果然玩出新花樣來了。」

楚占熊、周季龍道：「那也不見得準有閃錯，他也是老江湖了。好在十天以內，就可在鹽城見面，咱們走吧！」遂仍按原議，分三路尋訪下去；只不過西路少了一個好手，往各處投信的事，只由左夢雲一人趕辦罷了。

這三撥人每遇綠林潛伏之處，或投名帖拜山，或改裝密訪。若遇鏢行同業，就掏出劫鏢群盜的年貌單子來，托他們代訪，所有車船店腳各行，也都應問的必問。

十二金錢俞劍平、鐵牌手胡孟剛帶著八九個夥計，跟著兩個捕快，由漣水驛先赴阜寧。阜寧城內有一家永和客店，店主白彥倫頗工技擊，在店後設著把式場子，還充當阜寧縣民團教練。俞劍平、胡孟剛投到永和客店，定了房間，便投遞名刺。店夥初疑他們是做公的人，一見名帖，方知是安平、振通兩位鏢頭，急忙報給櫃房。管帳先生素知東家習武好交，忙過來應酬，又趕緊報知東家。

不一時，白彥倫帶領二子，衣冠楚楚，前來相見道：「二位兄長，江寧一別，忽已六七年，卻喜二位精神如舊。」寒暄已罷，白彥倫問道：「我聽說俞老哥已經歇馬，今天二位遠道光臨，是保鏢路過？還是有何事見教？」

俞劍平道：「賢弟，你可聽見十來天以前，范公堤劫鏢的事情麼？」白彥倫道：「頭幾天恍忽聽人傳說過，有二十萬鹽課被劫，我當時還不大信。後來聽見縣裡傳諭，才曉得竟是真的。我這小店已有做公的前來關照過，如遇有情形可疑的人，教我們多加留意。二位可是應邀出來，代查賊蹤的麼？」

胡孟剛道：「咳，白賢弟，這鹽鏢便是我們兩家保的。我們現在是被官差押著，具限尋鏢！」

白彥倫大驚道：「這還了得！」

俞劍平道：「白賢弟在此處人傑地靈，我跟你打聽打聽，附近可有什麼強人出沒？那個疙疸劉劉四愣，現在還在北境安窯麼？」

白彥倫答道：「劉四愣早已離開此地了。聽說他已被官軍所傷，他手下那一夥人，也大半潰散；只剩二三十個人，由他們二舵主率領著，竄到魯南去了。劉四愣就在此處，料他也沒有膽量，敢劫鹽課。既然這是二位兄長的事，待我托幾個朋友，給掃聽掃聽。」

俞劍平道：「我們限期很緊，我打算安下兩個鏢局夥計，留在貴店；就煩賢弟費心，代為加緊查訪一下。他們兩個一來就便聽信，二來也可以出去尋訪；無論有無形跡，五六天內，務請賢弟打發他兩人趕我們來，我們定規都在鹽城接頭。」

白彥倫道：「兄長不用忙，我現在就煩人到四鄉打聽去。」遂將群盜年貌單，照抄了十幾張，立刻派人分送出去。

俞劍平、胡孟剛不能久待，只在阜寧耽擱了一天，即時向范公堤出發。緣因響馬做案，總是迎頭打劫。既在范公堤失鏢，匪人潛伏之地，大抵必在出事地點以南，或在東西兩邊。故此阜寧附近，用不著細訪；況且既有白彥倫代探，更無須在此坐候。

俞、胡二人策馬疾行，當日晌午，已抵范公堤出事地段。西一面湖光帆影，東一面麥畦竹塘，夾著這范公堤細柳，景物依然清秀，風光依然明媚。胡孟剛睹物感懷，指給俞劍平看道：「你看，事隔多日，一點痕跡也沒有了。這一夥強徒由打和風驛，就派下踩盤子的，直跟到這裡，方才動手，扯得線真算長極了。他們的垛子窯，依我猜想，未必就在南面，恐怕在大縱湖附近居多。大哥你看，這路邊的幾塊石頭，還是他們搬來的呢！」

兩個人說著話，一齊翻身下馬，在這失鏢的所在，前前後後查勘了一遍，又登上高處，向四面望了一回，陂塘起伏，竹柳掩映，果然地勢險隘。俞、胡二人都懂得綠林道的手法，當下按照地勢的曲折，揣度著強人安樁布卡的情形，在那竹塘後面一帶荒崗附近，仔細搜查。可惜隔日太久，再尋斷箭殘兵，已不留一點遺跡。只在崗後一座荒廟中，尋見了一些馬蹄印，但也難以斷定必是賊蹤。

俞劍平、胡孟剛兩人暫在附近白馬渡打店，對帶來的鏢行夥計，吩咐了言語；教他們分為五撥到各處查詢。最要緊的是茶寮酒肆、妓館逆旅，以及荒村孤廟，都可留神掃聽，俞、胡心想：劫鏢之賊，人多勢眾，又將五十個鏢馱子，連騾夫一齊裹走，其聲勢浩大，必然惹人注目。就算他夜間劫鏢而去，沿路居民也必聽出動靜來。俞劍平、胡孟剛因這白馬渡，並無熟人可找，略歇了歇，便相偕出去親訪。料到賊人劫鏢，必不能公然晝行，也必不走通行大路；兩人便擇隱僻小道，找那沿路人家，繞著彎子探聽。

卻是奇怪：這夥強盜人數如此之多，竟打聽不出一點動靜來，而且探問結果，本處也並沒有大股土匪橫行。直到下晚，那派往上崗、湖垛兩地踩訪的夥計，先後回店。內中有一人道：「在湖垛遇見一個看墳的，據他說十幾天前，半夜時候，彷彿聽見成群的人馬踐踏聲音，從他們墳園後面繞過去；直過了好一會，才聽不見動靜，估量著人數很不少。」

胡孟剛聞得此言，怦然動念。又有一個夥計報告說：「據上崗路旁藥王廟的老和尚說：『七八天頭裡，有一夥騎馬的過路客，足有好幾十人，從他們廟前抄過。』問他時間，說是天剛破曉。」

像這些話仔細一推敲，多半是些模糊印象之談，不是日期不符，就是路線不對。俞劍平對胡孟剛說：「找鏢本非易事，我們且往湖垛親踩一趟。」仍吩咐夥計往范公堤東面，再去打探。

俞、胡二人撲奔湖垛，找到那個看墳人，細加盤問。據他說：「那人馬喧騰聲音，彷彿是由東南往西北走，日期記不很準，大概也有十一二天了吧。」更找到附近人家，打聽他們：可曾在某夜某時，聽見過、看見過大幫步騎的旅客，從此路過麼？沿路連問了幾處，什九都說不曾理會。僅只一個閑漢，說是：「有一天晚上，正在賭錢，出來解手，聽見東南角上，突突踏踏，過了一撥人馬，好像人數不少。大概在三更以後吧？夜靜了，那動靜很不小，後來彷彿往西去了。」

俞、胡兩人商量著，既有兩個人所說略同，似乎有點影子，便依了這個大概的方向，往大縱湖一帶探訪下去。卻是一路上越問越覺不對。直費了多半天的水磨工夫，才訪明全與鏢銀無關。這夥夜行人，不過是二三十個接官差的兵丁；日期更不符，乃是近七八天的事。這一來，倒把線索問斷了！

胡孟剛又煩惱起來，俞劍平卻聚精會神的打主意，找熟人。在白馬渡附近，用盡方法，搜查了六整天，實在茫無頭緒。俞劍平方對胡孟剛說：「莫如我們徑奔鹽城。」鹽城地當范公堤中段，距失鏢之處既不甚遠，又是衝要地點。並且城內還有一家鏢店，乃是江寧永順鏢店的聯號，字號是永利鏢局。鏢頭黃元禮，又是俞劍平的故人子弟。他遂與胡孟剛離了白馬渡，徑投鹽城。進城落店，店內盤查得很嚴。

俞、胡在店稍歇，便找到永利鏢局。鏢頭黃元禮恰不在櫃上；黃元禮的師叔單臂朱大椿新從南方回來，正在鏢局。朱大椿從前和俞劍平交誼很深。當年他保鏢到九江，被一群水寇圍住，眼看失事；多虧俞劍平將十二金錢鏢打出五隻，才嚇走群盜，以此很感激俞劍平。此時一見俞、胡的名帖，連忙迎接出來，殷勤款待。

問起黃元禮來，朱大椿道：「我這師侄被人邀往鎮江，已去了六天。緣因近來路上不大平穩，有一位鄉紳送家眷到鎮江，特邀黃元禮護送，故不在此地。俞大哥打聽他，可有什麼事用他麼?他不在這裡，還有我哩！大哥有話只管吩咐，咱們患難弟兄，管保比他們年輕人辦事牢靠。」又見俞、胡空身而來，問明已住在南關客店。朱大椿大嚷起來，道：「老大哥，你這可是罵我！你怎麼不一直到鏢局來住，反倒打店?」一迭聲催著夥計：「快把二位老鏢頭的行李，搬到咱們這裡來。」

俞劍平微笑道：「朱賢弟還是這麼熱誠，我們還帶著好幾個夥計呢！覺著人太多，住在鏢局不方便。」

朱大椿道：「什麼話，什麼話！我們這裡有的是地方。」立刻派人把眾人接到鏢局，勻出三間屋子來，把俞、胡一行留下；又叫來酒席，給俞、胡接風。

直到飯後，朱大椿方才細問俞劍平的來意。俞、胡將失去鏢銀、查訪不著的話說出。

朱大椿大為著急，想了想道：「二位老哥且放寬心，咱們大家想法。失事地點既在范公堤，賊人反正出不了江北。就怕如此巨帑，賊人一經得手，必不再做買賣；他定然銷聲匿跡，躲避緝捕。他們此時也必不敢擅離巢穴，運贓出境。我們這小鏢局，也有幾十個夥計，我就暫不兜攬生意，派他們分道出去查訪。

「依我想，此賊敢於劫取鹽帑，恐怕是外來的強人，或是新上跳板的綠林道。但凡老江湖，都不願動官帑，自找麻煩。我們還可以托綠林道上的朋友，代為查訪一下。憑大哥十二金錢的威名，江湖上知名的英雄，總得有個關照。我們何不大發請柬，邀請通省豪傑聚會，即席查問一下呢？」

胡孟剛眼望俞劍平說道：「朱仁兄這個辦法，倒是很好，我們何不聯名試一下？」

俞劍平沉吟道：「我已經發出一批信去了，至今還沒見回音。此賊指名找我尋隙，恐怕是外來的強寇。本省綠林道，怕未必曉得他的來歷哩！」

朱大椿道：「休管他，我們姑且試試看。」

胡孟剛也一力催促。俞劍平便道：「既然如此，倒也不必邀請人家來。我們只擇江蘇和鄰省的鏢行同業，跟江湖上知名之士，把失鏢情由，劫鏢人的年貌、黨羽開個清單，附上信柬，托他們代為留心。有那交情近、武功強的，和有閒工夫、能分身的，信上也可以附上幾句，邀請出來相助。接頭地點就在鹽城，我們便借永利鏢局為聚會之所。信來信往，全都投到此地。不過這一來，卻給朱賢弟和黃鏢頭添麻煩了。」

朱大椿道：「俞大哥，不要這麼說，小弟應當效勞。」

這一天，擬好了信稿，由俞劍平、胡孟剛、朱大椿具名；趙化龍、楚占熊、周季龍、黃元禮雖不在此地，也替他們具了名。一共是五家鏢局，七位鏢頭。請來幾位書手，代繕出二百來封信札；只江蘇一省，便發出一百多封。鄰省如魯、浙、豫、皖，也寫了幾十封。立刻挑選年輕力健的鏢行夥計，或騎馬或步行，分路投去。先投到通都大邑的鏢行朋友，再請他分送到別處。至於山林湖澤潛伏的綠林豪客，備下禮物，專人送去；以禮奉詢，請他相助代訪，這也是江湖上的規矩。發信以後，俞、胡仍舊到處查訪。朱大椿很是熱腸，連日陪伴著一同出去。

鹽城縣東南鄉趙新莊，有一個土豪，名叫霍四閻王，在當地招娼開賭，交結匪類，坐地分贓。朱大椿陪著俞、胡，親往拜訪。這霍四閻王倒是外場朋友，打聽起失鏢的事情，就說道：「近日也聽人念叨過，只是也不知道這個插翅豹子是哪一路的強人。既是三位下顧，總是瞧得起我，容我隨時留神代訪。得著準信，一定先給朱老鏢頭送去。」

鹽城縣附近，還有一幫腳行，是個秘密會黨，在地方上很有勢力。俞劍平、朱大椿前往拜訪會首。這會首說：「近來范公堤一帶，也有同幫弟兄往來，卻沒聽說有這麼聲勢浩大的強人，在近處盤踞。」

還有鹽城縣鄰近，竄藏著的幾杆子遊匪，不過三二十人一夥，匪首也沒有什麼能為。朱大椿派手下趟子手，也去打聽過了，都說不知道劫取鹽課的匪人是誰。

轉瞬之間，俞、胡已在鹽城一帶，耽誤了四五天，連一點影子也沒訪著，而且張勇一去無蹤，東路訪鏢的楚、周、沈三位鏢頭，西路訪鏢的蔡、陳二位鏢師，算計著該有信來，也至今毫無消息。胡孟剛如熱鍋螞蟻一樣，很是著急。

這一天，胡孟剛和俞劍平商量，要再到大縱湖一帶，重去勘查一回。忽然，周季龍趕至鹽城，找到永利鏢局。俞、胡慌忙迎接進來，問他：「一路查訪的情形如何？楚占熊、沈明誼兩位，緣何不一齊來？」

周季龍說道：「小弟三人一同由漣水驛出發，沿途查訪，直到東台，未得蹤跡。後來折到海濱一帶，在老龍河口地方，遇見四個情形可疑的人。看外表土頭土腦，穿著毛藍布短衫，背著小包袱；每人手裡拿著一根短棒，乍看像是木頭的，實在卻是鐵的。他們搭幫走著，東張西望，滿臉是汗。楚占熊楚二哥留了神，我們三人一同綴了下去。這四個人竟無意中，說出幾句江湖黑話。

「我們至此更不放鬆，一路暗跟；探明這四個人，乃是潛伏在老龍口北邊的一群強寇。為首強盜，叫做赤面虎范金魁；嘯聚著一二百人，專劫商船，並勾結鹽梟，販賣私鹽。有時候也到內地，在水路上做買賣。我們下工夫，探訪他們的近日情形；探得他們確曾在十幾天前，全夥出去做案，至今潛藏巢穴，迄未出來。現由楚占熊楚二哥和沈明誼沈大哥，備下禮物，前往拜山。我本想跟他們一同去，只派一個夥計給你們二位送信。沈明誼大哥說我走得快，一定教我來，我只好連夜趕到這裡來了。」

原來周季龍健步善走，一日夜能行三百餘里，還有歇著的工夫。

俞、胡聞信大為驚喜。俞劍平忽然皺眉道：「這赤面虎范金魁，我也彷彿聞得他的名字。他是老江湖了，怎麼膽敢劫取官帑？況且他和我素無嫌隙，為何拔取我的鏢旗呢？」

胡孟剛道：「天下的事，難以常情推測，他的外號不是叫赤面虎麼？這和插翅豹子頗有點關合，他又是曾在十幾天前做過案的。不錯，這什九是他了，我們趕緊接應沈、楚兩位去吧。」

朱大椿也道：「既有這條線索，且去看看。不過，我想范金魁未必有這大本領吧？」

俞劍平、胡孟剛、周季龍、朱大椿四位鏢頭，立刻策馬出離鹽城，趕奔老龍口。偏偏事有湊巧，他四人才跨征鞍，走出城外不到七八里地，後邊有兩匹快馬如飛追來。

俞劍平立馬等候；來的是派往西路尋鏢的一個鏢行夥計，名叫謝二的，由鹽城永利鏢局的趟子手引領著趕來。馬到近前，眾人相會，一齊下馬，投到路旁柳林敘話。

胡孟剛道：「謝夥計，你和蔡正、陳振邦兩位鏢師，往淮陰、淮安一路，查訪的結果怎樣？可是有了頭緒麼？蔡、陳兩位現時又在哪裡呢？」

謝二滿面喜色，說道：「老鏢頭，請你老放心，我們已經尋出一些線索來了。陳、蔡兩位鏢師正在那裡，盯著探訪細底呢！因為你老定規的日限到了，所以先打發我來送個信。」

第五章　利口啓隙

周季龍在旁一聽，不覺愕然道：「你們可訪出劫鏢的是赤面虎麼？」

謝二一愣道：「不是呀，劫鏢的叫做豹子飛。」

俞劍平、胡孟剛齊聲問道：「什麼豹子飛！豹子飛又是幹什麼的？」

謝二道：「豹子飛大概是江湖上一個無所不為的匪類，一向在寶應湖附近潛伏。」

事情是這樣：蔡正、陳振邦兩位鏢師和趟子手金彪，率領幾個鏢局夥計，由漣水驛起程，往淮陰、淮安一帶查訪下去。淮陰地方向稱盜藪，很有不少的設窯立櫃的綠林豪客。蔡正、陳振邦擇那有名的寨主，備具名帖，拜訪了幾家，都不曾得著鏢銀的下落。後來到了高郵，才在酒樓中，遇見兩個雄壯大漢，神頭鬼臉的說話。

後來這兩人酒喝多了，話越說聲音越大。內中一個黑胖漢子，拍桌子打板凳的說：「你這傢伙太沒有膽，你還想發外財？我告訴你，咱爺們是豁出一身剮，敢把皇爺打。就怕你小子沒能耐，沒膽量。若有膽量的話，這世上遍地都是白的銀子，黃的金子，到處都能發財；不信你就跟我走。你想人家豹子飛，也沒生上三頭六臂，人家就憑那兩手，膽子稍為壯點，朋友稍為多點，就把一二十萬銀子，手到拿來。擱著你這傢伙，嚇也嚇死了！」

對面那個高身量的壯漢就說：「你小子只管說，嚷個什麼？人家豹子飛有膽，有本領，又不是你有本領呀！人家憑空得了一二十萬銀子，又不是你得的呀，你摸得著人家的錢邊麼？人家吃肉，你喝不著湯，替人家吹牛做什麼？我雖不濟，一槍一刀，自混自吃。咱們到底誰夠英雄，誰是狗熊？」

黑漢紅著臉大聲道：「你不用拿話堵我，人家發財，怎麼不與我相干？你瞧我摸不著他的錢邊麼？你瞧瞧這個！」氣哼哼把凳子上的包袱打開，從中拿出兩封銀子來，指著說道：「這就是人家豹子飛送給我的。你這傢伙也開開眼，瞧見過這麼大的元寶麼？」

兩個大漢喝醉了酒，一句遞一句的拌嘴。言者無心，聽者有意。蔡正、陳振邦互使眼色，留神細聽。兩個醉漢嚷鬧了一陣，算還飯帳，踉踉蹌蹌走去。蔡正、陳振邦也忙付了飯帳，暗暗跟下去。直跟到鼓樓，這兩個大漢方才分途，蔡、陳也忙分途綴去。那黑漢投奔北關一家安寓客棧。蔡正記好了地方，急急回店。少時陳振邦回轉，問起來，那個高身量的漢子，就住在賭坊之內。

蔡、陳都覺得那個黑漢的話，最為可疑，忙把金彪找回，也還到安寓客棧內，暗中窺察黑胖漢的形跡。蔡、陳已斷定他決非良民；只是金彪認不清此人，是否就是劫鏢的匪徒。蔡正設計套問，此人口風很嚴。陳振邦故意提出豹子飛的名字來。此人面色一變，立刻說：「不知道。」

蔡、陳早從店家口中，打聽出豹子飛是寶應縣境內的一霸。正待想法勾探真情，黑漢忽然覺察出不對來，次日一早，突然離店而去。蔡正、陳振邦、金彪三人，慌不迭的追下去，仍派遣鏢行夥計謝二馳奔鹽城，給俞、胡兩位鏢頭送信。

俞、胡聽完謝二的報告，心中非常猶豫；竟不能判斷這豹子飛和那赤面虎，究竟誰是劫鏢之賊？在柳蔭下，和朱大椿、周季龍，計議了一回，唯恐顧此失彼；只得由俞劍平和周季龍偕往老龍口，由胡孟剛和朱大椿偕往寶應湖。

胡孟剛、朱大椿由謝二引領，經由水路，穿過大縱湖，直抵寶應湖。按照約定的地點，找到蔡、陳二人。一見面，蔡、陳露出很抱愧的神色來，道：「白白勞動老鏢頭遠道趕來，我們前天已派人追下謝二去了，老鏢頭竟沒遇見麼？」

胡孟剛道：「這怎麼講？」

蔡、陳道：「說來太是笑話。我們因那黑胖漢子話露破綻，一直跟他到這裡來，訪知那個豹子飛，原是此地一個土豪。他也不叫豹子飛，他實在姓鮑，名叫鮑則徽。他倒的確是個耍胳臂的漢子，手下有一二百個黨羽，專做些無法無天的勾當。只因新近他發了一二十萬橫財的話太對景了，我們才費了九牛二虎之力，到這寶應湖明訪暗探。前天才探明鮑則徽近來管了一檔子閒事，每年可有十來萬的進項，只是與鏢銀絲毫無干。我們白費了一回事，反又勞動老鏢頭。這實是我弟兄顢頇無能之過。」

原來這寶應湖和大縱湖、高郵湖相銜，湖中出產甚豐。向有一夥人物，包攬車船運腳，不許他人插手。大利所在，每因爭奪碼頭，引起糾葛；械鬥纏訟之事年年不斷。這其間有一個叫曹向榮的，和官府陰有勾結，又倚仗著雇來的一群打手，把碼頭硬奪過來。失掉碼頭的人叫做諸宏元，恨氣不出，又重金聘來拳師，邀期械鬥；不幸再次失敗，身負重傷。後來訪聞鮑則徽有膽有謀，又有黨羽，便托出人來，請他助拳；情願將碼頭上的好處，每年不下十一二萬，平均分成兩股，常年送給鮑則徽一股。

鮑則徽素來是吃賭局娼寮的，一聞有利可圖，立刻糾黨向對方曹向榮叫陣。一場群毆，鮑則徽大獲全勝。對方自不甘心，用盡方法報仇；鮑則徽預有佈置，先發制人，這碼頭公然被鮑則徽佔有。他卻散佈黨羽，總攬一切，那個諸宏元直如引虎拒狼，和曹向榮鬧了兩敗俱傷，漁翁得利。

至於蔡、陳遇見的那個黑胖漢子，也就是鮑則徽的一條走狗，一向靠著鮑則徽，無惡不作。蔡正、陳振邦兩人，費了很大氣力，才探出真情，原來與鏢銀完全無關……

胡孟剛沒等他倆說完，早將一團熱望，澆了滿盆冷水，呆呆坐在那裡，一語不發。蔡、陳二人更覺慚愧之至。還是單臂朱大椿在旁勸慰道：「兩位師傅也不必介意，這訪鏢的事全仗瞎碰，哪能十撈九準？胡二哥，打起精神來，咱們再摸。別看這邊撲空了，還有老龍口那一路呢。胡二哥不是想到大縱湖，再訪一趟麼？咱們何妨就由這裡翻回去？」

胡孟剛歎了一口氣，吩咐蔡正、陳振邦，仍舊分路到各處查訪。胡孟剛即同朱大椿，由寶應湖轉向大縱湖。凡是沙溝、湖垛、密林和湖中的小島，都留意踩訪過了，費盡心機，並沒打聽出一點頭緒來。道路上儘管哄傳劫鏢的事，卻沒人能說出，何處有一二百人成夥的新來大盜出沒；也沒聽說，曾有成夥匪人過境。胡孟剛細數一個月限期，早已耗過了十二三天了；說不出心中的焦灼，只是有力氣沒處施去。

胡孟剛還想往別處查訪下去，單臂朱大椿道：「我們現在越訪越遠，連個影子也撲不著。依我想莫如趕回鹽城，看看俞劍平大哥訪的那個赤面虎究竟如何？還有我們發出的那些信，也許得著點線索。」胡孟剛想不出更好的法子，只好依言折回鹽城。胡孟剛到了鹽城，那邊俞劍平也已垂頭喪氣，折回了鹽城。

俞劍平由鏢師周季龍引領著，撲到海濱老龍口附近。其時鏢頭楚占熊、沈明誼已經設法探明赤面虎范金魁的窩藏之所，是在老龍口北邊，一座荒澤亂崗交錯的地方，地勢很荒僻。赤面虎在那裡嘯聚著一百多個亡命之徒，專做販私鹽的生意，有時也打家劫舍。楚占熊、沈明誼按照江湖道的規矩，具名帖禮物，帶一個鏢行夥計，前往投帖拜山。

這赤面虎范金魁新近做了一次買賣，忽見外面投進兩個鏢局的名帖，心中陡生疑忌。他與手下黨羽商議道：「咱們好容易得了這筆大油水，如今竟有鏢行登門拜山，說不定是失主轉托出來說項的。但事前既與他們鏢行無干，如今強來出頭，我們是見他不見呢？他若說出江湖上的門面話，我們是讓他不讓呢？」

副舵主小陳平秦文秀答道：「若說這和勝鏢局跟振通鏢局，在海州一帶，倒也叫得很響，但素常跟咱們很少往來。他們如今雙雙拜山，必非無故。依小弟之見，大哥不必見他；待小弟先出去探探他們的口氣，再相機應付。禮物倒不必收他的，大哥以為如何？」赤面虎道：「這樣辦很好，賢弟要對他們客氣些。」小陳平答應了，吩咐手下嘍囉，把來人請入。

楚占熊、沈明誼帶著鏢行夥計，進入匪窟第一道卡子，曲折來到一座破廟前。廟後的三間房收拾得很乾淨，是賊人放卡的常駐之所。小陳平衣冠楚楚，在那裡相候。沈明誼細看這位舵主，黃瘦面皮，高身量，三十多歲年紀，兩隻眼很精神，說話是江北口音。兩方見禮落座，互道寒暄，說了些個久仰久仰。

小陳平秦文秀道：「小弟們伏處海濱，難得與江湖上知名英雄相會。兩位鏢頭遠道光顧，想必有事賜教。咱們都是道上的人，有話二位盡請明白見告。」

楚占熊暗想：「這位倒是個爽快漢子。」便道：「弟等久聞赤面虎范舵主的英名，深懷親近之心。我弟兄便道過此，一者是專誠拜謁，將來好求個照應；二者還有點閒事，要在范舵主駕前討教。還請你老兄費心轉達，務求一見才好。」

小陳平眼珠一轉道：「我們范大哥新近有點私事出去了，恐怕沒有十天半月的工夫，不能回來，既勞兩位光顧，總是看得起我們弟兄；等他回來，我一定轉達。所賜重禮，我們大哥不在，我也不敢代領。」說著站起身來，又復坐下，意思是催二人就走；可是仍吩咐手下嘍囉獻茶，又催快給兩位鏢頭擺酒。

楚占熊不悅，暗向沈明誼遞一眼色。沈明誼認不得這位小陳平當日劫鏢時是否在場。沈明誼遲疑一會，雙手抱拳道：「秦舵主不要多禮，我們弟兄遠道拜山，渴望一見范舵主。秦舵主既說他不在，彼此初次相會，我們也不好強求。不過在下慕名遠來，實有一點閑事，要奉懇范舵主，念在江湖道的義氣上，多多的幫忙。綠林道和鏢行雖是隔行，究竟是武林同道；還請秦舵主費心，能把范舵主邀來一談才好。好在我們不過是打聽一點閑事，貴寨能幫忙更好；不能幫忙，肯指示給一條明路，在下也就感激不盡了。」

小陳平秦文秀微微一笑道：「剛才說過了，我們范大哥實不在此處，我還能瞞兩位麼？就是范大哥在此處，有事也與小弟商量。我們這台戲，是范大哥和在下兩人唱。兩位如果不忙，就請用過飯再走。」說著，對嘍囉們嚷道：「教你們擺酒，怎麼這樣慢慢騰騰的！等著客人走了，你們才忙麼？」

楚占熊、沈明誼這才聽出，這小陳平竟有些醋味。楚占熊便站起身來，向小陳平道：「秦舵主不必客氣，也不必催他們，我們這就告辭。可是，我們大遠的來了，若不把來意說出，倒像我們見外了。」

小陳平拱手道：「二位有話，只管吩咐。」

楚占熊道：「秦舵主可曾聽見十幾天前，范公堤地方，有一批鹽鏢中途失事的話麼？」

小陳平道：「這倒不曾聽見。」

楚占熊道：「這一批鹽鏢共計二十萬，由我們兩家同業雙保著，行至范公堤，被綠林道上百十個朋友，邀劫了去。因為案關公帑，牽連甚大，訪聞這失去的鏢銀落在海濱附近。我想赤面虎范舵主和秦舵主，都是久在江湖上闖蕩的外場朋友，或者曉得此鏢的下落，所以遠道來訪，敬求指示一條明路。在下管保能讓朋友面子上過得去，決不能讓人家落個白忙。」

小陳平沒等話說完，連連搖頭道：「楚鏢頭，你老這可是訪聞錯誤，問道於盲了！我們哥幾個在這裡混，也不過是雞毛蒜皮，隨便拾落點，聊以糊口罷了。像這二十萬鹽鏢，莫說摸一摸，我們連看也不敢正眼看啊！」

小陳平話頭很緊，楚占熊、沈明誼再三探問，小陳平矢口咬定不知。末後楚占熊實在急了，便說出：「訪聞十幾天前，貴寨曾經全夥出去，也許曉得劫鏢人的下落。能費心說項更好，或指點出線索來，我們自己設法托人也行。」

小陳平聽了這話，佛然不悅道：「兩位這樣查考我們，可未免太難了！咱們素不相識，我的話已經說盡。劫鏢的事與我們無干，我們也不知道。就知道，我們也無須給別人洩底。二位問我們十幾天前，出去做過案沒有？不錯，何止十幾天前？我們一天不做生意，一天就挨餓麼！」

楚占熊也怫然道：「秦舵主，這是我們來的冒昧了！就此告辭，咱們後會有期。」

小陳平微微冷笑道：「恕不遠送，咱們後會有期！」將手一擺，兩個嘍囉立刻出離廟外，徑直向總寨奔去。

這裡楚占熊、沈明誼也嘻嘻的冷笑了幾聲，雙雙站起身來，兩拳一抱道：「再見！」扭轉身，大搖大擺，走出廟外。

廟內外，已佈滿了四十多個嘍囉，各執明晃晃的兵刃，分立在兩旁。楚、沈泰然自若，空著兩隻手，從刀槍叢中穿過。那小陳平秦文秀也空著手，從後邊送出來。

楚占熊、沈明誼已到廟外，鏢行夥計牽過馬來。小陳平放出客氣的面色，打躬施禮道：「兩位鏢頭勞步了，請慢慢地走。」

楚、沈飛身上馬，在馬上抱拳道：「請回，請回！」將馬一拍，往原路便走。鏢行夥計上了馬，在後緊隨。

小陳平吩咐手下嘍囉：「在前開道！」立刻有四個嘍囉，騎著馬陪伴，直送出頭道卡子，到一荒僻地方，嘍囉忽然喊道：「兩位鏢頭慢慢地走，恕我們不遠送了！」一帶轉馬頭，抄過一帶荒林回去了。

楚占熊、沈明誼急向四面一望，荒崗叢澤，毫無人蹤。

楚占熊問沈明誼道：「沈大哥，你看此事如何？」

沈明誼道：「劫鏢的是他們不是，倒也難說；不過，這場是非一定要找上了。」

楚占熊道：「哼，恐怕道上就有等咱們的。」

沈明誼點頭不語，兩人只顧拍馬疾行。走不到六七里地，斜刺裡有一抹叢竹，竹後隱隱有人影閃動。沈明誼道：「楚仁兄留神！」一語未了，突竄出七八個大漢來，各持刀矛短棒，把路口一橫叫道：「站住！」

楚占熊大笑道：「諸位才來麼！」立刻與沈明誼勒住了馬，卻是手中各無兵刃。但凡鏢客拜山，不能身藏兵刃，綠林道也不能當場加害，若是登山藏刀，那就是有意尋隙；一進山寨，必不容他好好出來。

楚、沈徒手拜山，和小陳平言語失和，心知小陳平必在前途下卡，要阻難自己。兩人目注眾賊，正待離鞍；突從側面一座荒墳後，又長出兩個人影，把手揚了揚；倏有兩道白光，直向馬上打來。

這一下來得突兀，楚占熊、沈明誼只注意林邊賊黨，沒想到側面也有埋伏。剎那間暗器臨頭，沈明誼忙一偏身，將暗器抄在手內。楚占熊剛剛翻身，才欲下馬；耳畔忽聞破空之聲，急忙趁勢施「鐙裡藏身」，也將暗器讓過。沈明誼勃然大怒，將手中接來之鏢一掄，「嗖」的還打回去。身軀就勁一翻，「唰」的跳下馬來；手中既無兵刃，急將長衫一甩，纏在手中。楚占熊也已雙腳點地，卸下長衫，聳身一躍，直向發鏢的人衝去。

截路的八個強賊，一擁上前。沈明誼把那長衫纏在手臂上，施展少林派三十六路擒拿功，沒入賊叢；如走馬燈一般，用浮沉、吞吐、封閉、擒拿、挨幫、擠靠、閃展、騰挪，安心奪取賊人的兵刃。恰有一賊，揮短棒橫腰掃來；沈明誼一伏身，「啪」的一個掃堂腿。賊人急閃，沈明誼早已撲到面前；劈胸一掌，「惡虎掏心」，擊中敵人。賊人仰面而倒，手中木棒立被奪過。背後早又有二賊，一掄刀，一揮棍，直向沈明誼後路攻到；側面敵人，也刀矛齊下。

沈明誼「唰」的一個箭步，竄開一旁；重翻身，將短棒一指，喝道：「著！」迎面持斧一賊急忙往右一躥。恰有另一賊，把刀舉得高高的要砍；出其不意，被這持斧同夥一撞，險些砍傷自己人。兩個賊嚇得齊往兩邊一跳。

這倒給沈明誼閃出工夫來；「唰」的一棒，使「盤打」功夫，照那持斧賊人打來。賊人閃避不及，「哎呀」一聲，栽倒地上，急翻身要起；沈明誼又一棒，照敵人右臂搗下，將那柄斧子打落在地。沈明誼趁勢一個箭步躥到，伏身將斧奪過。

此時又有一賊，挺矛刺來。沈明誼往旁一閃，掄斧砍矛，「刮」的一聲響，矛柄折斷。沈明誼一順棒，疾向賊人丹田戳去。賊人吃了一驚，忙一錯步。沈明誼將棒一轉，又是一個「盤打」，「啪」的一下，把賊人掃了個正著，直栽出三四步。

展眼之間，八個賊人，被沈明誼打傷三個，打退三個。那邊楚占熊卻遇見兩個勁敵。

埋伏在墳後的，乃是赤面虎手下兩個頭目，一個使刀，一個使杆棒，使刀的會打暗器。兩個人一個揮刀近取，一個舞棒，專走下三路，把楚占熊圍住。

楚占熊武功矯健，撚雙拳與這兩賊揉戰。那使刀的面黃力猛，手法很快；揮刃照楚占熊右肩頭，斜插柳掃過去。楚占熊急向旁一閃，劈面還擊一拳。那使杆棒的掄棒「玉帶纏腰」，橫打過來。楚占熊忙一聳身，躥起一丈多高，賊人的杆棒走空。楚占熊繞步欺身，到敵人背後，「葉底偷桃」，右掌直擊敵背。

使杆棒的賊見一招落空，順手帶轉杆棒，抖一抖，翻身捋棒，「唰」的展開一招，照楚占熊頭頸纏去。那使刀的賊又趁空掄刀，前趕一步，對楚占熊後心扎去。楚占熊身法駿快，讓過一招，立刻還過一招，如生龍活虎般，腿掃拳擊，絲毫不亂。來來往往，楚占熊迎敵兩賊，全仗著眼神足、拳法俐落。卻是這兩賊，各有得手兵刃在握，一招跟一招，夾擊楚占熊。

戰夠多時，恰值那使杆棒的賊一棒打空，使楚占熊得了一個破綻，撚雙拳，迎面晃了一晃，掣轉身，用力「登」的一腿，踢向賊人的小腹。這賊也很了得，忙一擰身，閃過要害，左胯被踢著一下，身軀晃了一晃。楚占熊更不容緩，身子偏了偏，「唰」的又飛起左腿，「嘭」的一下，使杆棒的賊人一溜栽倒。

那使刀的賊又如飛躥來，鋼刀斜舉，直掃敵肋。楚占熊早聞得金刃劈風之聲，更不回頭，下盤用力，突躥出兩丈；然後挺然直立，翻身還攻敵人。使刀的賊已一抹地趕到，兩人又鬥在一起。

那使杆棒的賊「鯉魚打挺」，躍起身來，雖被踢中兩腿，俱非重傷；立刻抖擻精神，怪喊一聲：「好小子，竟敢踢我，你就別想走了。」右手持杆棒，左手一捋，重又衝殺過來。兩個賊照舊把楚占熊圍住。楚占熊勃然大怒，施展開身手，雙拳如穿花舞蝶，身軀如凌空飛燕，與這兩賊反覆撲鬥；用盡心機，想奪取敵人的兵刃，只是奪不著。這兩賊很是潑皮，各挨了好幾拳，滿不介意，刀棒齊上，一心要傷楚占熊。

正在纏戰不休，那沈明誼已奪得敵人兩件兵刃，拋開了那群笨賊，一眼望見楚占熊勝負未決，忙躥來助戰。楚占熊叫道：「沈大哥，把那棍子給我，待我收拾這兩個不要臉的賊，挨了打還不認輸。」沈明誼應聲搶入戰圈。楚占熊縱身躍出圈外。沈明誼不待敵人追到，喊一聲：「楚仁兄，接著！」將木棒橫空拋去，楚占熊躥身一躍，接在手內。那兩賊已衝過來，未容近前，沈明誼早掄利斧，劈面擋住。

楚占熊接棒在手，如虎生翼；左手握棒腰，右手握棒梢，按行者棒，施展開去。沈明誼敵住那使杆棒的賊人。楚占熊尋鬥那使單刀的賊人，一條棍棒掄得嗖嗖生風。只走了十幾個照面，便顯出功夫的深淺來。使刀的賊只有招架之功，更無還手之力。

楚占熊大喝一聲：「著！」木棒一點，搗中敵人前胸。

賊人眼冒金花，咽喉發甜，險些吐血，急擰身一躥，道：「風緊，扯活！」

那使杆棒的賊聞敗發慌，抽身要退；被沈明誼利斧逼住，急切間退不出身。這賊一個失神，被沈明誼「唰」的一斧削去，手臂上冒出鮮血；嚇得這賊躥出一丈多遠，打個呼哨，招集黨羽，往荒崗敗退下去。

楚占熊怒氣不息，掄棒便追。沈明誼忙喝止道：「楚仁兄，楚仁兄！」一聲未了，使刀的賊人翻身揚手一鏢。楚占熊急側身，抄手接住道：「呔，還你的！」把手一揚，他這隻鏢剛剛還打出去；那使刀賊人的第二隻鏢、第三隻鏢，又打出來。楚占熊猝出不意，急急閃身，險被第二隻鏢打中。第三隻鏢又被接住，心中一怒，就勢一掄，卻向那使杆棒的賊打去。使杆棒的賊剛剛凝身回顧；鏢到面前，急閃身一接，沒有接好，被鏢鋒將手劃破了一道。使刀的賊戟指罵道：「朋友，等著吧！」說罷，帶領同夥，一直敗回去了。

楚占熊餘怒未歇，還想追趕。沈明誼攔道：「楚仁兄，我們且顧不得跟他們嘔氣。咱們先回住處，商量正事要緊。」

楚占熊點頭，兩人重新上馬，急急趕回寓所。這寓所就是老龍口地方的一座寺院，名叫三官廟。老龍口是濱海荒區，沒有客棧。

楚、沈回轉寺院，講說應付之策，並推測赤面虎范金魁、小陳平秦文秀，到底與鏢銀有無干涉。那寺院中的和尚，卻不知從何處，看出形色來；在門外咳嗽了一聲，撩門簾走進。虛聲虛氣，寒暄了幾句話，隨即問：「兩位施主，有何貴幹，何時動身？」

楚占熊、沈明誼久涉風塵，聽懂來意，故意答道：「我們無事閒遊，打算在此地盤桓幾天，行期還沒有定；所有借寓的香資，我們加倍奉上。」

和尚說道：「施主光顧，敝寺求之不得，倒不在乎香資上面。只是不瞞施主說，敝處地方太僻，常有江湖上的人物不時出沒，兩位不是本地人，恐怕被他們打眼，生出疑忌來，倒反不美。出門在外，誰也不願招惹是非。兩位若沒有緊急的貴幹，還是早點動身好些。小僧說這些話，好像趕逐二位；其實二位若知道本地的情形，也就不怪僧人多嘴了。我這是為施主好。兩位都是明達世路的人，請你想一想。」

楚、沈笑道：「哦，貴處原來不很太平麼？那也不要緊。我們都是空身人，既沒有財物在身，不過窮命一條，怕什麼？」寺僧聽了這話，彷彿很著急；可又吞吞吐吐，不能過分明說，反覆的只催兩人趁早快走，「最好今天就動身。」

楚、沈心中明白，想必赤面虎、小陳平已經遣人來此窺探；寺僧唯恐受累，所以促行。兩人說道：「當家的既然關照我們，我們明早準走，今天可來不及。」遂又繞轉話頭，探問赤面虎、小陳平的行藏。寺僧面露驚疑，惴惴的支吾了幾句，催得兩人答應速走，方才辭去；看樣子很不放心。

楚占熊、沈明誼候寺僧走開，低聲密談了幾句；出離廟門，到外面巡看一遍；立刻吩咐鏢行夥計，趁天色尚早，將馬匹火速帶到二十里以外柴家集店房，就在那裡等候。這是楚、沈與周季龍邀定的地點。

楚占熊、沈明誼仍留在廟內，將隨手兵刃備好；留下一個武功較好的夥計，也潛藏兵刃相伴。楚、沈推測前後的情形，料定赤面虎、小陳平既然派人邀劫自己，沒有成功；他必定派人來，跟蹤窺探。

當天下晚，果然便有兩個壯漢，闖進廟來，到各處繞了一圈，方才走去。楚、沈暗打招呼道：「是了。」與那鏢行夥計，三人輪流到外面巡視。

到二更將近，寺僧已熄燈就寢。這本是一座小廟，只寥寥兩三個和尚。楚、沈三人也忙著止燈睡下。過了一會，楚占熊假裝起夜，到禪院內外察看，人聲已然沉寂，又攀牆向外窺察了一回。回轉屋內，叫起夥計，與沈明誼結束定當，門門開窗，輕輕縱出舍外，三個人立刻越牆而出。藏身地點，白晝已經擇好，是廟外不遠，一戶人家房後，幾棵大樹上面。由樹上直躥到房頂，正好俯視廟內；三個人立刻藏起來，各背兵刃，悄悄窺望。

直過了三更，遙見東北面，林木掩映中，有火光閃爍，在小道上急走；如數點流螢，忽高忽低，乍明乍暗。將到村前，火光突滅，人馬雜踏聲裡，已分數路包抄過來；沿村口出入要道，全布下卡子。另有一小隊人影撲向廟前，相隔尚遠，忽又停止。過了一會兒，這一小隊人漫散開，將廟前廟後把住。另有數條黑影縱躍如飛，撲向寺院東牆；越牆而過，撥開門閂，延入十幾個夥伴，個個貼牆擦壁，埋伏在寺內。然後有四五個人，手拿明晃晃利刃，搶到偏院楚、沈借寓之所，輕輕的挨近窗根。聽了又聽，裡面並無動靜；隨即拿一塊飛蝗石子，照窗投去，「啪噠」一聲響，似已打中屋牆，屋中依然悄靜無聲。這幾個人急忙轉回來，找到把守前殿的人，低低說了幾句話。

楚占熊、沈明誼藏在樹上，留神窺看；黑影中僅辨人聲，聽不清說話。但見這幾人又轉到寺外。寺外有兩個騎客，像是首領；略通數語，立刻有一人翻身下馬，跟蹤進廟。這人正是小陳平秦文秀，此時已換上全身夜行衣靠，背插單刀，撲到楚、沈借宿之處一看：「咦」了一聲，忽伸身略推窗戶，那窗隨手悠悠的啟開。

秦文秀回頭問了一句，立刻把孔明燈的閉光板拉開，照向屋內；又向四面照了照，便即飛身竄入屋內。少時，重又竄出來，叫道：「他們早走了，你們怎麼探的？」一個人嘟噥了幾句，秦文秀勃然大怒，吩咐手下人，快快到廟內外各處搜索；又教幾個人，躥上大殿偏廡，向內外望。廟外守候的人也紛紛發動，一聲暗號，幾隻孔明燈倏閃明光，往各處奔馳亂照。

火光中，楚占熊、沈明誼看出馬上首領，是個赤面虬髯大漢，手抱雙鞭，生得很是凶猛，料想此人必是赤面虎范金魁。但見他指揮部下，分路搜尋，人馬喧騰，已和剛來時銜枚暗襲的情形不同；卻早驚動了廟中僧人和鄰近居民。賊人大聲呼喝道：「諸位鄉鄰聽真，我們乃是赤面虎范寨主的部下，前來三官廟看望朋友；與眾無干，休得輕舉妄動，也不許探頭探腦，老老實實的睡覺是正經。」吆喝著，排搜起來。那小陳平秦文秀也跳上房，用孔明燈，向高處低處亂照。楚占熊、沈明誼見機很早，一見燈光，早已悄悄溜下樹來，平臥在房上。

秦文秀見殺不著楚、沈二人，很是惱怒，恐有後患，忙把廟中和尚叫起來，持刀喝問：「寓客哪裡去了？」

和尚戰戰兢兢地說：「白天走了幾個，今晚還有三個人呢，不知何時不見了。」

秦文秀更不多問，奔向廟外搜去，與赤面虎范金魁會在一處；赤面虎在村前村後，也沒有搜著人影。兩人略一商量，令手下嘍囉，到各處喊叫：「鏢行姓楚的、姓沈的朋友，快出來相見，躲起來的不是好漢！」

楚占熊在房上平伏著，聽得真真切切，便要躥下來，與賊人搭話。沈明誼連忙握住他的手，悄令別動。二賊酋窮搜鏢客不得，紛紛亂亂，撲出村外。忽有兩個嘍囉來報，恍見西北角上火光微閃，似有一兩條人影。赤面虎范金魁立刻帶領大眾，向西北角追去。

小陳平秦文秀督率著一二十個人，仍把住村口，等候動靜。相隔已遠，楚占熊忍不住動問沈明誼：「怎麼不跟他們搭話？坐視他們搜尋叫罵，太難堪了。」

沈明誼老成持重，悄說：「不值跟他嘔氣，我們要緊的還是尋鏢。」直耗到四更將盡，赤面虎帶領部下，亂亂哄哄的跑回來。空忙了一陣，徒勞無功；赤面虎與小陳平打呼哨收隊，全夥徑回巢穴去了。

待群賊走後，沈明誼方才一扯楚占熊和那鏢行夥計，悄悄跳下房來，尋一隱僻之地；沈明誼說道：「楚仁兄，並不是我怕事；此時彼眾我寡，敗了不用說，勝了也找不回鏢銀。依小弟之見，他們能搜尋我們，我們不會搜查他去麼？」

楚占熊恍然道：「沈大哥真是老成卓見，我們何不跟蹤探訪下去？」

沈明誼搖頭道：「如今已近五更，趕到那裡，快天亮了，莫如今晚我們走一遭。」

楚占熊道：「好。」

沈明誼又道：「不過我們去探山，還是為尋鏢。如果鏢銀並非他們所劫，我想還是不露面為妙。」

楚占熊稱是。當下三個人不回三官廟，施展飛行術，徑奔柴家集。到了邀定的客棧，適已天亮。三人換上長衣服，進店投止。吃過早飯，睡覺養神。

轉瞬傍晚，沈明誼、楚占熊暗帶夜行衣、隨身兵刃，出離店房，不一時趕到老龍口附近。先找一隱僻處，脫下長衫，換好夜行衣；各打一包裹，盤上高樹，繫在枝葉密集處，然後飄身下來。

楚占熊背插雙刀，沈明誼因為夜行不便使槍，改用練子鞭，繫在腰間；收拾俐落，時已二更。時候還早，兩個人取出水壺、乾糧，略用了些。直耗到三更時分，楚占熊仰頭看天，星光閃耀，道：「行了。」兩人抖擻精神，一前一後，直撲賊巢。

赤面虎的巢穴，在老龍河口北邊一帶荒崗，有沙灘環抱，亂竹叢莽，道路曲折。前面有一座水仙古剎，勢已半頹，便是他們的第二道卡子。後邊一座大墳園，古柏參天，雜草鋪地，夾雜著斷垣殘碣；內有數排陽宅和看墳人住的房舍。前前後後也有數十間，不知是哪朝哪代貴官大族的祖塋，如今荒廢不堪，變成了盜窟。

楚占熊、沈明誼從東側亂草後繞過去，已來到昨日拜山和小陳平對談之所，那座水仙廟旁。兩人急急伏身貼地，聽了一聽，又看了一看；見近處並無人影，慢慢的蛇行鹿伏，溜了過去。時在夜半，破廟山門之後，仍有幾個匪徒，手持利刀長矛，在那裡把守。楚占熊、沈明誼不願打草驚蛇，悄悄繞過。時值夜暗星黑，那幾個守崗的賊並不恪遵紀律，散伏暗隅；反聚在一塊，走來走去，正各誇說自家的風月故事，非姘即嫖，談得很熱鬧。沈明誼、楚占熊偷聽了一會，覺得全不相干，便撤身回來，繞到廟後。兩人相度形勢，正要設法進廟；忽聞廟內破閣上，有人喝問道：「幹什麼的，站住！」跟著廟門前也有人吆喝道：「捉住他，捉住他！」立刻聽見刀矛頓地之聲。

楚占熊、沈明誼各吃一驚；仰面尋看，破閣隔在牆內，並不能望見。兩人急伏身貼牆，亮出兵刃；心中納悶：「自己小心而又小心，怎麼竟被他們窺見？況又隔著牆，我既看不見他，他怎會看見我？」過了一會，不見群賊出來搜尋，卻聽見廟內有人笑語道：「我可下班了。」沈、楚二人這才明白：他們原是使得一種照例的詐語，並不曾看見自己的形跡。

兩個人放了心，抹過牆角，抄到廟後。輕輕一躍，楚占熊已躥上牆頭，左臂一挎，微露半面，往內偷窺。沈明誼持練子鞭，在旁巡風。破廟中，只三間房有燈光；正是守夜的賊人，在那裡聚賭破睡。楚、沈二人翻過牆頭，躥上房脊，溜到後窗，舐窗再窺。三間老屋，東間有幾個人穿著衣服睡覺；西間有四個人，圍著方桌賭錢；旁邊還有一個人手拿著木棒，挎著腰刀，站在地上看熱鬧。做賊的沒有什麼正經，有的口中哼著小調，有的摔牌罵骰。楚、沈聽了一會，屋中賭與正豪，並沒有人談起昨日之事。

又過了一會，聽前殿似有人聲。少時門響，眾賭徒一齊回頭。進來的是兩人，各拿著燈籠，提著兵刃，那光景好像巡夜剛回來。賭錢的就有兩人站起來，叫道：「許老台、黑胖劉，快來，我真受不住了，我都睜不開眼了，你們誰接我這一把！」

那個叫黑胖劉的說：「咳咳，你們也太美了，二舵主早已吩咐過，教你們晚上多辛苦一點，這兩天很緊，你們反倒耍起錢了。回頭二姨娘查到這裡，又該給你們眼色看了。」賭錢的人說道：「滾他娘的蛋吧！誰不知道那個兔蛋，專會溜二舵主！他就查著我，又能把我怎麼樣？有一天，我總把他的蛋黃子給踢出來。」

許老台說道：「瞎四你就吹吧，二姨娘今晚準來，我看你怎麼踢他！」又一人打著呵欠說：「說真的，咱們也該出去巡巡了，咱們頭兒這水買賣做得很脆，咱們真得小心。萬一讓人家踩訪到了，準有一場惡鬥。倒是夜晚破點辛苦，多驚醒一點才好。」那個拿木棒的就說：「咱們說走就走。誰跟我上老窯走一趟？」說著接過燈籠來，將東間睡覺的人，叫醒了兩個，一同出去了。

沈明誼一扯楚占熊，兩人急忙躥出廟外，伏在路隅草叢；眼看這巡夜三賊，各持兵刃，打著燈籠，往北巡去。楚、沈立刻綴在後邊，相隔十來丈，不即不離的盯著。這三賊圍著墳園曠野，繞了一圈，通過幾道卡子，便折回老窯，從墳園正門進去。楚占熊、沈明誼躡足徐綴，遠遠聽見：這巡夜三賊，每到一道卡子，便與值夜守崗的賊，通幾句暗號。暗號雖然聽不真切，可是匪人守崗的地點，全被二人窺見，這一來便易於擇路前進了。越走近老窯，二人越加小心。趁著月暗無光，林木掩映，楚占熊、沈明誼徑繞向北面，從墳山後背探進去，先躥上高樹，向墳園內窺探。

赤面虎部下共有一百幾十人，倒有一半分派出去，布卡巡風。在老窯內的不到一百人，有的住在陽宅內，有的住著草棚。圍繞墳園，築著高牆；也有頹倒的，赤面虎在此潛伏已久，都把它用磚石砌好。又在四角築下望台，地下通著里許隧道，以便遇險脫逃。衝要地點，也安下翻板陷坑。但因僻處海隅，做案又不在近處，官府還不曾剿辦過他們。

楚、沈拜山失和，小陳平半路邀劫未成，昨夜追擊，又已撲空。赤面虎本已生了戒心；曾三令五申，教放哨把風的黨羽，多加小心。無奈言者諄諄，聽者藐藐。做賊的幾個有深謀遠慮的？群賊的巢穴，從來沒被官兵搜剿，儘管小陳平加緊巡查，群賊還是大大意意，滿不在乎。那墳山角樓，管望的人一共十二個，分在四處，倒有七個睡著了。又加楚占熊、沈明誼舉動輕捷，進止小心；竟被他兩人乘虛而入，從墳山後面，襲進匪窯。

二人看墳山前面那片陽宅，有五間房，格局高大，猜想形勢，必是賊酋住處。楚、沈潛察明白，暗中定好了進退之路；這才縱下樹來；先藏在累累的古墓後，再折向東首，曲折閃避，撲到陽宅側面。楚占熊輕輕縱上房頂，向四面一望，然後打一暗號。沈明誼便奔後窗根，隱在牆角窗畔的東側，手沾唾液，點破窗紙，往內窺看。屋內陳設竟不像匪窟，一張八仙桌上放著杯盤，椅背上搭著衣服腰帶；只在牆上掛著一把腰刀，茶几上放著一對鞭。一盞燈半明不亮，對面一床，床帳低垂，腳踏上放著男女兩雙鞋，好似帳內睡著一對夫婦。對後窗掛著穿衣鏡，鏡旁便是格扇。

沈明誼轉身向西挪了挪，意欲窺看堂屋和西間，忽覺腳下一軟，急撤身旁閃。料想下面或是翻板，便不敢過去。兩人一步一試，溜到鄰屋。這邊屋中擺著兩鋪大床，睡著二三十個人。地上有兩個人，持刀靠桌坐著，臉現倦容，沉默無言；看那神情，不過是值夜的嘍囉。沈明誼暗想，這裡倒比頭道卡子鬆懈。沈明誼抽身轉到鄰間矮屋後面；這裡沒有後窗。他正待設法窺察，忽聽「嘶」的一聲；沈明誼急忙閃身，扭頭上看；楚占熊在房頂向東一指。沈明誼順手看去：倏見一條黑影，箭似的從墳山斜馳過來，身法輕快，踏地無聲。楚、沈相顧愕然，忙退回原路；再找黑影，只一晃，便不見了。

楚占熊、沈明誼到各處搜尋，已無蹤跡。二人遲疑了一陣，重到墳園前面，揣測著形勢，打算探入一步。縱上房頭，從後山坡潛渡過去。剛走過半圈，忽見西邊屋內燈光全滅，隱隱聞得鈴聲。望樓上，突聽一聲怪號，轉瞬復又寂然。前面西房中，首先竄出兩人來；向西面一尋，大聲發話道：「喂，道上的朋友，請下來吧！」楚、沈急待伏身，已經無及。望樓上突有一角，發出「皇皇」的聲音；原來警鈴已動，頓時全窯各處各屋的燈光全滅，人聲轉寂，院落愈顯昏黑。

楚占熊急問沈明誼道：「我們還是闖出去，還是下去跟他們答話？」沈明誼道：「闖闖看。」兩人急亮兵刃，楚占熊擺雙刀當先，沈明誼掄鏈子鞭斷後；目注院中動靜和各屋門戶，剛要從房頂躥下牆頭。各屋中依然不見人出。在那墳旁叢草中和牆角暗隅中，反倒歷歷落落縱出二三十個人，立刻散開，把住路口。楚占熊、沈明誼已陷入圍中。

楚占熊按照預定路線，舞雙刀闖過去，沈明誼在後緊隨。二人從西面斜繞北面，不走平地，在房上縱躍如飛。那西房中先出來的二賊，一個持刀，一個持雙戟，挺身躥上房頭，從迎面邀截過來。楚占熊刀交左手，探囊取出飛蝗石子，叫道：「著！」唰地打過去，來人閃身讓過，略為頓了一頓。楚占熊、沈明誼已一抹地橫折轉身，從房頂躍下平地，從平地躥上矮屋。二人正要越矮屋，搶向長牆；不意牆外早有人把守。

范金魁率領二十多個部下，從地道繞出墳山之後，將全窯護住。小陳平秦文秀率著三舵主莫海、四舵主金繼亮、五舵主彭森林，督領十幾個武功較好的頭目，從東房後閃出來，四面躥上牆頭。

院中另有幾個嘍囉，舉孔明燈，向各處照射。燈光照處，小陳平秦文秀已看見沈、楚二人，立刻厲聲大喝道：「大膽的鏢行，本寨主饒你逃生，不肯窮追，你反來找死！我們早防備下了，你們還想走麼！快滾下來，露兩手！」且說且向楚、沈合圍過來，卻用刀尖一指院落道：「好漢子，這裡來。」

楚占熊一聲狂笑，對沈明誼道：「我們領教領教再走。」一擺雙刀，「嗖」的躥下平地，厲聲叱道：「小陳平，久仰你的大名。半路邀劫，自然是你的高招；對不起，被我們闖過去了。半夜圍廟，也被我們見機躲開。你的智囊不過如此，我們領略過了。江湖上的漢子，講究光明磊落，許你們打劫，就不容我們窺探麼？姓秦的，你也不夠朋友。快請赤面虎范舵主來答話；久仰他是個外場朋友，我們倒要會會。姓秦的，你來看，我們弟兄來了半天了，我們並沒給你縱火。究竟誰是朋友，江湖上自有公論。去吧，朋友，哪位是范舵主？」

小陳平聽了這番話，大怒變色，將刀一揮，要知會眾寇，上前圍攻。那房上站著的沈明誼，又冷然大叫道：「秦舵主請了，我弟兄路過寶山，全為尋鏢，並非尋隙。秦舵主要看看我弟兄的技業，乃是賞臉。我弟兄身入虎穴，全憑一刀一槍，捉對廝殺。秦舵主若派哪位好朋友來指教，儘管讓出場子來，我弟兄挨個奉陪。你若想群毆，也只管說明。」

小陳平當眾不好接這群毆的話，暗想：「車輪戰也累殺你！」遂喝道：「姓沈的朋友，不要害怕群毆。喂，哪位賢弟先出去領教？」

四舵主金繼亮挺鉤鐮槍，先竄過來；楚占熊早已立好門戶。金繼亮槍尖一點，直取咽喉。楚占熊側身一閃，讓過槍鋒，左手刀向外一磕，右手刀勢如攢花，直向敵手扎去。雙刀、單槍立刻殺在一處。四面嘍囉高舉火把，各持兵刃，遠遠看住。三舵主莫海手抱喪門劍，帶兩個頭目，分站在牆頭，盯住沈明誼。

小陳平秦文秀吩咐部下，作速持火把，到處搜查餘黨。沈明誼提鏈子鞭，凝神觀風。只見楚占熊刀光縱橫，四舵主金繼亮挺著鉤鐮槍，屢次衝擊，滿想得手，竟被拒開。楚占熊刀鋒急速，封閉緊嚴，只殺了十幾個照面，金繼亮險被削去手指。一招勢敗，手法慌亂；楚占熊雙刀一展，倏又撲來。金繼亮應接不暇，槍法大亂，直逼得倒退。

秦文秀吃了一驚，忙揮刀上前；五舵主彭森林掄鐵棍，一聲怪喝，「嗖」的一個箭步，竄到楚鏢頭身後，摟頭蓋頂，「唰」的一棍砸來。楚占熊右手刀一遮，堪堪刺著金繼亮的後心；忽聞後面風聲，更不回頭，托地一躥，跳開一丈多遠。彭森林力大棍猛，身子往前一撲，「噹」的一聲，把甬路的殘磚打碎好幾塊；又怪吼一聲，抹轉身尋找敵人。

楚占熊雙刀直剪，已繞到彭森林背後。彭森林一轉身，恰好遇著，就勢橫棍一掃。楚占熊急收招撤刀，左手刀卻被棍梢掃著一點，一聲響，將刀蕩開。楚占熊暗道：「好大膂力！」抽轉刀鋒，虛向外一遞。彭森林亮棍喝道：「著！」

楚占熊早已撤回招來，右手刀斜扎敵肋，左手刀甩砍下盤。彭森林收棍不迭，急擰身竄開，單臂掄棍，忽地橫掃過來。楚占熊撲近身前，右手刀一晃，抬腿踢向小腹。彭森林急扭身，這一腿橫踢著左胯，不禁「哎喲」了一聲，晃了晃，幸未跌倒。楚占熊真真假假，錯刀一掠，疾如飄風，竟掃中敵肩，鮮血立濺。彭森林皮糙肉厚，一迭聲怪叫：「好東西，真敢扎我！」負痛掄棍，仍趨前死戰。

燈影裡，小陳平早已瞥見，急揮刀上前接應。沈明誼大叫：「秦舵主休得恃眾，我來奉陪！」從房頭上「唰」的躥下來，揮鏈子鞭，橫身當面。那站在牆頭、伺視動靜的三舵主莫海，也忙一揮喪門劍，「嗖」的躥到平地，從斜刺裡邀截沈明誼；一條鞭，一把劍立刻戰在一處。

小陳平秦文秀搶到核心，叫：「彭賢弟速退，我來會他。」五舵主彭森林，咬牙切齒，揮棍鏖戰，創口的血涔涔滴流，本已疼痛不堪；怒罵了一聲，抽身退出，奔入窯內。楚占熊揮雙刀，健步追趕，小陳平急挺單刀邀住；兩人各仗著純熟的招數，來來往往，走了七八個照面，不分勝敗。

三舵主莫海武功特強，一口喪門劍使得風雨不透。沈明誼撚鏈子鞭，封攔鎖掛，點打纏拿，翻翻滾滾，奮勇相持。戰夠多時，沈明誼用慣了槍，使軟鞭不甚得力，武功減色，竟不能把莫海戰敗。

那一邊小陳平秦文秀招熟氣弱，遇見勁敵；二三十回合後，被楚占熊雙刀逼得只有招架之功。五舵主彭森林已裹好創傷，丟下鐵棍，換了一把朴刀，重複出來，怒喝：「鏢行的小子，休想囫圇回去。」搶步上前助戰。

楚占熊勃然大怒，趁敵援未到，猛向前一衝，用了手「纏手刺扎」，刀光一閃，喝一聲：「著！」小陳平急避不及，應聲倒地。四面把守的嘍囉，一齊驚喊道：「不好了，二舵主掛彩了！」一個小嘍囉調轉頭，馳奔地道，送信去了。

四舵主金繼亮在旁觀戰，吃了一驚，縱身猛竄，大叫：「鏢行小子，休得張狂！」手一抬，先打出一支袖箭。楚占熊方要下辣手，聞聲伏身一躥，將袖箭讓過。楚占熊急挺身，雙刀一擺，冷笑道：「休要暗箭傷人。不怕刀的朋友，儘管上來！」彭森林早如一溜煙，挺朴刀再劈過來。楚占熊側身讓開，揮刀還招，兩人重殺在一起。

小陳平秦文秀仰臥在血泊中；四舵主金繼亮和一個頭目，已飛身上前，金繼亮急急背起，救入窯內。驗看傷痕，幸而傷口雖大，未中要害，手下人忙來敷藥裹傷。小陳平道：「四賢弟不必管我，快請大哥來，拿這兩個點子。你們千萬派人防住要害，恐怕他們來的不止兩人，外面定有餘黨接應。」說罷一陣劇痛，不能言語。少時甦緩過來，又道：「一切翻板、地道、飛蝗、羽箭，快快預備好了，務必把這兩個殺材活捉住。」又命手下人，把他背到地窯裡面去。

地窯共有兩股隧道，和幾間地室。全窯歷年打來的財貨，和架來的肉票，常常潛藏在內。楚、沈二人窺窗時，誤踏走線，地窯鈴聲大震，所以全窯立刻聞響而動。

那五間高的大房子，看外表像是賊首住所，其實不是。秦文秀和范金魁素常都住在東側矮屋內。這兩日戒備加嚴，范金魁、秦文秀都還在地窯內歇睡。范金魁的妻子粉夜叉馬三娘和小陳平的妻子孫氏，也都住在地室。楚、沈二鏢客所見房內的床帳，和腳踏板上的男女鞋子，正是為誘敵窺探而設。楚、沈幸未入室，否則必陷入翻板。

粉夜叉馬三娘，本是一個賣解女子，生來力大貌美。她和赤面虎范金魁結成夫妻之後，因她武功比丈夫強，且又性如烈火，范金魁委實有點懼內；所以粉夜叉又有一個新的外號，叫做伏虎菩薩。

那小陳平的妻子孫氏，卻是良家之女，今年才二十一歲，本是被綁的肉票。後來被小陳平看中，女家雖然備款來贖，他竟留住不放，被他姦宿半年。那女子起初也是尋死覓活，痛不欲生；小陳平卻愛戀甚深，百般哄慰。一年之後，竟結孽胎，產生一女。小陳平事事獻媚。這女子陷身虎口，既已失身，只好自嗟命運，竟從了小陳平。小陳平浴血負傷，被背到地窯，孫氏和粉夜叉忙過來慰問。小陳平換出笑臉道：「你們不要慌，傷勢不重。外面不過是鏢行兩個探山的，已被我們圍上了。」

粉夜叉道：「你大哥呢？」

小陳平道：「這時候大概跟他們交上手了吧！」

粉夜叉道：「咳，老二你不行，他也不行啊，待我上去吧。」立刻換上鐵尖鞋，全身結束，倒提飛抓，催著金繼亮，與她偕往。

這時節，嘍囉們已將赤面虎請到。此時，沈明誼尚跟三舵主莫海，狠命相撲。楚占熊連敗二敵，正與彭森林惡鬥；把個負傷力戰的彭森林逼得如風車似的亂轉。赤面虎范金魁從墳山週邊奔來，吩咐部下緊守門戶，他舞動雙鞭，搶到戰場。幾個健步的嘍囉提著刀矛，打著火把，如一條火龍似的，相隨撲來。

赤面虎暴喊一聲：「大膽的鏢行，竟敢來攪局，還敢刀傷我們兩家舵主，我教你屍首也出不去這老龍口！五弟且退，待我來宰他！」雙鞭一指，部下人分散開，高舉火把，分立四面。赤面虎托地一躍，讓過了彭森林，搶奔楚占熊。

楚占熊收招側目，見這赤面虎鬚眉如戟，果然雄壯；雙刀一抱，兩拳微抬道：「來的是范舵主麼？在下楚占熊……」話沒交代完，赤面虎和小陳平患難至交，一聞他負傷，早耐忍不住，大叱道：「少說閒話，你敢身入虎穴，捋虎鬚，必有驚人的本領！……呔，接招！」雙鞭劈面打來。

楚占熊急錯身讓開，用刀一指道：「姓范的朋友，我豈懼你？我們來意卻不能不說明白……」范金魁不聽那一套，又一鞭打來。楚占熊雙眉一挑，怒氣上撞，雙刀一展，立刻欺身還招；雙鞭、雙刀鬥在一處。

那一邊，沈明誼苦鬥莫海，漸占上風。莫海武功甚好，氣力也嫌不足；數十回合，漸覺招數緩慢。沈明誼精神壯旺，起初只求無過，不求有功；待後來展開手腳，這一條鏈子鞭竟把莫海圈住；莫海要想撤退，竟有些閃避不開。

赤面虎范金魁且鬥且照顧四面，被他一眼瞥見莫海危急，急叫：「彭賢弟，快接應莫賢弟去！」

彭森林抖擻精神，搶奔沈明誼；彭、莫二人雙戰沈明誼。沈鏢師並不撓怯，將身一退，掄起鏈子鞭，指東打西。彭、莫二人一個力乏，一個負傷，雙戰不下沈明誼。

赤面虎范金魁把一對鋼鞭，使得呼呼風響，進攻退守，左收右展，和楚占熊的雙刀，正好相敵。火把光中，但聽得一片叮噹亂響，直走了二十多個照面，不分勝負。赤面虎已起殺心，越戰越勇。楚占熊年甫四旬，正在健壯，恰也敵得過；雙刀錯舉，一心要勝了這個盜魁。

沈明誼卻胸有城府，不願戀戰，也不願示怯。兩個鏢頭，三個劇賊，正在分兩起盤旋大鬥。忽然間從暗影中閃出一道微光，粉夜叉、伏虎菩薩馬三娘，倒提飛抓，如燕子抄水，連連飛竄，趕到戰場。四舵主金繼亮挺手中鉤鐮槍，在後緊緊相隨。

粉夜叉才一露面，便看見莫、彭二盜和鏢客沈明誼，苦鬥正烈。那一邊，赤面虎和鏢客楚占熊，雙鞭對雙刀，打得尤其凶險。粉夜叉回頭對金繼亮說：「金老四，你快過去，把彭老五替下來，你看他哪還行！」說畢，一抖飛抓，搶到楚占熊這邊，睜鳳眼上下打量。見楚占熊身材健挺，白面微髭，穿一身夜行衣靠，襯得面如滿月，細腰扎背；一對鋼刀明晃晃上下飛舞。

粉夜叉看罷，嬌叱一聲道：「呔，你是哪裡來的托線，敢到這裡撒野賣乖？」

將身一竄，如一條銀線般，從斜刺裡抄入鬥場。她招呼赤面虎范金魁道：「舵主歇歇吧，我來拿他。」

赤面虎虛晃一招，竄出圈外，把雙鞭一抱，在旁觀戰。楚占熊也把招一收，斜身抱刀，注目觀看來敵。火光中，見這粉夜叉馬三娘，居然生得美俏，只是眉尖微挑，二目凝寒，似籠著一層殺氣；身材細長，穿一身銀白色短裝，腰繫紅巾，腳穿鐵尖鞋，彷彿極俐落輕脫。楚占熊看罷，暗吸一口涼氣。江湖上女子既敢上場動武，必有驚人技藝；再不，就有出奇暗器，倒不可不多加小心。擺好架式，靜觀敵人來派。

這粉夜叉馬三娘不慌不忙，一抖飛抓，左手虛指一指，喝一聲：「看招！」偏身側步，略將架式一拉，那虎爪飛抓如車輪似的一轉，「唰」的奔楚占熊上盤打來。

楚占熊急一閃身，將左手刀一順，右手刀立即遞出。粉夜叉雙足一點，「嗖」的竄到楚占熊背後；趁勢收抓，又照楚占熊頸項抓來。楚占熊略略閃避，將左手刀橫斬下去，右手刀直取粉夜叉前胸。粉夜叉順手收抓，未容刀到，雙足一點，「嗖」地竄出去；右腕一帶，又將抓收回。容得楚占熊揮刀趕到，她嬌喊一聲：「著！」手腕一撈，似取下盤；突一翻腕，倒向楚占熊面部抓去。

楚占熊目注飛抓，抓不發出，決不閃避；抓到面前，方才橫刀挑去。楚占熊這刀一挑，那刀徑向敵人要害扎來；一對刀，此攻彼守，決不並在一處。粉夜叉一條虎抓，連發十數招，見楚占熊很是識貨，決不上當。粉夜叉伏虎三娘不由粉面含嗔，對著赤面虎叫道：「快拿我的長兵刃來。」

赤面虎見他妻飛抓不能取勝，正要下場助戰；又恐他妻護短好勝，不願人幫忙。赤面虎心中猶豫，忽聽妻子教他取長兵刃，忙應了一聲，便要親自去取。手下嘍囉早飛也似的跑回去，拿來了兩根白蠟杆子。赤面虎立刻掛好雙鞭，自取一根白蠟杆，雙手顫抖起來，那白蠟杆的前梢顫起數尺的圓圈，試了試，很堅穩；又換過那一杆來，復一顫抖，也無毛病。這才大聲叫道：「我說喂，換兵刃吧，白蠟杆子來了。」

粉夜叉應聲一閃，躍出圈外。赤面虎擰白蠟杆子，過去截住楚占熊。粉夜叉將手一揚道：「扔過來。」手下嘍囉立刻把那條白蠟杆子一拋，粉夜叉竄身一抄，抄到手內；也接來一抖，抖起數尺大的花來。她對赤面虎叫道：「閃開，瞧我的！」赤面虎立刻將白蠟杆子一收一送，杆尖直戳楚占熊前胸。楚占熊側身讓過，不容赤面虎收招，倏掄雙刀，一磕杆子，急進步欺身，右手刀直劃赤面虎面門。赤面虎立刻托地一竄，退出一丈以外；將杆子一抖，護住前面，又與楚占熊打了起來。

粉夜叉見赤面虎竟退不出來，不由大怒。她抹轉杆梢，顫起來呼呼風響，叱吒一聲，直對楚占熊劃來。楚占熊雙刀一擺，閃身躲過；左手刀防近，右手刀攻遠，方得讓招還招。粉夜叉更不容緩，白蠟杆子矯如騰蛇，圍著楚占熊，掃打纏扎，泛起一輪白影。

楚占熊奮勇抵擋，無奈這白蠟杆子，梢長力猛，杆顫煽風，彈力絕大。粉夜叉出身繩妓，頗精杆法，滑、拿、崩、拔、壓、劈、砸、蓋、挑、扎，運用起來，靈活異常。楚占熊用刀直劈，自然劈不著；用刀橫削，弄不巧會被杆子彈開，甚至撒手；並且杆長取遠，楚占熊若欲進削敵人，自身早在杆子纏打之下了。

楚占熊深知此杆的破法，迎面進取實在不易，側面斜擊也不可能；急轉身形，施展輕功，「嗖」的一竄，「燕子飛雲縱」，從斜刺裡抄到粉夜叉背後。粉夜叉久經大敵，顧前更須顧後；未容楚占熊竄到，早將長杆一擰，略轉半身，順勢顫動杆梢，叱道：「朋友，你往哪裡走？你想繞到我後頭去麼，你倒乖巧！」白蠟杆泛起一個大圈來，把楚占熊截住。楚占熊抽身讓步，倏地伏身連躍，更從左側繞奔粉夜叉後背；相隔兩丈多遠，急揮刀縱步，斜削粉夜叉左肋。

粉夜叉不慌不忙，鳳眼盯住了對手，掌中杆前後把一擰，不待敵刃攻到，已微微一側身，轉過杆梢，對準楚占熊雙刀橫扇過來。楚占熊急收招旁竄，左手刀尖稍微落後，被顫起的杆梢掃著一點，「刮」的一聲響，白蠟杆梢被削去半尺多；楚占熊的刀卻也險被繃飛，震得虎口發熱。

楚占熊吃了一驚，更不怠慢，雙刀一叉，衝開杆影，搶步猛攻敵人懷內；滿想搶進兩步之內，粉夜叉長杆不能守近，自己便可得手。那粉夜叉卻更乖覺，刀杆相碰，料到敵手不是吃驚敗逃，便是趁機冒險進攻。她便抽身一個敗勢，右手撒把，「嗖」的一個箭步，躥出一丈多遠；抹轉身，左手挺勁，右手托杆身，復一顫；喝一聲：「呔，看招！」但見杆影亂閃，杆尖直向楚占熊右側耳門劃來。

楚占熊趕緊叉刀伏身，兩膀用力向外一磕。粉夜叉忽將杆子抽回，盤空一繞，反向左側拍去。楚占熊急推刀向左招架。粉夜叉又一抽一送，掄起斗大杆花來，金雞亂點，向楚占熊上下左右，緊一招、快一招攻來。

楚占熊連架數招，趁夾縫裡，攻進一刀，連忙騰身一竄；又往旁一閃，繞出兩三丈，倏抄向粉夜叉背後。粉夜叉調轉杆梢，只一擰身，便迎面截住。楚占熊退回來，繞出兩三丈，猛又抄到粉夜叉背後。粉夜叉又一轉身，橫杆截住了。

一連數次，粉夜叉緊防右側，決計不令敵人貼身；以逸待勞，以長攻短。只數十個回合，楚占熊便覺相形見絀；卻是氣勢虎虎，仍不肯認輸。

粉夜叉手中白蠟杆子，不住的拍顫點打，縱送衝擊，兩隻俏眼，照顧到四面。她見赤面虎拖著白蠟杆子，站在圈外，隨著自己轉，意在照護自己。每逢險招，赤面虎立刻托起長杆來，在旁瞪眼，使勁，著急，恨不能過來替換她。

這原是夫妻關情之處。粉夜叉一向自負，滿心想親手打倒這個鏢客，好堵住彭森林的嘴。素常彭森林總說：「還是范大哥功夫強，大嫂到底差得多。不過范大哥心疼嫂夫人，甘心示弱罷了。」只有小陳平為人機警，處處推重粉夜叉，誇她武功矯健：「我們哥幾個，誰都不成。」

粉夜叉聽了，非常高興；赤面虎聽了，也高興非常。彭森林這個傻小子，不能體貼人情，他偏說：「我不信。」所以粉夜叉才一露面，便教金繼亮替下彭森林；暗中較勁，要教彭森林看看自己的本領。偏偏彭森林退下來，卻站在那邊，看著金繼亮、莫海雙戰沈明誼，並不到這邊來。

粉夜叉一面打，一面對赤面虎說：「我說喂！你別看熱鬧了，快去把老三、老四替下來吧。教彭老五來給我把場，我這裡滿不要緊。老四、老三也別閑著，教他哥倆到各處照照。」

赤面虎范金魁謹接閫命，戀戀不捨的，挺白蠟杆子，搶到沈明誼那邊；威風凜凜，厲聲大叫：「三弟、四弟閃開，待我來拿他！彭五弟，快過去照應你嫂子。」彭森林應了一聲，搶到粉夜叉旁邊一站，抱定朴刀，嚴防楚占熊逃竄。

粉夜叉叫道：「老五，看著點！」揮動長杆，打得格外起勁。彭森林偏不誇讚，手捫傷處，口中說：「大嫂子，累不累，兩個月的重身子，留神扯了腰！」粉夜叉唾道：「混帳！」

那一邊，鏢客沈明誼連戰數敵，暗辨星色，潛有退志。赤面虎一個生力軍突然攻到，手疾力猛，沈明誼更不願戀戰。他一面迎敵，一面移動，湊近楚占熊道：「楚仁兄，可是時候了。」

楚占熊戰不下粉夜叉，正想變計，立刻應聲道：「走！」倏將招式一收，大叫：「道上朋友，在下領教過了，不過如此。失陪了，有緣再來相見。」撤身轉步要走。

粉夜叉鳳目一張，劍眉一挑道：「你還想走麼？你就在這裡歇歇吧。」白蠟杆橫空一轉，倏地竄身，截住去路。赤面虎將杆尖一指，周呼道：「弟兄們留神！」莫海、金繼亮、彭森林紛紛發動，退出戰場，轉向外圈抄去，只剩下赤面虎、粉夜叉夫婦，率眾圈住二鏢客。赤面虎雙足一頓，橫遮在後。粉夜叉長杆一點，迎截在前。兩隻白蠟杆如雙龍戲水，嗖嗖地掠空飛舞。二十多個賊兵各亮兵刃，從四面合抄過來；楚、沈二人去路已斷。

楚占熊大怒，叫一聲：「沈大哥，咱們闖！」

兩人且戰且走，搶奔墳園。墳山叢莽之前，早有彭森林，督賊兵，持撓鉤長矛，迎面截住。楚占熊意欲奪路衝殺過去。

沈明誼道：「使不得。」

原來後面赤面虎、粉夜叉已經趕到，若再奪路，必被夾攻。沈明誼張眼一望，東面黑沉沉，人蹤較少，西面卻有不少人，沈明誼急引同伴，搶奔東面；這些嘍囉立刻截向東面。楚、沈忽折向南面竄去，卻從南面一抹地繞奔西方。兩人腳下用力，躥上西排矮屋；要由矮屋躥過牆頭，便可退出墳園；搶到荒林，便可脫身回去。

二鏢客躍上屋頂，才向外一望，不由失色。突從房山後，立起四五個埋伏賊兵，暴喊一聲，齊將手一揚，數道寒光，直奔二人。楚、沈二人閃身向旁一竄，讓過了暗器。腳還沒站穩，忽又從下面打來數鏢。楚占熊忙向旁邊一躍，鏢鋒貼身而過。楚占熊身軀一晃，拿樁立定；粉夜叉早已一拄長杆，嗖地跟上矮屋。她長杆一掄，叫道：「下去吧！」楚占熊招架不及，一翻身，復又躥下平地。

粉夜叉長杆一拄，緊跟下去。沈明誼吃了一驚，急待躍下馳救；牆頭上奔來數人，把他圍住，竟在房頂上打起來。楚占熊飛身下房，雙足一頓，點地躍起。他才躍起，粉夜叉已竟跟蹤近身，長杆一拍道：「倒下！」楚占熊「唰唰唰」，連躥出四五丈以外；粉夜叉也「唰唰唰」，連追出四五丈以外。白蠟杆子的舞影，不離楚占熊的身形。赤面虎范金魁也舞動長杆，搶上前來。夫妻兩個雙戰一楚。楚占熊雙拳不戰四手，短刀不敵長杆；苦鬥數合，好容易得個破綻，向粉夜叉猛砍一刀，急一翻身，竄出圈外，二番搶奔牆頭。

不意就在此時，忽從黑影中閃出一人來。楚占熊略一遲疑，粉夜叉已如一陣狂風，搶先趕到；長杆一抖，楚占熊急閃不迭，滑倒在地。粉夜叉大喜道：「逮著了！」急用長杆一按。楚占熊「燕青十八翻」，已翻出數步，托地挺身躍起。

粉夜叉大怒，又復一杆掃去。忽然斜刺裡飛來那道黑影，疾如電光石火，輕如飛絮微塵，一眨眼已到面前。

粉夜叉急抹轉白蠟杆，擰把橫截；只聽「騰」的一聲，白蠟杆凌空飛出兩丈多高。粉夜叉失聲一叫，兩手虎口一陣發熱，身軀晃了晃，險些栽倒，直倒退出兩三步去。

第六章　虎口突圍

鏢師楚占熊、沈明誼，被圍在老龍口墳園盜窟，正在危急；忽從黑影中竄出一人，只一舉手間，女賊粉夜叉掌中的白蠟杆子，騰地飛掠出兩三丈。粉夜叉「喲」了一聲，幾乎跌倒。

赤面虎大吃一驚，慌不迭的縱身飛奔過來，橫遮在粉夜叉面前，抖白蠟杆子，便要進步急攻。

只聽對面那人朗然發言：「范舵主且慢動手，請聽我一言！」

赤面虎范金魁愕然住手，緊緊封住門戶，燈光影裡，注視來人。只見來人身高五尺四五，穿一身藍綢短裝，並非夜行衣靠；頭上青絹包頭，身後斜背一口利劍，從右肩頭左肋下，抄過來兩股絨繩，在胸前勒成蝴蝶扣，劍把雙飄杏黃燈籠穗；腰勒緊帶，足登雲履，白布高腰襪子，高打護膝；兩手虛抱，丁字步昂然站在人前。

辨面貌，長頰闊目，面色豐腴，長鬚蒼然，兩眼炯炯有神，眉宇間英氣凜凜；只額上微起橫波，顯見得風塵跋涉，歲月侵尋，老已將至。

赤面虎看罷，正待開言喝問；背後的粉夜叉馬三娘已然亮出飛抓，搶到面前，怒罵道：「你這老殺才，冷不防的給我一下子，想必也是鏢行走狗，不要躲，且吃老娘一抓！」

粉夜叉剛抖飛抓索戰，只見來人雙眸一閃，全身挺然不動，微微側首，突然舉手道：「這位定是范舵主。我十二金錢俞劍平，久仰威名，今日特來拜見。這位娘子，想是……」說到這裡，戛然住口。

赤面虎、粉夜叉一聽這「十二金錢」四字，不禁側步，暗道：「久聞江寧鏢客十二金錢俞三勝，是江南武林中第一能手，原來就是此人？」夫妻倆不由上眼下眼，打量來人的神色。

果然此人氣宇沉穆，精神矍鑠，似非等閒。粉夜叉被他迎面一截，立刻將白蠟杆子脫手，更深深領略到此老膂力異常。

粉夜叉看著赤面虎。赤面虎眉頭一皺，微微搖頭，道：「原來是俞老鏢頭！俞老鏢頭黃夜來此，有何貴幹？莫非是來幫助那姓楚的、姓沈的，特來到此探山的麼？」

十二金錢俞劍平歉然抱拳道：「范舵主，在下浪跡風塵，借鏢行糊口，全仗江湖上綠林中朋友幫忙，豈敢無故前來打攪。在下正為楚占熊、沈明誼兩位鏢頭，訪查鏢銀，偶因不慎，得罪了范舵主。在下特地趕來，為兩家排難解紛。奉請范舵主，通知部下，暫且收兵罷戰，聽在下一言。」

此時楚占熊已立在俞劍平的身旁。那沈明誼在西邊矮屋上，教幾個人圍攻，被迫也已跳到平地，正自苦鬥不休。這時又從黑影中竄出一個人來，衝到核心；舞動手中鑌鐵短矛，仗著一股奔馳銳氣，與沈明誼聯合起來，將幾個包圍的人，殺得落花流水。這個人便是鐵槍趙化龍的師弟，鐵矛周季龍。

原來周季龍趕回鹽城，邀到十二金錢俞劍平，立刻策馬奔赴柴家集。到預定的客棧內，見著鏢行夥計，才曉得楚、沈二人，偕往老龍口拜山訪鏢，言語失和。楚、沈二人現已乘夜潛去探山。

俞劍平唯恐二人有失，急與周季龍，一口氣追到老龍口，只比楚、沈晚了一個更次。俞劍平、周季龍施展夜行術，闖進了赤面虎所布的卡子；顧不得從容探道，只好先捉住一個巡夜嘍兵，威嚇他說出實話。然後俞劍平點了他的啞穴，將他縛在草叢中，便和周季龍，從墳園側面襲入。周季龍巡風，俞劍平探道；看清這墳園形勢，立刻竄上一座望台。恰有四個守夜的人在內把守。

俞劍平用迅雷不及掩耳的手段，把四人點倒，逐個訊問了一遍；才知赤面虎並沒有劫取二十萬鏢銀，那巡夜嘍兵的話並非虛假。

俞劍平再三詰問：「十幾天前，你們范舵主到何處做案去了？」

嘍卒說：「是在水路上，劫了一票貨船。」

俞劍平嗒然失望，將望台上的嘍兵也捆了。知會周季龍，一面尋找楚、沈二人，一面窺探赤面虎窯藏財貨的地點。楚、沈二人初進山時所見的黑影，正是俞劍平。

隨後，楚、沈二人與群賊交手，周季龍便要下去相助。俞劍平搖手止住，悄說：「我們趁此機會，可到各方查訪一下。」查訪一過，果然不見有任何鏢馱形跡。

此時楚、沈二鏢師勢漸不敵，俞劍平教周季龍去接應楚占熊。周季龍一看，楚占熊是和一個女人交手；周季龍心中不願，打贏了並不露臉，打敗了卻真丟人。周季龍眉頭一皺，計上心來，搖手說道：「這個女人，我可對付不過，是有名的母夜叉，還是老前輩來吧。」口中說著，早一抹身竄開，竟奔沈明誼那邊去了。

俞劍平不禁失笑，暗道：「他倒很滑！」無可奈何，只好潛蹤過來，卻又觀望。後見楚占熊被粉夜叉夫妻，纏繞得險急；俞劍平趕緊出面，赤手空拳只一招，便將粉夜叉的白蠟杆磕飛。既和赤面虎見面對談，俞劍平溫文盡禮，用手一指沈明誼那邊道：「范舵主，且請吩咐部下停鬥。」又招呼沈明誼、周季龍道：「二位鏢頭，快快住手！」

赤面虎皺眉想了想，先招呼手下人住手，且在周圍遠遠的盯住。赤面虎眼望著粉夜叉。粉夜叉提著飛抓，眼瞪著十二金錢俞劍平，一言不發。

赤面虎道：「俞鏢頭，我久仰你的威名。我在此地開山立櫃，與你貴鏢行，素無過節。這姓楚的、姓沈的，竟來打攪，我們不能不動手。俞鏢頭，勸你請回吧！這事是他們登門尋找，並非我姓范的無禮。」

俞劍平一捋長髯道：「范舵主，你不知真情，自然怪他們無端前來；但是他們自有他們的苦衷。我已聽說他們依禮拜山，和貴窯秦舵主有過交代。」說到此，轉顧楚占熊、沈明誼道：「楚、沈二位鏢頭，我已訪明，失去的鏢銀不在此地。二位何故與他們失和？」

楚、沈二人愕然道：「鏢銀不在此處麼？俞大哥，怎麼曉得鏢銀不在此地，可是已訪著下落麼？他們明明在十幾天前做過案，我們好好拜山，他們百般支吾，還要截殺我們。」

俞劍平道：「那只是言語誤會，得了便了吧！」又對范金魁抱拳道：「這兩位朋友，委實因擔得沉重過大，情急找鏢，擾及貴窯，事出兩誤。還請范舵主放寬一步，看我薄面，從此一笑解紛，我們改日再來專誠賠禮。」

范金魁聽了，沉吟不語；暗想：「十二金錢俞劍平並非好惹的人，他們既來探山，恐怕來的不止這幾個人；我何不做個順水人情，徑放他們回去？」正自思量，彭森林插言道：「我們人受了傷，難道竟讓他好好走了不成？」粉夜叉也在旁睃著一雙俏眼，含嗔不語。

范金魁心內難堪，委決不下。忽然抬頭，見南面望樓上，掛出紅綠藍三色燈籠來。范金魁心下明白，遂截然說道：「俞老鏢頭的話，自當遵命。無奈事情僵到這裡，我們好幾個人都受了傷。我若任聽楚、沈二人出去，本窯必笑我怯懦不義，我將何以用眾？況且兩人在我們這裡攪了半夜，一旦傳出去，綠林道上必然小瞧我范某；說我赤面虎原來是紙老虎，居然容鏢行來去自如，成了無能之輩；可是俞老鏢頭既然說了，我若拒絕，又顯得我姓范的不通人情……」

俞劍平靜靜聽著，心知這范金魁想找場面，忙說道：「這個容易，我必教范舵主過得去。附近想有武林朋友，我可以邀來陪話……」

赤面虎搖頭不答，忽然揚眉道：「這樣辦吧，請你轉告二人，把兵刃給我留下；我自然放他二人，決不動他一毫一毛。」

俞劍平未及還言，楚占熊早已大怒，左手抱雙刀，右手將脖頸一拍道：「你們要想留下我的雙刀，卻也容易，請你先把我頸上的人頭砍去。」

彭森林怒跳如雷道：「留下頭又算什麼！范大哥，咱哥們可不能白栽！大哥請看，望樓上燈籠已經挑起來了，休要放走了他們一個。」

金繼亮也說道：「秦二哥傷勢很重，他囑咐大哥，務必給他出口氣。我們龍潭虎穴一樣的寨子，一任他們說來就來，說走就走，太不成話了。」

范金魁還在猶豫，彭森林搶一步道：「姓俞的，久仰你十二金錢威名蓋世，何不留一手給我們看看？」

俞劍平雙眉一挑，面橫殺氣，卻又按捺下去道：「在下不過浪得虛名，豈敢在諸位面前逞能！這位既然說出，我也不好拒絕。」雙目一側，早瞥見南面望樓上，挑出三色燈光。俞劍平墊步前躥，相隔數丈，倏即立定，左手一指，右手揚了三揚。黑影中但聽破空之聲，望樓上「撲」的一聲響，三燈齊滅；驀地樓上一聲驚叫，倏地又挑出三盞燈來。

赤面虎范金魁吃了一驚，粉夜叉忿然發話：「我說我們可不怕這一套，誰要放走了人，我可跟他算帳！」

俞劍平轉身回來，眼望范金魁道：「獻醜，獻醜！家有萬貫，主事一人。范舵主究竟如何，就請一言而決。」

范金魁道：「留下兵刃，我就放走人。」

俞劍平怫然變色，冷言發話：「這就難了，恕我難以應命！我這裡卻有一把劍，我願奉上。」回身連鞘抽出，雙手托過來，劍長三尺八寸，綠鯊鞘，金什件，是一口利刃。

范金魁一撤步，方要開口；彭森林搶過來，伸手便接道：「拿過來……」一言未了，「哎呀」一聲，身子忽然一栽，范金魁急探身托住；彭森林順勢往地下溜去，竟被點了軟麻穴。俞劍平上前伸掌，照定彭森林「氣俞穴」，推了推，然後峭然道：「這位朋友且慢，這劍只能由范舵主接。」

赤面虎范金魁忽然翻出笑吟吟的面孔，大指一挑道：「哈哈哈哈，佩服，佩服！足見老鏢頭武技高明！四位請吧！弟兄們快快讓道。」倒背著手，連搖了搖。

俞劍平微微含笑，回身插劍，雙拳一拱道：「既承容讓，多謝盛情，改日再行補報吧。」

范金魁高叫：「收隊！」群盜讓出路線。俞劍平縱目前後望了望，然後讓楚占熊、周季龍在前，俞劍平、沈明誼在後，緩緩踱去。這回並不翻牆，直走正門。才走出數十步，粉夜叉搶到赤面虎跟前，悄聲道：「那可不行！……」

范金魁擺手道：「不要說話。」

兩人私語，俞劍平早已注意到了；裝作不聞，仍緩步前行。驀然望樓上燈光遊動，小陳平秦文秀裏創出來，命一個頭目，大叫：「范舵主！秦舵主說：藍燈可以吹滅了。」

這是一句隱語，范金魁、粉夜叉和彭、莫、金等人，全都明白了，立刻紛紛落後。跟著「嗆啷啷」一片鑼聲，四面埋伏一齊發動。百十多個嘍兵各仗弓箭撓鉤，阻住要路口，「唰唰唰」發出箭來。

周季龍、楚占熊、沈明誼齊叫：「不好，亂箭難搪，俞大哥快上房！」

俞劍平一聲長笑，大喝道：「鼠子敢爾！」一轉身，嗖嗖嗖，燕子掠空，反撲回去。金繼亮、莫海、彭森林，齊挺兵刃邀截。俞劍平施空手入白刃的功夫，竄身直前。

金繼亮擺鉤鐮槍攔阻；忽「哎呀」一聲，翻身栽倒。粉夜叉急掄飛抓。俞劍平倏然伏身，「啪」的一掃堂腿，粉夜叉一個踉蹌，栽出幾步以外。彭森林傷弓之鳥，大驚後退。

赤面虎范金魁在後愕然，提鞭大叫：「且慢！」

俞劍平如風捲殘雲，衝開眾人，已到赤面虎面前。赤面虎措手不及，雙鞭才展，俞劍平早斜劈一掌，忽一轉拳風，駢二指直取「膻中穴」。赤面虎哼了一聲，雙鞭墜地，倏地被俞劍平舉起全身，大叫：「誰敢放箭！」

眾嘍兵譁然驚擾，也有幾人亂放出幾支箭。俞劍平大怒，倒提著赤面虎，搶步迎來。粉夜叉夫妻情切，一見赤面虎被捉，早紅了眼，慘叫一聲，搶起雙鞭，捨命上來截救。俞劍平已將赤面虎提足掄起。粉夜叉大驚後退，指著俞劍平叫罵道：「好惡徒，好惡徒！快快放下我們當家的，我就放你。若不然，亂箭一齊把你們射死！」

俞劍平微笑不答，轉臉對楚占熊、沈明誼、周季龍說：「走！」

粉夜叉焦急無法，探囊取出一支暗器來。

莫海忙道：「嫂子不可魯莽，恐要誤傷了范大哥！」

莫海說罷，將掌中喪門劍投在地上，高舉著雙手，大叫：「俞鏢頭，你這就不光棍了！我們手下人雖然冒失，我們范舵主並沒失禮，你為何這樣擺佈我們范舵主？你莫道傷了他，就能走脫了。傷了他，你也休想逃出去！我們這裡早已布好卡子，任你武功超絕，也搪不住亂箭飛蝗；任你輕身功夫出眾，也越不過翻板陷坑。依我說，你放了我們舵主，我就放你們出去。」

俞劍平道：「大丈夫一言為定？」

莫海道：「一言為定。」

俞劍平道：「好，我決不傷他，只須他陪我走出園外。你要我現在放他，我可不是傻子。」

粉夜叉在旁氣得粉面焦黃，眼看著俞劍平挾住赤面虎，當作擋箭牌，擺佈得如死人一般，一聲也不哼。粉夜叉性如烈火，禁不住銳聲大叫：「放箭！我們當家的活不了啦，你們四個殺材也休想活命！」

莫海回身攔住道：「范大哥沒有傷，這是被點了啞穴，大嫂休要著急。」又對俞劍平道：「俞鏢頭，看我薄面，先將范大哥治過來；容他說話，咱們和平辦理。」

俞劍平道：「說話容易！」一推范金魁的「氣俞穴」，范金魁哼了一聲。

粉夜叉悲呼道：「當家的，他大哥！」

范金魁應了一聲，聲音很低微。

粉夜叉淚流滿面道：「好個俞劍平，你太陰毒了！」恨得她咬得牙亂響道：「我跟你拚了吧！」

莫海再三攔住道：「這不是嘔氣的時候，大嫂別著慌。」他又對俞劍平道：「俞鏢頭手下留情吧。我們認栽了。」

俞劍平輕輕挾住赤面虎，略一推拿，赤面虎范金魁緩過一口氣來，叫道：「哎呀，好你，你……」使力一掙，險被掙脫。俞劍平急向肋下一點，范金魁全身麻軟，動彈不得，卻還能說話。赤面虎聲音低低的說道：「姓俞的，你有劍只管殺我，你別作踐我，你作踐我，你不是好漢！」

俞劍平道：「范舵主，暫請委屈點，我們已入虎穴，不能不捋虎鬚。你看，你的部下要拿亂箭射死我們！」挾著赤面虎，對莫海說道：「煩莫舵主引路，只要出了你們的卡子，我一定放他，決不加害。」

莫海赤手空拳，再三囑咐眾人：「千萬不要妄動，大哥性命要緊。君子報仇，十年不晚。今天無論如何，要沉住了氣。」

秦文秀在望樓上，也已得了警報。他本多智，心知首領已被劫質，決不敢硬拚。

他立即吩咐滅燈。紅綠藍三色燈登時全滅。弓箭手、撓鉤手一得號令，俱各罷手。

莫海當前引路，送出老窯，到了外面。粉夜叉一行三五人，垂頭喪氣跟著，袖中暗器果然不敢再發。俞劍平挾著范金魁，楚占熊將雙刀分給沈明誼一把，兩人刀鋒比著范金魁，左右襄護，直走出墳山以外半里多路。莫海又要求放回舵主：「時候久了，恐他受傷。」

俞劍平搖頭道：「我決不教他受傷。我這時未離虎穴，我卻不能放虎歸山。」

莫海頓足道：「也罷，看看我們綠林中有義氣沒有！」教金繼亮和粉夜叉，一齊丟下兵刃，拉來幾匹馬，對俞劍平道：「俞鏢頭請看，我們是寸鐵不帶，請一同上馬，我們直送你們到柴家集如何？你可不能總挾著我們舵主，你得給我們留臉。」又對楚、沈二人說：「姓楚的、姓沈的朋友，請你們過來搜搜，看我們偷帶著暗器沒有？」

楚占熊、周季龍便要伸手過去。俞劍平忙道：「不可無禮！大丈夫全靠信義當先。莫舵主，多謝你了，還請你當前引路。」

當下俞劍平放下赤面虎，將他身體點活，手拉手走過了水仙廟，已到賊人頭道卡子。金繼亮大聲傳令，收隊撤圍。又走出一段路，俞劍平四顧無異，這才放開了手，四位鏢師紛紛上馬。莫海和馬三娘、赤面虎、金繼亮，默默無言，陪在一旁，也上了馬。

一行八個人，策馬行來，直走出二十多里，天色漸明。沿路遇見卡子，莫海全命撤回。到三官廟附近，俞劍平一看，前途平穩，已出虎口。便翻身下馬，口打呼哨；鏢行夥計拉著馬，從潛伏之地走了出來。

赤面虎滿面愧忿，下了馬，默默站在一邊。粉夜叉馬三娘暗問赤面虎：「身上可曾受傷？」赤面虎搖搖頭。

鏢客這邊，容得自己的馬到，周季龍、楚占熊、沈明誼，相繼上馬。十二金錢俞劍平道：「且慢，容我謝過了范舵主諸位。」這才雙手抱拳，對范金魁、莫海、金繼亮、粉夜叉等人，歉然致意道：「事出誤會，冒犯虎威，在下非常覺得對不起諸位，請原諒我這不得已。日後但凡范舵主和諸位有事路過敝處，在下必有一番補報。現在已出卡子，不勞遠送了。趁著黎明時分，諸位請回，改日補情吧！」遂深深一揖，一撤步，轉身帶馬，退出幾步，便要扶鞍上馬；卻又止住，兩眼看著赤面虎諸人。

莫海頓時省悟過來，對赤面虎道：「大哥，交代幾句話，咱們先走吧！」

赤面虎整了整愧色，捺了捺怒焰，抱拳還禮道：「俞鏢頭，栽在名家手內，我也栽得值。可也是俞鏢頭手下留情。我心裡自然也知道，總是我學藝不精！現在恕不遠送，我們只好先行一步了。咱們……後會有期！」說到「後會有期」四個字，聲音顫抖起來。他隨即一揮手，招呼粉夜叉、莫海、金繼亮，牽著馬退出數丈，然後飛身上馬；又轉面對俞劍平拱手道：「請！再見！」四個人拍馬奔回去了。

俞劍平容得赤面虎夫妻去遠，把一派豪氣英風，立刻掃盡，滿面堆下憂悶。他眼望黑影，喟然歎道：「尋鏢不得，又在這裡結下了怨仇！」

楚占熊、沈明誼點頭默喻。四個鏢師策馬趲程，不一刻回到柴家集。一到店房，四個鏢頭不約而同，躺倒床上。沈明誼道：「白忙了一通夜，鏢銀的下落還是不得而知。剛才俞大哥說鏢銀不在老龍口，卻是怎麼訪出來的？」

俞劍平道：「你們只顧窺探他們的住室，我卻與周賢弟，襲入他們的望樓，捉了幾個值夜的人，問出真情。這赤面虎確是在十幾天前，全夥出去打劫過；但劫得是一批貨船，並不與鏢銀相干。我也曾詰問過他們，因何你二位拜山，反招他冷淡？據說是小陳平和赤面虎，錯疑你二人與那貨船失主有關，以為是貨主煩出來索贓的。他們許久沒得大油水，一聞你二位無故拜山，所以頓生疑忌，致有這番誤會。」

周季龍道：「事已過去，不必說了。我們稍微歇歇，是回鹽城候信，還是到別處踏訪呢？」

俞劍平尋思了一回道：「單臂朱大椿勸我普請江南北武林同道，協力尋鏢。前些日子，我發出不少信，因而急欲翻回鹽城，聽一聽信。如果再沒消息，我打算先張羅賠鏢，然後繼續找鏢。二十萬鹽款數目雖巨；我們能先籌出幾萬來，再請展期，必然容易。」

眾人稱是，用過了早飯，一齊翻回鹽城。

這時候，胡孟剛、朱大椿誤訪鮑則徽，也已掃興回來。愁人會面，更增愁懷。那永利鏢局卻頓形熱鬧起來。俞劍平剛一進門，便有兩個濃眉努目的大漢，迎了過來。

這兩人生得面貌極其相似，令人一望而知，是同胞弟兄。兩人一邊一個，拉住了俞劍平的手，叫道：「我的老哥哥，一別半年多，想不到你又二次出馬，卻怎的丟了鏢銀呢？我弟兄一接左師侄送到的信，恨不得立刻趕來。我想查找鏢銀，全靠人多耳目靈，所以我大哥就打發我們倆來了。咱們是有福同享，有苦同受，有急同著；老哥不必著急，咱們大家想法。」這兩人便是江寧府馬氏三傑的老二、老三，名叫馬贊源、馬贊潮。弟兄三人合開著鏢店，老大叫馬贊波，弟兄三人有名善使雙鐗。俞劍平連忙躬身道謝，又問候了馬贊波的起居。

俞劍平又看別位，有一位生得黑瘦如柴，便是高郵縣的沒影兒魏廉。這人是俞劍平的晚一輩的人，只有三十幾歲，飛縱的功夫很好，乃是一個綠林中人。從前受過俞劍平的好處，所以聞訊趕到，特來分憂。此時忙上前施禮，叫道：「俞老叔，我接著你老賞的信，就立刻照著您的話，趕到永利鏢局來。我聽說鏢銀已有眉目，你老人家已往老龍口追究下去了，到底查訪著實底了沒有？你老有事，只管吩咐；小侄辦大事不行，要是跑跑腿，探探信，你老只管交給我。」

此外還有東台的武師歐聯奎，也是本人到場。現在沭陽設場授徒的八卦掌名家賈冠南，自己沒有親到；卻派大弟子閔成粱，趕來應邀。更有幾位鏢師，是在聞信之後，先撲到海州，由海州偕同俞門大弟子程岳、振通鏢客戴永清，一同起身趕到鹽城的。鐵掌黑鷹程岳、鏢師戴永清養傷半月，業已痊癒；只有雙鞭宋海鵬，負傷過重，還未能來。

這永利鏢局，聚集著十幾位高高矮矮的草野英雄，都來和俞劍平敘舊詢情。俞劍平逐一道勞致謝，又問了問戴永清、程岳的傷勢；然後和鐵牌手胡孟剛互訴兩路訪鏢，俱各撲空的情由。隨又將各處投來的回信，逐一檢查了一遍。共收到四十多封信，倒有一多半連范公堤失鏢的案情，還不知道。信上不過說：聞耗不勝扼腕，容代為極力查訪，俟有確信，再當馳報云云。

這些信裡面，也有一兩封信，附帶報告當地附近有潛伏的大盜，刻下正在設法掃探。又有幾封，報告些影響疑似的綠林動靜。總而言之，確知這插翅豹子的來歷，和已失鏢銀的下落，竟沒有一人。

那洪澤湖的水路大豪紅鬍子薛兆，更大發牢騷，說：「我們在江湖上混的時候，從來不曾做過這樣不通情理的事。這插翅豹子想必是後起小輩，狂妄無知！殊不知綠林道和鏢行花開兩朵，乃是一家人。」

俞劍平、胡孟剛將各處來信看畢，又叫上送信的鏢行夥計，逐一細問。俞劍平的二弟子左夢雲，曾到淮安府一帶去過。那地方本是強盜出沒之所，每逢青紗帳起，便盜匪如麻。據淮安府新義鏢店帶來的口信，說他們那裡，新出了一夥行蹤飄忽的巨盜。為首盜魁叫做凌雲燕，近月迭次做案，心黑手辣，武藝實在驚人。已經煩人代問過，這凌雲燕卻不承認劫過鹽鏢。胡孟剛又將夥計們送信的情況，問了一遍，也沒有得著什麼線索。

俞、胡二人無可奈何，不禁歎道：「二十萬鹽帑非同小可，怎麼竟像石沉大海一樣，連點影子都沒有？這豈不是出人意外的奇事麼？」

戴永清道：「尤其奇怪的，是五十個騾夫全被裹走，也至今毫無下落。我們從海州臨來時，曾到騾馬行打聽過，現在正搗著麻煩呢。人家找騾馬行要人，騾馬行又找咱們振通鏢局。多虧趙化龍趙老鏢頭壓伏得住，算沒成訟。我曾想：綠林道的規矩，從來沒有傷害車夫腳行的；難道這夥強盜竟忍心害理，把騾夫們也全殺了滅口不成？」

沈明誼應聲道：「也許他們強押著騾夫們，給他運贓出境。」

胡孟剛矍然道：「這一著卻不無可慮！我就怕這些強人，竟在劫鏢之後，公然運贓出境，一離蘇省，那可就更查訪不著了。」

俞劍平撚鬚沉吟道：「那卻不易，二百來號人，不管他是夜行，是晝行，決不能露不出形跡來。我們已四出查問，沒有一人說：曾看見大批眼生的人過境；足見賊人還在附近什麼地方潛伏，未必公然出境。」

楚占熊道：「我只怕他們冒充官兵，或者冒充保鏢的，白晝公然出行，那可就難以追究了。」

俞劍平皺眉想了想道：「這也辦不到，綠林中人沒有帶著大批贓物，膽敢如此冒險的。他們劫了鏢，擇地窖藏起來，人再改裝隱匿到別處，這倒是有的。只是我們已經到處托了人，又已分途踩訪了幾遍，怎麼一點線索也沒有呢？這可真真令人難測了！」

周季龍道：「還有可怪的事呢！那位陸錦標陸四爺，原說十天以後，在鹽城相會，也至今未來，莫非出了差錯不成？」

沈明誼也想起來了，對胡孟剛說：「還有咱們派出去的趟子手張勇和夥計于連山、馬大用，三個人也是一去無蹤。咱們那位九股煙喬茂喬師傅出事時當場失蹤，也是至今未見下落。」

幾個人越談越著急，俞劍平、胡孟剛又想起海州鹽綱公所那一面；因叫過戴永清、程岳來打聽。戴永清說：「這幾天鹽綱公所天天派人來催問，州衙那面也催過兩回。多虧趙化龍趙鏢頭應付得不錯，還算沒有別生枝節。這裡有趙鏢頭的一封信，教我帶交二位。」

俞、胡二人拆開看了，信上無非說：「海州方面並沒有訪著鏢銀的底細，也沒有接到別處探得的確耗。」問俞、胡二人，近日查訪的結果如何？如果得著眉目，無論好討不好討，先快送個信來，好借此應付公所和州衙。這語氣顯見得海州那邊，盼信很緊切了。信中並示意俞劍平，先送個喜信來，好借此壓住鹽綱公所的疑猜。

戴永清又說：「鹽綱公所很有些嫌言疑語，總怕咱們訪鏢不得，順路遠揚了。」俞、胡二人聽了，又是一番著急。

到了晚上，永利鏢店大開酒宴。由俞劍平、胡孟剛、朱大椿做主人，請到場的眾位英雄，團團落座，一同吃酒接風。大家一面飲啖，一面紛紛談論失鏢尋鏢的事。宴前酒後，人多嘴雜，有的出這個主意，有的想那種辦法。俞劍平、胡孟剛一一聽受，暗中酌參眾議，細打主張。

恰巧那沒影兒魏廉，向俞、胡打聽這劫鏢的年貌，俞劍平便對大家說：「這個為首的盜魁，年約六旬，拿鐵煙袋杆做兵刃，善會打穴。他手下約有一二百號人，大概是新從別處竄來的，卻專意要跟我十二金錢鏢旗尋隙。」遂由胡孟剛、沈明誼、戴永清、程岳四人，把前後經過情形，對眾人細說了一遍，請大家共同參詳。

胡孟剛動問：「諸位好友，可曾聽說過，江湖上有這樣一個人物沒有？」

在場的人紛紛揣測。東台的武師歐聯奎，聽說劫鏢人善會打穴，當時拈眉深思了一回，對沭陽的八卦掌名家賈冠南的大弟子閔成粱問道：「如今江湖上善會打穴的人實在不多，屈指可數。我說閔賢弟，你可曉得現存的打穴名家，那還有誰？」

閔成梁想了想，說道：「聽家師說，點穴和打穴，招術不一。點穴名家自然當推俞老前輩，至於用點穴钁、判官筆的，只有徐州姜羽沖、漢陽郝穎先。若說到用外門的器械做點穴钁用的，那更非得武功精深不可；弟子並沒有聽家師說過，竟不知這使煙袋杆的人是哪一門的，也許此人是由遠處來的。

「弟子臨來時，家師也曾談到，教我轉告俞老前輩，如果時限來得及，可以托人到山東省曹州府佟家壩，找佟慶麟佟二爺，打聽打聽去。佟家父子數代相傳，善會打穴，也許他這一門絕藝，輾轉流傳到別家。那佟慶麟身體羸弱，武功雖不能登峰造極，可是他家，長一輩、晚一輩傳授的弟子，淵源甚長，他家又有祖傳打穴秘圖。我們如果來得及，倒可以專誠到曹州訪問一番去，打聽佟家上一輩弟子，可有這麼一個叫插翅豹子的沒有？」

俞劍平聽了，暗暗點頭。

那馬氏三傑馬贊源、馬贊潮弟兄，對俞、胡二人說道：「搜尋劫鏢大盜的根底，固是要找。我只怕遠水不救近火。依愚兄弟的拙見，查訪劫鏢地點的蹤跡，倒是捷徑。反正失事場所既在范公堤附近，賊人藏身落腳的地點，總不出范公堤方圓百里之外。我們何不糾集武林同道，徑向范公堤一帶，仔細排搜一遍？」

胡孟剛也說：「上次我們踩訪鏢銀，不過只是揀那城鎮驛站要道尋找，向同道探聽。馬仁兄的高見，是要逐處實地查勘，這法子倒可一試。我們如今與其坐候音耗，倒不如再到范公堤、大縱湖一帶細加查訪，也許竟能訪出賊人的蹤跡來。」

俞劍平點頭稱是，眾人也都踴躍願往。

商量已定，便又公推俞劍平重新分路，托這到場的朋友分帶著當時失鏢在場的夥計，作為眼線，分撥出發；由鹽城到各處，仔細排搜下去。

沈明誼、戴永清、鐵掌黑鷹程岳，自然也陸續出發。因為俞劍平、胡孟剛、楚占熊、趙化龍、朱大椿等數鏢頭公請的朋友，還有多半沒有回信，所以俞、胡二人暫在鹽城候信，以便聽取各方的情形。候了三四天，果然陸續又收到了許多專差送來的回信；並有四五位鏢行同業，和幾個江湖道中的朋友，應召趕來赴助。

這一來，各路武林同道都哄傳動了。就有那未成名的少年武士，想要借此尋鏢，創立一番名望，將來好在江湖上立足。也有那成名的豪傑，顧念俞、胡諸人的友情，和江湖上的義氣，口頭上說事忙，不能趕到相助，卻暗中私訪下去。這無非是尋出鏢來，好聳動江湖；尋不出鏢銀，也與自己聲名無礙。

這其間，還有幾家鏢店，特派鏢師前來幫忙。內中就有：太倉的萬福鏢店，鎮江的永順鏢店。這幾家也是最近曾經保鏢被劫，始終沒有原回案來；雖然賠償了事，卻恨氣不出。一聞俞劍平普請江南豪傑，訪問匪蹤，不由動了同仇敵愾之心，故此派人到場。一者助人就是自助，二者俞劍平如果訪出匪蹤，自己已失的鏢銀，也許同出一手，便可設法協力尋找回來；這也是他們的一片私心。

數日以來，武林朋友越到越多，卻都是聞信來助拳的，並非得耗來送信的。這永利鏢局漸漸住不開，便在客棧另開了房間。俞、胡二人一面設宴酬謝，一面將劫鏢人的情形說出，請他們陸續分道出發。

到第五天頭上，差不多近處各方面，都有回信和來人。俞劍平、胡孟剛心想：這一來總可以探出一些線索來了。

不料派出去的人沒有送來消息，可是海州忽然派了人來。緣因討限尋鏢，原定一個月，如今一晃，已經二十天了，仍如水中撈月，杳無音耗。鹽綱公所在半月頭上，見出去的人一去無蹤，便已有些不耐煩，連催州衙簽牌督促。州衙也因查鏢久無回報，便派官人發一角文書，急如星火似的，趕到鹽城。趙化龍也擋架不住，秘發一信，暗暗通知俞、胡二人。

俞劍平、胡孟剛一面打點差人，一面應付官事。無奈日限已迫，百口莫解。鹽綱公所更不能再事通融，立逼保人務於一個月限滿之時，將二十萬賠款，如數繳齊。這幾個官人便是奉命前來，催促他們幾個人，作速折回海州，不得藉口尋鏢，在外支吾。

俞劍平怫然不悅，卻又無法，與胡孟剛商量著，唯恐趙化龍一人在海州為難受擠，兩人決計先翻回海州。同時俞劍平打定主意，先籌畫一筆款項，押給鹽綱公所，好教他們安心放寬一步。胡孟剛也要趕緊預備折變家產。

於是俞、胡即日由鹽城動身，留下周季龍、左夢雲，隨著朱大椿，在鹽城候信。到了海州，俞、胡先和趙化龍見面，幾個人密議一回。趙化龍具說：「官私兩面連日催問，我們一點音耗沒有得著，如今再說展限的話，真有些難於措辭。」三個人搔首籌議，只好再煩海州紳士馬敬軒，代求寬限。果然馬敬軒那裡，問知杳無下落，便已面露難色。俞劍平對胡孟剛說：「我們現在，是沒有錢不好說話了。」

當下幾個人趕緊籌措款項。且喜這幾位鏢頭都有一些資產，在地面上又呼應得動，只幾天工夫，便湊出兩萬現銀來。存在一家銀號，開了莊票；然後煩馬敬軒和幾位紳董，出面托情展限。這些紳士們見有了錢，倒肯代為進言；無奈鹽綱公所那面，口風很緊，定要先交五萬。

馬敬軒便說：「鏢行現在能夠變產賠鏢，已經很難得的了。若太擠兌緊了，他們一夥武夫窮途末路，倒許弄出別的差錯來。」

這時節，多虧海州衙門派去相隨尋鏢的捕役，受俞、胡暗囑，對州官報告了鏢局方面大舉托人尋鏢，和他們拚命籌款的實況，其中並無規避的情形，因此州衙方面倒很體諒。又經幾番斡旋，鹽綱公所方才答應。即將這二萬兩莊票，作為抵押，允許他們展限半個月。並且說，如果逾限仍找不出鏢來，就須於一個月內再交三萬。在公事上，把這寬限的話拋開不提，只說容限變產賠償。

俞、胡二人將這展期的事辦妥，已經耽擱了三四天，一個月的限期只餘下六七天了，連這續討的限，不過還有二十來天，這不能不加緊辦了。這一次打定主意，要到失鏢地點附近的莊村，加細搜訪。俞劍平、胡孟剛遂辭別了趙化龍，留下了期會的地址；帶領鏢行夥計，二次出發，輾轉查訪。

這一日又訪到湖垛地方，忽與鐵掌黑鷹程岳、東台武師歐聯奎一撥人相遇。他們一面訪著，一面都須留下落腳地名，以便遇事好傳信。這兩撥人會到一起，互問起查訪的結果，仍然是杳如黃鶴。黑鷹程岳在湖垛迤北，遇見幾個舉動異樣的外鄉人，也曾下意跟蹤探查過，後來竟不見這幾個人了；雖看出那幾人決非農民，可也難以斷定必與失鏢有關。

俞劍平命程岳隨著歐聯奎再訪下去，隨後分途。俞、胡二人轉到淮安一帶，果然打聽得淮安以北，西壩一帶，出了個名叫雄娘子凌雲燕的劇賊。他手下率領著若干飛賊，也不知他的確數；專劫過往紳商，來去飄忽，出沒無常。官人幾番緝捕他不得，就是他潛身之所，也無法訪實。

原來凌雲燕並沒有老巢，說他是路劫，果然不錯；就說他是夜行飛賊，卻也不假。俞劍平不覺動疑，正要下意探訪；恰巧馬氏三傑的馬贊源、馬贊潮弟兄二人，由戴永清相伴，也查勘到此；在淮安府鏢局，已經留下了話。俞劍平、胡孟剛忙跟蹤追下去，在西壩地方一家客店內，與二馬相遇。兩撥人會在一處，便開始掃聽。恰巧附近地方有一家大戶，忽傳失竊。家藏的碧玉簪、烏金鼎和趙子昂的墨蹟，跟幾件貂裘珍物，藏在秘室，忽然不見。在室中牆上，竟留有飛燕的暗記，此事已哄動一時。

俞劍平、胡孟剛一聽見這個消息，不禁爽然若失；料想這劫鏢的大盜，一定不是凌雲燕了。他斷不能在劫取二十萬鹽鏢之後，更做他案。

俞劍平、胡孟剛、戴永清和二馬返回淮安，住在店內，計議著要往南訪下去，卻又打不定主意。二馬便要依著閔成梁的主意，直赴銅山，轉往魯南，再到曹州府，訪問那打穴世家佟慶麟，究問用鐵煙袋杆打穴的，可有這樣一個年約六旬豹頭虎目的人沒有？

俞、胡二人因日限不足，不便捨近求遠，打算轉到濱海之區去。這北上訪鏢的事，就拜託二馬辦理。幾個人商計著，便要飯後分途。正在這時，忽聽店房外，一個店夥計叫道：「九號姓胡的胡老達官在屋麼？外面有人找。」

胡孟剛愕然道：「是誰找我？」剛站起身來，聽院中有一個破鑼似的聲音，又悶又啞又澀的叫道：「是振通鏢局的胡老鏢頭麼？」語音很耳熟，卻又不類。

胡孟剛迎出去，俞劍平也站起來道：「大概是咱們派出去查鏢的人。」才待舉步跟出去，只聽胡孟剛叫道：「哎呀，原來是你！」門簾一掀，胡孟剛側身退步，那人已然跟了進來。

俞劍平抬頭看時，竟認不得此人。但見此人高僅四尺餘，尖頭瘦腮，相貌猥瑣，形容憔悴，死灰色的面皮，兩隻醉眼暗淡無光，唇上唇下生著短短的髭渣。那神情頹喪，就像大病了半個月，又挨了幾天餓似的。臉上額上還有幾塊創傷；渾身上下，更是汙穢不堪。兩隻青緞靴已變成黃色，上面滿漬著塵垢；背後拖著一條小辮，也好像多日不曾梳洗；卻穿著嶄新一件新大衫，反襯得全身更為不潔。

馬氏兄弟也不認得此人，都注意看他。鏢師戴永清立即認出此人，就是那失蹤已將一個月的振通鏢局鏢師九股煙喬茂。

喬茂自在范公堤遇盜失鏢，當場便已不見。此時忽在這淮安府地方冒出來。又見他衣冠不整，形容憔悴；想必是當時一見事敗，撤身遁走。這時候想必是混不上飯碗，不知怎麼得信，又找來了，卻難為他怎麼摸來的。

胡孟剛眼望著喬茂這種神氣，唉了一聲道：「喬師傅，你這一個月，到底跑到哪裡去了？」

戴永清和幾個鏢行夥計互相顧盼著，未容喬茂張嘴，就先嘲笑道：「咳，喬師傅，一個月沒見，穿上新大褂了。你老人家上哪裡露臉去了？教我們這實心眼的胡老鏢頭急死急活，還當是你老人家當場拒盜，負傷殉難了呢，可又找不到你老的屍首，想好好發送你，也辦不到。想不到一個月不見面，你老倒發了福了。只有我們這夥呆鳥，當場掛彩還不算；如今照舊陪著老鏢頭，像海底撈月似的，查訪鏢銀，你說我們渾不渾？」

這些人素與喬茂不睦，還沒容他坐下，便七言八語攻訕上來。戴永清還好些，那些鏢行夥計更趕盡殺絕，絲毫不留餘地的挖苦喬茂。胡孟剛也是怏怏不樂。再看喬茂，木在那裡，兩隻眼直勾勾的瞪著，一言不發；面色由枯黃而紅，由紅而白，嘴唇上下的顫動，眼珠一轉，黃豆大的眼淚從眼角直流下來；雙手也抖抖的，張了張嘴，一時竟說不出話來。

胡孟剛看著不忍，說道：「諸位少說幾句吧。老喬，你從哪裡來？你可坐下呀！」

九股煙喬茂依然呆呆的立住不動，忽然伸出那汙穢不堪的手來，恨恨的把眼角抹了一抹；一把抓住胡孟剛，說道：「老鏢頭，你聽聽！……我知道他們素來拿我不當人，不問青紅皂白，劈頭就給我這一套！……老鏢頭，咱們哥們可是沒什麼說的，我九死一生，老遠的奔來，一路苦找，我就為聽他們挖苦來的麼？你們就準知道我是溜了麼？」一面說，一面一屁股坐在椅子上，臉上神氣十分難看。

喬茂說著說著，突然「嘎」的一聲，把長衫扯開，露出前胸來。兩手扯著衣襟，對眾人轉了一個半圈，一面跳，一面嚷道：「你們瞧，你們瞧！你們受傷，我姓喬的也沒有含糊呀！你們找鏢，我姓喬的也沒有閑著呀！」又轉臉對胡孟剛說：「老鏢頭，我姓喬的小子，吃振通鏢局的飯，……我姓喬的小子，沒白吃飯！我……」說到這裡，聲音塞哽，竟張口結舌的重坐在椅子上，如癱了一般。

眾人看喬茂像瘋魔似的，把一件新大衫扯破，露出那骯髒的前身來。在左肋上留著很深重的一道傷痕，胸口上也劃著幾道似乎是刀劃的血斑。鏢行夥計們互使眼色道：「這小子不知往哪裡鑽躲，劃了這些棘刺！」說著，還在那裡譏笑。

俞劍平、戴永清已經聽出喬茂話中有話，尤其是看出神色間，恚忿過於羞慚。俞劍平忙說：「這位想必就是喬茂喬師傅了，我們胡二弟自你遇險失蹤，天天都懸念你，恐你遭遇不測。如今你回來了，胡二弟自然放寬了心。喬師傅不要著急，有話慢慢講。」

戴永清一陣機靈，也忙端過一碗茶來，道：「我說喬師傅，一路辛苦！好容易咱們又聚在一塊，咱們還得想法子，給胡老鏢頭分憂。咱們相處日久，都是玩笑慣了的，你千萬別著惱，別計較。」鐵牌手胡孟剛也攔阻眾夥計道：「你們先別胡鬧，讓老喬歇歇。我說老喬，你這些日子流轉到哪裡去了？莫非教匪人裹去了？卻是你又如何得以脫身，追尋到這裡來？」

喬茂歇過一口氣來，漸漸神色略定，歎了一口氣道：「我麼？這一個來月，簡直是死裡逃生，好容易才掙出一條命來。沒有別的，我素來無能，還得胡老鏢頭賞碗飯吃。諸位尋訪鏢銀，可有下落麼？」

胡孟剛聞言嗒然沮喪，夥計們又要嘲笑他。戴永清搖手止住，急向胡孟剛一使眼色，對喬茂說：「說到訪鏢，這一個月，我們奔波道路，著急受累，鏢銀下落固然沒探出；就連劫鏢的插翅豹子的實底，也沒摸著。喬師傅遠道趕來，想必訪著一些音耗。倘得明路，何不說出來，也省得老鏢頭心焦？」

喬茂把嘴一撇道：「找我要明路？就憑我姓喬的，在鏢局不過是個廢物。咱們振通鏢局人才濟濟，都沒有尋著鏢銀，我姓喬的更撲不著影了！」說著，面容上不覺露出得意的神氣來。

戴永清笑道：「喬師傅，不要找補了。喬師傅不行，還有誰行？況且你素來朋友多，人緣好，綠林道中又多熟人，你又忙了這一個來月；想必得著線索，大遠的跑來送信了。你何不指出一條明路來，好供大家參詳？」

這「綠林道中熟人多」一句，卻又搔著痛癢處。九股煙喬茂瘦顏上不禁泛紅，扭著臉說道：「我哪有什麼明路？我大遠的跑來，不過衝著胡老鏢頭待我不錯，我想發個賴，找人家借個十兩八兩的，我好做盤川，另奔他鄉，別謀生計。這鏢行刀尖子上的生涯，我可吃怕了，沒的教人把我宰了！」

戴永清再三追問，喬茂只是不答；扯著大襟做扇子，忽搧忽搧的搧著。戴永清拍著喬茂的肩膀說：「喬師傅，你怎麼差點教人宰了？」

喬茂翻翻眼珠道：「我麼？沒什麼說頭！」

戴永清道：「好一個『瞧不見』。我知道你肚子裡有寶，趁早憋出來吧，不要裝腔了！」

鐵牌手胡孟剛生性豪爽，不由激出火氣來，一拂袖子，對俞劍平說道：「俞大哥，你瞧瞧，這就是朋友！」站起來，走到喬茂面前道：「我說老喬，你在鏢局，無人不逗，無人不吵。你們犯口舌，我姓胡的可沒錯待你呀！你這是衝著他們，還是衝著我？你要是訪著賊蹤呢，你就說說。你若是沒訪著呢，我也不能賴給你。你要是瞧著我姓胡的正在難中，不夠朋友了，你就不用說，我也不會逼你。你要是想要盤川回家，我這裡就有。你肚子裡有什麼玩藝，趁早抖露出來！你別拿捏人了。再拿捏人，那就是我姓胡的不配交朋友！」胡孟剛一面說，一面吹鬍子瞪眼。

俞劍平連忙把他扯過來說：「胡賢弟，這是幹什麼？人家喬師傅身負重傷，老遠的奔來，為的是什麼？不是為跟你交情不錯麼！你忙什麼？喬師傅歇一歇，自然要對你說的。……喬師傅，我素聞你刀子嘴，菩薩心，我們胡二弟素常稱道過。你別看他著急，他跟你還有什麼說的？實在因為限期已迫，訪不著鏢銀，心裡太吃不住了。現在好了，有了喬師傅趕來送信，只要一得著賊人下落，咱們一切愁雲都散開了。這都是喬師傅的功勞，他還能忘得了麼？」

九股煙喬茂當日護鏢負傷以後，竟趁黑夜，拚命暗綴下去；被劫鏢強人追捕，拷訊，幽囚，幾乎喪命。好容易脫出虎口，又加倍倒楣，路上遇見波折；連夜奔命似的趕來，特給胡孟剛送信，以報數年來相待之情。

喬茂本來飽受了偌大困苦挫辱，不想又被眾人鄙薄，所以負氣發了些個牢騷。卻也想問明眾人，這一個月來訪鏢緝盜的經過，他才好述出自己親身所經所見的情形；也未免有點較勁炫功的意思。不期倒把胡孟剛招急了，這才將嘔氣的話收拾起。又有俞劍平給他圓面子，他方才滔滔的講出一番話來，使在座的人聽了，又驚，又喜，又是詫異；料不到喬茂這個人，素來不理於眾口的，此次卻有這番熱心腸，捨命犯險，急友之難，真是人不可以貌相了。

原來當日在范公堤遇盜的時候，九股煙喬茂和雙鞭宋海鵬，奉命留後，保護押鏢鹽商的轎車，兼照顧鏢馱。鐵牌手胡孟剛、黑鷹程岳，被群盜圍攻；一聲呼哨，從竹林後竄出一夥賊黨，硬過來劫奪鏢馱。雙鞭宋海鵬、九股煙喬茂在近處看得真切。喬茂對宋海鵬說：「宋爺，你瞧見了沒有？我沒說錯吧，我原說這票鏢是蜜裡紅礬，吃不消的，現在果然遇上事了。養兵千日，用在一朝！咱哥們吃鏢局的飯，可不能臨事含糊了。咱們倆是你先上，是我先上？」

雙鞭宋海鵬暗想：「瞧不見喬茂這人，原來還有這番骨氣，我豈能落後，教人恥笑？」遂「唔」了一聲道：「我先上。」雙鞭一揮，搶步上前，拒盜護鏢，立刻被群賊阻住，殺在一起。

那九股煙瞧不見喬茂手握著短刀，瞪大了一雙醉眼盯著。忽見他背後鹽商的轎車已逃；賊人漫散過來，已動手威逼騾夫，起運鏢馱子。喬茂不顧一切，怪嚷一聲，掄刀挺身飛躍上前。他明知自己武技平常，事到其間，也唯有捨命護鏢。

卻幸盜幫勁敵都在圍困胡孟剛、程岳和沈明誼、戴永清諸人，前來劫鏢的乃是副手。九股煙喬茂衝到鏢馱之前，正有幾個強徒，持刀催逼騾夫，把打圈伏在堤旁的五十匹鏢馱子，逐個驅趕起來。

喬茂且不顧援助宋海鵬，仗他身輕如葉，落地無聲，如一陣飄風似的，趕到賊人背後，手起刀落，便被他砍倒兩個。群賊大怒，立刻竄過來兩個好手，揮刀迎鬥；力猛刀沉，只幾個回合，便將九股煙喬茂殺得手忙腳亂。其中一個敵人，一朴刀猛砍過來，喬茂挺刀招架，「錚」的一聲響，火星亂迸，把喬茂震得虎口發麻，險些短刀撒手。

喬茂慌不迭的一躍丈餘，閃過一邊。那另一賊人又已揮刀斜掃，從側面截殺過來，將喬茂的手臂劃破一道。喬茂瞪眼罵道：「好賊，我跟你拚了吧！」復掄刀拒戰，又殺了片刻。

忽然間，那包圍雙鞭宋海鵬的群賊，陣勢一散，宋海鵬已負傷倒地，血濺堤邊。群盜又合攏了，直向喬茂這邊包抄過來。

喬茂大吃一驚，本已雙拳不敵四手，何況賊人又復增援！喬茂急虛砍一刀，變計退身，嗖地一躍，從敵人頭頂上直竄過去，伏腰用力，轉身便跑。群賊中一個使劍的，探身旁鹿皮囊，一捏甩手箭的箭尾，嗖嗖嗖，直甩出去。喬茂且逃且回頭，黑影中閃避不及，「噗」的一下，臀部上被打中一箭，入肉四分，疼不可忍。喬茂一回手拔下箭來，奮步亡命狂奔；又被黑影中一個賊人，迎面剁來一刀。

喬茂急側身旁竄，讓過刀刃，竟被刀尖劃了一下；且顧不得疼痛，輾轉奪路逃去。喬茂一面跑，一面暗將周圍形勢看好，知道前面後面必有強人把風，決闖不出去。西面又是大縱湖，也不能跑。只有東面麥畦竹塘可以潛身，便一鼓氣鑽過去。

這時鏢行敗勢已見，鏢馱業被劫走。夜影沉沉，一片人聲喧呼，夾著兵刃叮噹亂響。人影閃閃綽綽，亂竄亂奔；有敗逃的鏢行夥計，也有得手後，四面兜截來的強徒。九股煙喬茂乘亂竄到麥畦，身背後竟有賊人跟蹤追到。緣因喬茂總是個鏢師，不比鏢行夥計；所以賊人緊追不捨，非把他弄躺下不可。

喬茂輕身功夫甚好，連竄帶滾，直往東北逃去。東北面有一片竹塘，喬茂想：「只要逃到竹塘，便不礙了。」捨命的奔去。後面賊人大叫：「相好的往哪裡跑，躺下歇歇吧！我決不傷你性命，你想逃出圈子，那可不行！」

喬茂不聽那一套，狠命奔過去，離那竹塘也不過還有數丈；後面賊人已將袖箭掏出，「噌」的一聲，喬茂急閃身一竄。不想那竹塘旁，竟有幾個強賊埋伏，以防作案時，被失主逃出去，鳴官求援。喬茂一竄，立刻搶出四個強賊來，大叫：「呔，站住，小子往哪裡跑！」

那後面追趕的人也吆喝道：「夥計截住他，別教他跑了！」

喬茂這一驚非同小可，急轉身斜逃，這就來不及了。其實這迎面把風的賊，只是四個笨漢；喬茂若要賈勇硬闖，未始不可以闖過去。只因他已成了驚弓之鳥，這一猶豫，竟被後面那強賊追上。那強賊跳起來一個垛子腳，把喬茂踢倒，直跌出數步去；趕上來，又一刀背，把喬茂砸得發昏，竟不能動轉了。強賊又過來踢了一腳，冷笑數聲道：「朋友，你躺躺吧，跑個什麼勁呢！」又看了看，見喬茂果然爬不起來了，這才折回去。

喬茂身負數處傷痕，臥在地上，過了好一會，方才甦醒。他心想：「這時候若是勉強掙扎起來逃跑，恐怕必遭賊人毒手。莫若裝作傷重垂危，倒許脫得過去。」因此，他側臥在麥畦裡，一動也不敢動，只傾耳諦聽四面動靜。覺得在他身旁並沒有強人監視，遠處卻火光閃閃，猶在人馬喧騰，料是鏢銀被劫，也不知胡孟剛、程岳是生是死。

喬茂又耗了一會，咬著牙，試著慢慢坐起，從麥苗中向外探視。夜幕已深，尋丈外竟辨不出景物來。喬茂把傷處摸了摸，頭上被打了一刀背，此刻還是涔涔的發暈；手臂上的劃傷本來不重，血已止住。只有臀部的箭傷，卻很不輕。

喬茂從身上摸出刀創藥來，摸著黑，敷上一大把；又在地上亂摸了一陣，摸著他那把短刀，握在手裡，喬茂不敢挺身，慢慢的彎著腰，往東北面爬行。他有心到失事的場所，查看情形，尋找同伴；卻又負著傷，擔心重遇著強人，所以盡往東北面繞去，繞出很遠。忽然想：「我這是往哪裡去呢？」

喬茂撫著頭想了想，又傾耳聽了聽，復又折向西南；一走一探的溜回來，距離堤旁一帶竹林已然不遠。麥畦中有一土堆，好像是座荒墳，夾在田地中間，高有丈餘。九股煙溜到土墳後面，隱蔽著身形，往堤上探看。

喬茂看見堤上有幾點火光遊走不定，聞聽人聲漸漸稀少，料想賊人必已劫鏢退去。他便想湊過去；忽然一陣順風吹來，聽著竹林後面，猶有人馬踐踏聲傳來。喬茂立刻精神一聳，兩眼努力往竹林那面望去；卻是黑壓壓一片，除了竹影外，任什麼也看不清。

喬茂暗想：「二十萬鏢銀被劫，胡老鏢頭不知吉凶，振通鏢局從此砸鍋！想鏢局人決不致全數傷亡，也不知有人追蹤踩緝下去沒有？這竹林後面，既然是劫鏢時賊人埋伏之所，劫鏢之後，賊人也必由此撤回。莫如我往前湊湊，看看這竹林後面，還有賊人的卡子沒有？」想罷，便往竹林那邊，大寬轉繞過去。足足繞了小半頓飯的時候，才繞到竹林的東側面；相離漸近，喬茂便不敢直行，彎著腰慢慢的走，臀部陣陣發疼。

正走處，忽見范公堤大堤之上，來了兩條人影，直向這竹林奔去。九股煙喬茂猜是鏢行同伴，心中暗道：「好了，我們還有人追緝賊蹤，可不知道是誰？」便直起腰來，意欲上前招呼；又恐怕是把風的賊人，事畢歸窯。正在尋思著，旋見那兩條人影，忽高忽低奔馳，漸次迫近竹林。

突然間，從竹叢中發出嘻嘻的兩聲冷笑，立刻有一支響箭直射出來，兩道燈光直照過來。叢竹後面竟有人發話：「對面來人站住，再往前進，可要放箭了！」

喬茂大吃一驚，不由一陣鬆懈，坐在地上；暗道：「糟了，賊人的卡子還沒有撤呀！追來踩蹤的，是哪兩位呢？」

竹林中的黃光不住的照射，喬茂定眼細看，看出那胖胖的人影，大概正是總鏢頭鐵牌手胡孟剛；那長長的人影，像是金槍沈明誼。「原來他兩人並沒有負傷麼！只是有強人的卡子當前，他兩人如何闖得過呢？」

忽然靈機一動，九股煙喬茂暗想：「此時賊人全副精神，都注意監視著堤上正面的胡、沈二人，他們未必防到側面麥畦中，還有我在。我何不大寬轉彎，繞到竹林之後，冒險踩訪下去呢？只是，呀，我已負傷，一走一疼，我如何綴得下去！況且萬一被賊人尋見，生命難保。那緝鏢卻比護鏢不同，但凡強人最怕失主跟蹤綴隨。他們若尋見我，我是必遭毒手呀！……」又想道：「況且我已數處負傷，很對得過鏢局了，我又何必拚命冒這凶險呀？」思量著，欲前不敢，欲退不甘。

正在這時，猛聽胡孟剛怒發如雷道：「二十萬鏢銀被劫，我姓胡的只有一死，沒有一活。沈師傅請回，我一定要闖！」

那竹林中的賊人發出冷峭的話來：「胡鏢頭要死容易，西面便是大縱湖！你要想闖過竹林，卻比死還難！」「錚」的一聲，又射出一支響箭來。緊跟著聽見沈明誼很悲涼的說：「老鏢頭，要死咱們死在一塊，我不能臨事退縮，教江湖恥笑。只是你我已負重傷，要想緝鏢，恐已無望，老鏢頭還要通盤細想。」半晌，聽不見胡孟剛答話。

就在這時，大堤北段，忽然傳來一種慘厲之音。喬茂轉面尋看，只見兩盞燈光，乍高乍低奔來。聽那慘厲的聲音，不住的喊叫：「胡鏢頭！胡鏢頭……」原來是那押鏢的鹽商舒大人，唯恐胡孟剛逃跑，從後面拚命追到，竟把胡孟剛、沈明誼硬給揪了回去。想是那竹林埋伏的賊人，也已聽見胡、舒二人爭執的話頭，料到鏢行必不能再綴來。又過了一刻，賊人竟已收隊，奔東南而去。

九股煙喬茂竊聽多時，望見兩盞燈光伴著胡孟剛等已折回原地。卡上群賊腳步雜遝聲，越來越遠。喬茂猛然下了決心，不顧疼痛，從堤側繞過竹林，直綴下去。

近代武俠經典復刻版

十二金錢鏢（一）借旗押鏢

作者：白羽
發行人：陳曉林
出版所：風雲時代出版股份有限公司
地址：10576台北市民生東路五段178號7樓之3
電話：(02) 2756-0949
傳真：(02) 2765-3799
執行主編：劉宇青
美術設計：吳宗潔
業務總監：張瑋鳳

出版日期：2023年10月
ISBN：978-626-7303-94-8
風雲書網：http://www.eastbooks.com.tw
官方部落格：http://eastbooks.pixnet.net/blog
Facebook：http://www.facebook.com/h7560949
E-mail：h7560949@ms15.hinet.net
劃撥帳號：12043291
戶名：風雲時代出版股份有限公司

風雲發行所：33373桃園市龜山區公西村2鄰復興街304巷96號
電話：(03) 318-1378
傳真：(03) 318-1378
法律顧問：永然法律事務所 李永然律師
　　　　　北辰著作權事務所 蕭雄淋律師

行政院新聞局局版台業字第3595號 營利事業統一編號22759935

定價：320元

國家圖書館出版品預行編目資料

十二金錢鏢 / 白羽著. -- 臺北市：風雲時代出版股份有限公司, 2023.08　冊；公分

近代武俠經典復刻版
ISBN 978-626-7303-94-8(第1冊：平裝). --　ISBN 978-626-7303-95-5(第2冊：平裝). --
ISBN 978-626-7303-96-2(第3冊：平裝). --　ISBN 978-626-7303-97-9(第4冊：平裝). --
ISBN 978-626-7303-98-6(第5冊：平裝). --　ISBN 978-626-7303-99-3(第6冊：平裝). --
ISBN 978-626-7369-00-5(第7冊：平裝). --　ISBN 978-626-7369-01-2(第8冊：平裝). --

857.9　　　　112012216